DISPARITIONS

Thriller

John La Galite

VARGAS EDITIONS

Déjà parus :
Sous le nom de JOHN LA GALITE
Le Lézard vert PLON
Mon nom est Kate Crow PLON
Zacharie Grand Prix RTL-LIRE PLON
Le passager PLON
La femme du colon français PLON
La fille qui lisait dans les rêves PLON
Nirvana PLON

Sous le nom de JEAN MICHEL SAKKA
À la poursuite de l'arche sacrée PLON
Dieu le veut PLON
N'y va pas PLON
Je suis heureuse sans toi... PLON

Sous le nom de PAUL BËCK
P'tit Paul PLON

Amazon : JOHN LA GALITE
Et si j'oubliais
Les trois sœurs
Je vous salue imams
Red Karma
J'ai épousé une ombre
Un juge sous surveillance
L'ange gardien
Meurtres sous la lune

www.johnlagalite.com

Ciudad Juarez, Mexique, 1991

L'horizon s'était obscurci. L'homme força l'allure. Cent mètres devant lui, la fille, une adolescente vêtue d'une chemisette aux trois quarts lacérée, accéléra.

L'ombre était inutile. L'éclat du ciel insoutenable. La rocaille blessait ses pieds nus, son cœur cognait à mourir, la douleur lui tordait le ventre. Elle passa une main entre ses cuisses. Du sang plein les doigts.

El Perro ! La pierre sculptée par les vents, celle qui avait la forme d'une tête de chien.

Elle pouvait se faufiler entre les blocs de l'éboulis, attendre que l'homme la dépasse. Elle repartirait, se perdrait dans la tempête de sable qui arrivait.

Elle se retourna. La sueur qui lui brûlait les yeux transforma la silhouette en ombre vacillante.

–Valeria !

Une voix sifflante de colère.

Un rongeur la fit trébucher. Mains à terre, elle vomit.

– Valeria !

Il n'oserait pas la poursuivre dans les rues de Ciudad. Elle crierait. Elle se remit à courir. Mais ses jambes s'alourdissaient. Le désert la retenait.

Por favor no me mates, voy a hacer lo que quieras (s'il te plaît, ne me tue pas, je ferai ce que tu voudras)

C'est ce qu'il voulait qu'elle répète pendant qu'il la violait.

Elle avait réussi à lui échapper.

Une seconde petite chance, c'est ce qu'elle demandait au Ciel.

Il la tuerait. On retrouverait ses os, comme ceux des autres filles.

Ses jambes se dérobèrent. Elle fut prise d'un vertige.

L'homme ramassa une pierre, la lança à la volée. Frappée au milieu du dos, Valeria s'écroula. La tempête se changea en fantôme. Sa main se crispa sur une poignée de cailloux...

Venganza !

Los Angeles, de nos jours

1

Orlando Cruz quitta la chambre. Dehors le temps était à l'orage. Les nuages viraient au noir et s'amassaient le long de Zuma Beach. Les rouleaux s'écrasaient sur le rivage. Une poignée de surfeurs dans leurs combinaisons à bandes fluo se balançaient sur les crêtes.

Orlando respira la brise salée, puis ouvrit la porte de sa Range Rover et se glissa à l'intérieur. Il regarda sa montre. Il ne serait pas en retard à son rendez-vous.

Il quitta le parking du motel où il venait de passer quelques heures avec une pute et prit le Pacific Coast Highway vers Malibu.

À la radio, la station KNX 1070 donnait les nouvelles, un verdict d'acquittement dans une affaire de viol entre mari et femme. Marcia Connolly, l'avocate de la défense, ne faisait aucun commentaire ; elle s'expliquerait lors d'un débat télévisé.

La circulation était fluide. Cruz roulait au-dessous de la vitesse minimum. Il se souvenait de l'appel qu'il avait reçu la veille sur son portable. Aucun des numéros enregistrés ne s'affichait sur l'écran de son iPhone.

–Orlando Cruz ?

–Qui est à l'appareil ?

–*La Santa Muerte*, ce squelette dans une robe de moine, la faux à la main, ça ne vous rappelle rien ?

–De quoi parlez-vous ?

–Demain soir, 18 h 30, au Beach Café à Paradise Cove.

Cruz coupa la communication.

Il regarda vers l'ouest, vers une étendue vide et nivelée en bord de mer. Elle lui appartenait. Il attendait les permis de construire. À chaque réunion, la ville réclamait de nouveaux documents, mais Cruz était patient.

Orlando baissa la vitre. L'air du Pacifique le gifla. L'étau dans la tête se desserra. Après tout ce temps, il n'avait pas chassé ces souvenirs de sa mémoire, ils les avaient congelés. Un petit malin s'était mis en tête de les réchauffer.

2

Dans la salle du Beach Café, une dizaine de tables étaient occupées. Cruz s'assit sur une banquette et commanda une bière. Les vagues déferlaient dans un bouillonnement gris, les mouettes se posaient sur le ponton, se disputant les places avec des cris aigres.

Cruz tourna la tête. Un homme s'installa en face de lui. Des petits yeux noyés dans un visage graisseux. Un corps dur et épais. Un sourire de vendeur de voitures d'occasion ou de flic véreux. Un air de tarlouze.

Cruz le fixa, silencieux. Le sourire disparut.

–On règle ça vite fait ou vous faites traîner, dit le type en croisant les mains. Au bout du compte, vous paierez. D'une manière ou d'une autre.

Cruz remarqua les doigts boudinés, les ongles sales, le tatouage FUCK YOU sur les jointures.

–Qu'est-ce que vous vendez ? demanda-t-il.

–Mon silence. J'ai fait un tour au Mexique. J'ai lu les journaux de l'époque, les reportages. J'ai vu des photos. On va y jeter un coup d'œil.

Il fit le geste de fouiller dans l'une de ses poches. Cruz l'arrêta.

–C'est de l'histoire ancienne.

Une crispation tordit les lèvres de l'homme.

–Vous vous trompez. Cette image de la *Santa Muerte* que quelqu'un s'amuse à laisser dans les environs, quand les journaux commenceront à en parler, la police sera ravie d'apprendre qui dans le temps les distribuait dans un quartier de Mexico City.

Cruz but une gorgée de sa bière.

–Vous êtes un type plein de ressources, Monsieur...

Il prend le temps de réfléchir pour répondre, songea Cruz.

–Peu importe. Ce qui vous intéresse, c'est de savoir combien d'argent vous allez me donner.

–Combien ?

–Un demi-million de dollars.

Orlando le regarda, puis demanda :

–Vous n'avez pas peur que je vous tue ?

L'homme lança un regard autour de lui, puis se pencha.

–Vous ne faites peur qu'aux petites filles, Cruz. En prison, vous seriez à quatre pattes le cul en l'air. C'est là où je vais vous envoyer si je n'ai pas mon fric dans trois jours.

3

L'immeuble du Los Angeles Police Department : angles abrupts, arche de béton rose, façades en verre fumé.

Robbery and Homicide Division (Brigade des vols et des homicides). Une femme, la trentaine, Gillian Hall ; un teint de peau hâlée, des yeux aux reflets sombres de la couleur que ses cheveux.

Elle contemple la photo qu'elle a déchirée un moment plus tôt. Elle a reconstitué le puzzle avec les morceaux, mais il en manque un. Elle a fouillé dans sa corbeille à papier sans le retrouver.

C'est terminé avec ce type. Elle est toujours amoureuse de lui, mais il en a eu marre et il l'a laissée tomber.

Le café froid, une climatisation à vous geler les os, et la vie sentimentale de Gillian Hall, là, dans le nez et le sourire de ce type qu'elle ne retrouve plus.

Hall, détective de grade II, a cinq flics sous ses ordres. L'année précédente, son équipe a obtenu un des meilleurs taux de réussite du département : soixante-cinq pour cent des crimes et des vols affectés à son équipe ont été élucidés.

Les mois passés, ce taux a chuté de façon spectaculaire.

*

Le Golden State freeway. Les voitures roulaient au pas. Eileen Warren était en retard sur son horaire journalier. Elle espérait qu'Amanda ne s'inquiéterait pas. Elle avait traîné au supermarché ; maintenant cet orage ralentissait la circulation et la batterie de son cellulaire était à plat. Impossible d'appeler sa fille.

Elle avait hâte d'arriver, d'annoncer à sa fille la bonne nouvelle. Elle avait fini par obtenir sa promotion, à coup d'heures supplémentaires et de week-ends gâchés. Dès le mois prochain, elle prendrait en charge le département groupes du Regency, le plus bel hôtel de la chaîne Cruz dans le comté de Los Angeles. Il le lui avait confirmé ce matin. Une première rencontre. L'homme l'avait impressionnée.

Elle arrivait. L'averse tournait au crachin. La chambre d'Amanda était allumée. Depuis son divorce, elle et sa fille habitaient un pavillon à l'est de l'autoroute.

En entrant chez elle, le silence la troubla. Ni musique ni TV. Pas le genre de sa fille.

« Amanda ? »

Aucune réponse. Amanda était sûrement chez les voisins. Eileen se décida à préparer le dîner. Raviolis aux épinards et cheese-cake. Elle ouvrit une bouteille de cabernet, se versa un verre, en but la moitié.

Elle s'apprêtait à ressortir chercher sa fille, quand une enveloppe sur le sol capta son attention. On avait dû la glisser sous la porte. Elle ne l'avait pas remarquée en entrant. Elle l'ouvrit. À l'intérieur, une image. Eileen la plaça sous la lampe. Un squelette revêtu d'une robe de moine à capuche, les mains jointes

Et une inscription : *Santa Muerte*

4

Sur le bureau, le portable de Gillian Hall vibrait. Elle était dans un mauvais jour. Sa mère lui avait balancé, l'air de rien : « un beau cul et un flingue ça ne retient les hommes qu'au cinéma. Trouve autre chose ou alors achète-toi un chien. »

Dix heures du soir. Personne n'attendait plus Gillian. Elle tendit la main, rafla son portable.

–Hall. Qu'est-ce qui se passe ?

–Vous en avez une autre sur les bras, détective.

Elle avait compris. Le dispatcheur continuait.

–Amanda Warren, 17 ans. Une voiture de patrouille est sur les lieux.

–Un corps ?

–Pas de corps. Mais c'est votre gars.

–Le même message ?

–Affirmatif.

–Des traces de lutte ?

–Rien. Et pas de traces d'effraction. La gosse s'est évaporée, comme les trois autres.

Hall raccrocha. Elle composa un numéro.

Il lui fallait avertir McPherson, son supérieur, qui préviendrait le capitaine, lequel appellerait le chef de la police, qui réveillerait peut-être le maire, lequel réfléchirait avant de contacter le gouverneur.

McPherson répondit à la première sonnerie. Un silence après que Hall eut annoncé la nouvelle. Puis, McPherson demanda :

–La presse est au courant ?

–Pas de corps, pas d'homicide, pas de journalistes. Juste un cas de personne disparue.

Nous ne pourrons pas garder le silence longtemps. Les autres familles ne vont pas rester les bras croisés.

–Un embryon de piste, quelque chose à se mettre sous la dent ?

–Nada. Rien.

La quatrième disparition en deux mois.

–Vous feriez bien de nous dégotter rapidement quelque chose, Hall. Quand l'histoire va s'ébruiter, le public et la presse vont nous étriper. Ils ne vont pas aimer ça et le maire non plus. Démerdez-vous ! Coffrez-le avant qu'il ne recommence !

McPherson avait coupé la communication. Gillian rejeta ses cheveux en arrière, se massa les tempes.

Le programme informatique emprunté à Homeland Security dont elle s'était servie avait tourné à vide. Les écoles fréquentées par les disparues, les endroits où elles avaient passé leurs vacances, les médecins qui les avaient suivies, les piscines qu'elles avaient fréquentées, tous les éléments que Hall avait pu rassembler, jusqu'à leurs horoscopes, avaient été confrontés.

Elle espérait trouver des connexions insoupçonnées, mais en dehors de leur sexe, de la fourchette d'âge, et de leur situation familiale, classe moyenne, il n'y avait rien que Hall ne sut déjà.

Hall en avait marre. Tordus, maniaques, violeurs, rendaient son boulot plus impossible chaque jour.

Aujourd'hui, c'était la *Santa Muerte*.

Au Mexique, elle représentait la forme idolâtre de la Grande Faucheuse. Un squelette — parfois mâle, parfois femelle — revêtu d'une robe de moine à capuche noire ou rouge, les mains jointes ou serrant une faux. Des milliers de défavorisés priaient la *Santa Muerte* pour qu'un miracle les sauve de la misère. La police mexicaine liait aussi la pratique de ce culte aux cartels de la drogue qui, selon elle, n'hésitaient pas à sacrifier d'innocentes victimes afin que la mort frappe leurs ennemis.

La *Santa Muerte* était la vierge des narcotrafiquants.

Mais les familles concernées par les disparitions n'étaient pas d'origine mexicaine. Ni drogues ni gangs n'étaient mêlés. Pas de relations avec une secte quelconque. Pas d'indice, de trace. Ces filles étaient là, et une seconde plus tard, elles s'étaient évaporées.

Le chef, le maire, les familles, la presse, Hall allait les avoir sur le dos. Et le gars ne s'arrêterait pas. Si elle ne lui mettait pas rapidement la main dessus, elle se retrouverait en uniforme à patrouiller dans les rues, flanquée d'un bleu sorti de l'Académie de police.

Soudain, Hall se vit sur une plage déserte et lointaine en face d'un jeune type superbe.

Gillian, tu hallucines !

Ecœurée, elle secoua la tête et se tourna vers son partenaire.

–Allons-y, dit-elle.

5

Marcia Connolly rassembla ses dossiers. Elle disposait de deux heures avant de se rendre aux studios de la chaîne abc7 où se tenait un débat télévisé sur le viol au sein du mariage.

Elle se regarda dans le miroir. Elle était toujours séduisante, à part ces cernes sous les yeux. Ils disparaîtraient avec le maquillage du studio.

Elle travaillait trop. Divorcée, c'est ce qu'il lui restait de mieux à faire, après Sophia, sa fille de onze ans.

L'interphone grésilla.

–Michael Bloomfield, de chez « Bloomfield et Reischer ». Il dit que c'est important.

« Bloomfield et Reischer », un gros cabinet de Los Angeles. Une centaine d'avocats d'affaires ; des bureaux à Century City, Avenue of the Stars.

–Passez-le-moi.

–Il est ici, Marcia. Il demande si vous pouvez le recevoir.

Qu'est-ce qui pouvait justifier qu'un avocat aussi connu que Bloomfield se déplace jusqu'à Melrose ?

Étonnée, Marcia sortit dans l'antichambre l'accueillir. Ils s'étaient rencontrés au cours de soirées.

–Je suis désolé de m'annoncer à l'improviste, dit Bloomfield en s'asseyant.

Il était vêtu avec recherche, mais sans fantaisie. Quelque chose de classique ; plus anglais qu'italien, songea Marcia.

Les clients de « Bloomfield et Reischer » devaient aimer le style Nouvelle-Angleterre.

Il s'adossa au fauteuil et jeta un regard circulaire. Le bureau de Marcia était minuscule, des meubles de location. Bloomfield n'était pas venu apprécier la décoration.

Elle toussota.

 –Il est plus petit que vos toilettes pour hommes, dit-elle avec un sourire.

 –Vous avez le sens de l'humour, Marcia. Il en faut quand on est avocat criminel. Je l'ai moi-même été, il y a longtemps. J'étais encore stagiaire...

Il eut un geste vague et poursuivit.

 –L'un de nos clients souhaite que nous lui trouvions un avocat susceptible de le représenter dans une future affaire.

Marcia trouva la démarche curieuse.

 –Un conflit d'intérêts avec votre firme ? demanda-t-elle.

Bloomfield secoua la tête.

 –Alors, pourquoi ne pas vous en occuper vous-même.

Bloomfield décroisa les jambes et réajusta le pli de son pantalon.

 –C'est délicat. Disons que mon client ne souhaite pas retenir « Bloomfield et Reischer » pour ce dossier.

 –Je ne m'occupe que de droit criminel, Michael. Je doute de pouvoir être d'une utilité quelconque à votre client.

 –Et bien, disons que c'est le cas.

 –Est-il sous investigation criminelle ? demanda Marcia.

 –Pas à ma connaissance. Mais je ne suis pas habilité à discuter de cela avec vous. C'est son privilège.

Bloomfield prit une enveloppe dans la poche intérieure de sa veste et la tendit à Marcia.

−Il y a un chèque de dix mille dollars à titre de provision. Il est tiré sur un trust qui appartient à votre futur client.

Marcia ouvrit l'enveloppe et jeta un bref regard. Elle s'efforça de paraître indifférente à la somme.

−Il s'agit d'une avance. Elle vous restera acquise même s'il ne fait pas appel à vous. Dans le cas contraire, vous discuterez le montant de vos honoraires avec lui.

−Michael, il existe d'autres avocats criminels dans cette ville. Pourquoi moi ?

−Disons qu'il s'agit d'une exigence de notre client. Vous serez libre de refuser de le représenter, s'il y a une suite.

Elle hocha la tête. Elle avait besoin de cet argent. Si son engagement définitif contrevenait à ses principes ou heurtait sa conscience, elle se désengagerait.

−J'accepte, dit-elle.

−Bien. Je vous enverrai un contrat.

Il se leva.

−Je ne doute pas de votre prestation télévisée de ce soir, Marcia. Vous serez formidable.

Elle eut un sourire timide.

−Michael, vous ne m'avez toujours pas donné le nom de ce client.

Juste avant de sortir du bureau, sans se retourner, il lança :

−Il s'appelle Orlando Cruz.

6

À 2 500 km de là, un vendredi à cinq heures de l'après-midi, Hugo Vargas, détective en chef à la *Ministerial Federal Police* (l'équivalent mexicain du FBI) passait en revue les messages de la journée. Le dernier lui sauta au visage. Il s'agissait d'un télex adressé par le FBI à Interpol à la demande du NCEMC, (Centre national pour les enfants exploités et disparus).

Il lui fallait partir sur-le-champ.

Hugo demanda une voiture de service, signa le formulaire et quitta l'immeuble. Il prit la direction de *Colonial del Valle*, un quartier résidentiel haut de gamme, berceau de José Lopez Portillo (Président du Mexique de 1976 à 1982) et de nombreux autres personnages importants de l'histoire du Mexique.

Hugo savait qu'il trouverait l'homme chez lui. Il l'avait félicité deux jours plus tôt. Il venait d'être nommé ministre de l'Intérieur.

« Je travaille chez moi tout le week-end. Passe, si tu ne sais trop quoi faire ce dimanche. Je m'apprête à faire quelques réformes et ton avis me sera précieux », lui avait-il dit.

Eduardo Medina devait avoir un sens de la prémonition, pensa Hugo.

Le ministre le reçut immédiatement. Il était touché que Hugo se soit déplacé. Ils s'assirent dans le bureau. Medina lui offrit à boire. Vargas but une gorgée de son verre. La chaleur de l'alcool irradia dans son estomac.

–Il a resurgi, Excellence, dit-il en reposant son verre.

Medina se laissa aller dans son fauteuil. Il posa sa cigarette et demanda :

–Où ?

–Los Angeles.

Le visage de Medina ne trahissait ni curiosité ni émotion. Il avait dirigé la *Federal Judicial Police* pendant des années.

–Tu en es sûr ?

Hugo prit le document du FBI et le lui tendit, avec un magazine vieux de trois ans qu'il conservait.

Medina hocha la tête après avoir examiné l'ensemble.

> –Je pense que tu as raison. Pourquoi recommence-t-il ?

> –Ce qui me surprend c'est qu'il se soit contenu si longtemps. Que comptez vous faire, Excellence ?

Medina prit le temps de réfléchir.

> –Les élections approchent. Si cette affaire voit le jour, l'opposition s'en servira et le président me tiendra responsable.

> –Qu'attendez-vous de moi ? demanda Hugo.

Il avait cru se débarrasser de ces souvenirs, comme on nettoie un abcès après un coup de bistouri, en pressant pour en expurger le pus jusqu'au sang.

> –Tu en sais plus sur ce type que n'importe lequel d'entre nous. Je vais prendre des dispositions pour que les Américains t'aident. Sois prêt à partir.

Il raccompagna Vargas jusqu'à sa voiture.

> –Là-bas, tu n'auras aucun pouvoir de police. Alors, ne prends pas de risque inutile.

7

L'avion de Mexico avait du retard et Gillian Hall s'impatientait. Chief Beck, le chef de la police en personne, lui avait demandé de coopérer.

« C'est un flic comme vous », avait-il précisé.

Tout en buvant son troisième café, Hall se demanda quel genre de renseignements ce Mexicain cherchait à obtenir.

Avec plus d'une heure de retard, le vol d'Aeromexico s'afficha au tableau.

Hall sortit son badge et se dirigea vers la porte de débarquement.

Elle scrutait les passagers essayant de deviner quelle allure pouvait bien avoir Hugo Vargas. Les Mexicains, par mesure de sécurité, n'avaient envoyé aucune photo.

Elle opta pour un gros aux cheveux courts vêtu d'un pantalon sombre et d'une chemise bleu pâle, mais il semblait ne chercher personne et fila vers les parkings. Elle le suivit du regard, et quand elle se retourna, un type grand et mince posait son sac devant elle. La quarantaine sportive. Un costume sombre, une chemise blanche au col ouvert. Il paraissait fatigué, donnant l'impression de ne pas avoir dormi depuis des lustres. Son visage : énergique, volontaire, mais sans rudesse. Il enleva ses lunettes de soleil. Une vitalité intense filtrait derrière ses yeux bleus. Mais Gillian décerna aussi autre chose, comme un vide douloureux.

–Détective Hall ?

Elle acquiesça. Il lui tendit la main.

–Hugo Vargas.

Elle ne s'attendait pas à un flic de cette sorte. D'un mouvement du menton, elle lui indiqua la sortie.

– On vous a mis au Miyako. C'est près de chez nous, dit-elle d'un ton aimable.

Il la remercia d'un sourire. Il baissa la vitre à moitié et sortit un paquet de cigarettes de son sac.

– Je peux ?

– J'allais vous poser la même question, dit Gillian.

Devant eux, les vitres des tours qui montaient à l'assaut du ciel se teintaient de rouge au soleil couchant.

Hugo demeurait silencieux.

– En quoi peut-on vous aider ? demanda-t-elle.

Il rejeta la fumée et se tourna vers elle.

– *La Santa Muerte*, dit-il. Ça vous dit quelque chose ?

Gillian Hall leva le pied de l'accélérateur et le cœur d'Hugo battit plus vite.

– C'est une information confidentielle, s'inquiéta Hall. Comment êtes-vous au courant ?

Vargas se força à demeurer calme.

– Je sais ce que cette image veut dire. Je sais aussi qui a enlevé ces filles.

Ils arrivaient à l'hôtel. Il lui demanda de le suivre dans sa chambre.

Elle s'assit sur un fauteuil pendant qu'il s'enfermait dans la salle de bains. Elle entendit la douche couler. Il ressortit peu après enveloppé dans un peignoir et s'adossa au mur.

– Vous n'avez pas affaire à un vulgaire kidnappeur.

– Vous savez qui c'est.

Il hocha la tête. Une immense lassitude paraissait l'avoir envahi.

– Vous avez l'air crevé. Vous préférez qu'on en parle demain ? fit Hall.

– Vous ne disposez pas de beaucoup de temps, répliqua-t-il vivement.

Le ton surprit Hall. Elle se leva, fit quelques pas dans la pièce.

–Je ne comprends pas très bien...

Hugo resserra les pans de son peignoir et ferma les yeux.

–Tout a commencé un soir de mars, dit-il.

Jardines del Pedregal, Mexico City 2002

8

Le déclic du pêne se perdit dans les bruits de la cuisine. Il donna un tour de verrou. Personne ne l'avait entendu. Il se déchaussa, sortit d'un sac une combinaison en vinyle noir qu'il enfila. Il passa une cagoule et se regarda dans le miroir. Il ne se vit pas sourire quand il vérifia la solidité de la cordelette. Il était dans la place depuis quatre minutes.

Il l'entendait chantonner dans la cuisine. L'autre était au premier étage.

Il traversa le hall, se plaqua contre le mur, près de l'entrée de l'office. Il tendit la main vers le commutateur et éteignit les appliques. L'escalier fut plongé dans l'obscurité.

Il cogna sur la cloison. Une série de coups réguliers. Il entendit des pas sur le carrelage, une silhouette se découpa dans la voûte lumineuse du corridor.

Il la frappa à la gorge, se glissa derrière elle, noua la cordelette autour de son cou.

Il serrait, la tenant contre lui. Elle se débattait, tentant de trouver une parcelle d'air. Il continuait à serrer. Les muscles des bras tendus à se rompre. Les jambes de la femme furent parcourues de soubresauts. Elle ne tarderait pas à mourir. Aucun son ne sortait de sa gorge, il lui avait broyé les cordes vocales. Elle se griffa les cuisses et s'affaissa. Il la laissa glisser au sol.

Il gravit les marches de l'escalier, s'arrêta dans le couloir. Deux pièces étaient éclairées. Il jeta un regard dans la première. Vide. Quelques pas. L'autre chambre. Une jeune fille assise sur le tapis. Il la souleva, lui cogna la tête contre le rebord d'un meuble. Il enleva sa combinaison, se déshabilla.

Elle reprenait connaissance. Il s'accroupit, lui chuchota à l'oreille. Les mots se formèrent. Ses lèvres tremblaient quand elle répéta en gémissant :

–*Por favor no me mates, haré lo que quieras.* (s'il te plaît, ne me tue pas, je ferai ce que tu voudras).

9

Fuentes Avenue était barrée par des voitures de police. Les gyrophares tournaient, les pelouses brillaient d'une étrange lumière bleutée. Un crachin jetait un voile flou sur la scène.

Protégée par des taillis, une résidence à deux étages ceinturée par un cordon de police. Parqués en face, des camions de la chaîne de télévision FORO TV.

Hugo Vargas franchit les grilles de l'immense portail et prit l'allée qui montait vers la maison. Devant les garages, un break Cadillac noir était parqué.

Esposito, l'un de ses détectives, l'attendait sur le perron.

– Un double meurtre ! C'est lui, Hugo, il n'y a aucun doute !

Il mâchouillait un cigare. Hugo ne se souvenait pas d'avoir vu Esposito l'allumer. Ce soir, c'était le cas. La fumée était âcre, il la chassa de la main.

Ils se tenaient à l'entrée du vestibule, parlant à voix basse. Esposito avait le visage congestionné.

– Qu'est-ce qui te fait dire ça ?

– La *Santa Muerte*. On a retrouvé l'image sous la porte. La femme...

– Quelle femme ?

– Maria, la gouvernante.

– On a identifié l'autre corps ? demanda Hugo.

Esposito mit un moment à répondre.

– Clara Montoya, la fille de Manuel Montoya.

– Quel âge ?

Vargas avait froid. Il avait juste enfilé un imper après l'appel ; il portait encore son tee-shirt en coton et ses jeans, sa tenue favorite quand il restait à la maison.

Esposito tira une bouffée de son cigare. Hugo le vit avaler sa salive.

–Dans les dix-sept ans, je crois.

Hugo pénétra dans la maison, déposa son imper sur une chaise et enfila une paire de gants.

–Envoie un photographe prendre des clichés de la foule. Où sont les corps ? demanda-t-il à Esposito.

Il se rendit compte que sa voix tremblait.

–Le premier est derrière vous.

Des tapis d'Orient. Un lustre démesuré descendant à mi-hauteur. Partout des consoles surmontées de miroirs vénitiens.

Vargas vit le médecin légiste penché sur un corps au pied de l'escalier de marbre qui menait à l'étage supérieur.

Le médecin leva les yeux, lui adressa un signe de tête.

–Je n'ai rien touché. Je vous attendais. À première vue, elle a été étranglée.

Au sol, une femme d'une cinquantaine d'années. Robe noire avec plastron et poignets blancs. Le visage tuméfié, les globes oculaires éclatés. Un collier de sang bleu autour du cou.

Elle reposait sur le dos. Une jambe repliée dans un angle bizarre. Ses cuisses étaient lacérées, ses collants avaient filé.

–Violée ? demanda Hugo.

–Je ne crois pas. On en saura plus après l'autopsie. Vous voulez voir la jeune fille ?

Ils montèrent au premier étage. Une chambre de fille. Sur un bureau, Vargas reconnut parmi une série de photos, Manuel Montoya, un financier célèbre. Sa femme était morte d'un cancer deux ans auparavant. Il entourait de son bras une jeune fille en tenue de football.

Elle sourit ; son équipe a dû gagner, pensa Hugo.

Son cadavre reposait en travers du lit, le visage tourné vers le mur.

La voix du légiste parvenait à Vargas, lointaine. La scène était figée, irréelle.

– Elle a été battue à mort et violée.

– Comment est-elle morte ? demanda Vargas.

– Étranglée.

Hugo parcourut des yeux la pièce. Un univers de souvenirs et d'espoirs à jamais disparu.

Vargas ressortit, fit quelques pas dans le couloir, se retourna.

– Des traces de sperme ?

– La lampe ultra-violette n'a rien donné. Vous n'aurez probablement pas cette chance.

Vargas redescendit. Esposito et Diaz, un autre de ses détectives, l'attendaient.

– Faites sonder les siphons des toilettes et vérifiez avec la ville sur quel réseau sont branchées les évacuations de la maison. Envoyez une équipe fouiller le parc, les poubelles et les rues aux alentours.

– Qu'est-ce qu'on cherche ? dit Diaz

– Un préservatif.

Diaz se livra à une plaisanterie. Ils rirent, pour décharger une partie de la tension.

– Qui a découvert les corps ? demanda Hugo.

– Le père. On a son témoignage. Il a été assommé en rentrant chez lui. Il s'est réveillé un moment plus tard et s'est traîné jusqu'à l'escalier. Il a trouvé le corps de la gouvernante, mais n'a pas eu la force de grimper les marches. C'est lui qui a prévenu la police.

– Où est-il ?

– Hospital Angeles, dit Esposito en refermant son carnet.

– Les voisins ?

– Jusqu'à présent, personne n'a rien entendu.

Vargas remit ses chaussures et son imperméable.

–Je vais voir Montoya. On fait le point dans deux heures. Retrouvez-moi au bureau. Dites à la presse que les meurtres sont probablement liés à une affaire de vol avec effraction, et n'oubliez pas les photos des curieux.

*

Vargas venait de s'entretenir avec le médecin aux services des urgences de l'hôpital.

« Montoya a une forte contusion frontale et une blessure superficielle au niveau du cuir chevelu. Pas de fracture. Je ne sais pas s'il est vraiment lucide, à cause des sédatifs. Vous pouvez lui parler, mais pas longtemps. »

Un policier en uniforme était assis devant une porte. Il se leva à l'approche de Hugo.

–Je crois qu'il est réveillé.

Manuel Montoya avait la tête entourée de bandages. Il paraissait plus jeune que sur les photos. Il respirait calmement. Hugo referma la porte derrière lui. Montoya entrouvrit les yeux. Le regard était vague, noyé. L'effet des calmants.

–Je m'appelle Hugo Vargas, Mr Montoya. J'appartiens à la *Federal Judicial Police* et j'ai le grade de *commandante*.

Montoya eut un geste de la main.

–Ma fille Clara, elle est morte ?

Sa voix était à peine audible. Hugo baissa les yeux. Montoya eut un tremblement, comme traversé par une décharge glacée.

–Êtes-vous en mesure de m'écouter et de me répondre, ou bien souhaitez-vous que je revienne demain ? demanda Vargas.

Montoya respira profondément, cherchant à reprendre sa lucidité.

–Vous l'avez arrêté ?

Hugo fit non de la tête.

–Je vous écoute, dit Montoya.

Vargas tira une chaise et s'assit près du lit, accrochant son regard dans celui du financier.

–Mr Montoya, dans les mois qui ont précédé, trois jeunes filles ont été enlevées. La presse n'en a pas parlé. À chaque reprise, y compris chez vous, nous avons retrouvé une image de la *Santa Muerte*. C'est la première fois qu'une des victimes est découvert. Tout ce que vous pourrez me dire, même si ça vous semble sans importance, peut nous aider avant qu'il ne recommence.

–J'ai peur de ne pas avoir grand-chose à vous apprendre…

Montoya marqua un temps d'arrêt, comme s'il se replaçait dans la chronologie de ce qui lui était arrivé.

–J'ai garé ma voiture. Je suis entré chez moi aux alentours de 20 h 30. Le vestibule était sombre. Quand je me suis retourné, j'ai reçu un violent coup à la tête. Je ne l'ai pas vu arriver. J'ai dû perdre connaissance, car je me suis retrouvé allongé sur le sol. J'ai essayé d'appeler, mais ma voix ne portait pas. Je me suis traîné jusqu'à l'escalier. Là, j'ai découvert le corps de Maria et j'ai appelé la police.

Montoya ferma les yeux. Il chercha la main de Hugo, l'étreignit. Son visage était défait.

–J'ai placé un policier devant votre porte, Mr Montoya, et l'accès à l'hôpital est filtré.

Si le tueur s'imaginait avoir été reconnu, Vargas ne voulait prendre aucun risque.

Hugo se leva.

–En dehors de mes détectives et de moi-même, ne parlez à personne de ce qui s'est passé. Je vous demande de ne fournir aucun détail aux journalistes. Je reprendrai contact avec vous dès que vous irez mieux.

Montoya eut une grimace de douleur. Avant que Vargas ne sorte, il lui demanda.

–Est-ce que ma fille a été violée ?

Hugo ne répondit pas.

10

Vargas avait eu le temps de passer chez lui et de se changer. Un pantalon en velours et un pull à col roulé. Il manquait de sommeil, il était sensible au froid. Il dormait mal ces dernières semaines.

Le café chaud lui fit du bien. Il plongea les yeux dans sa tasse, comme si c'était un marc où il aurait pu lire l'avenir.

Esposito et Diaz n'étaient pas revenus. Au quatrième étage du quartier général, une salle avait été aménagée. Une table en bois poli, des chaises, un tableau noir, une carte de la ville. Les dossiers étaient empilés à même le sol. Une ligne de téléphone le reliait au domicile d'Eduardo Medina, le patron de la *Federal Judicial Police.*

Vargas le mit au courant des événements de la soirée, s'excusant de le réveiller avec d'aussi mauvaises nouvelles.

–Jusqu'à quand taisons-nous la vérité ? demanda-t-il.

Medina répondit par une question.

–Quelles mesures préventives comptes-tu prendre ?

–Je vais doubler les patrouilles à la sortie des lycées et dans les parcs. Il me faut des hommes.

–Tu les auras. La fille de Manuel Montoya ! Nous allons être sur le grill, Hugo, dit-il avant de raccrocher.

Hugo regarda la liste qui figurait sur le tableau et les photos fournies par les familles.

Salma Belen : 16 ans, origine hispanique, sexe féminin, disparue le 30 mai

Bianca Lopez : 16 ans, origine hispanique, sexe féminin, disparue le 14 avril

Julina Hierra : 17 ans, origine hispanique, sexe féminin, disparue le 20 mars

Trois lycéennes volatilisées sur le chemin du retour après l'école.

Pas le même établissement scolaire, mais le même quartier, le même voisinage.

Elles rentraient chez elles à pied. Un point commun qui n'avait donné aucun résultat.

Jardines del Pedregal était un quartier résidentiel. La police avait interrogé des centaines de personnes, mais aucun véhicule suspect n'avait attiré l'attention. Le tueur devait être un familier du coin, au courant des habitudes de ses victimes. Soixante-huit délinquants sexuels demeurant dans un rayon de cinq kilomètres avaient été interrogés : sans un résultat.

Hugo alluma une cigarette. Il ne croyait pas à la théorie de plusieurs assassins. Il s'agissait du même homme. Pour ne pas se faire remarquer, il devait circuler dans un véhicule de livraison, ou une conduite intérieure avec vitres fumées. Quelqu'un que les victimes connaissaient. Il en avait l'intuition.

Depuis ce soir, aucun doute ne subsistait sur le sort des filles qu'on avait enlevées.

Vargas songea aux familles. Un couple de médecins, un agent de change divorcé, un homme d'affaires dont la femme était en traitement psychiatrique depuis la disparition de sa fille. Et Manuel Montoya.

Tant que les corps ne seraient pas retrouvés, inutile d'accroître leur désespoir en révélant les événements de la nuit.

Vargas finit par s'assoupir, la tête entre ses bras repliés. Esposito le secoua. Son café était froid. Il se dirigea vers le percolateur.

–Alors ? demanda-t-il sans se retourner.

–Les voisins n'ont rien vu et rien entendu. Il n'y a pas de traces d'effraction, mais ça, on le savait déjà.

La porte d'entrée principale n'était verrouillée que durant la nuit, leur avait précisé Montoya.

Diaz prit le relais.

–Rien dans les siphons. Les eaux usées vont dans un collecteur qui court d'un bout à l'autre de la rue. La quasi-totalité des maisons est raccordée à ce réseau. S'il a balancé le préservatif dans les toilettes et tiré la chasse, le truc se trouve à des kilomètres.

La pièce s'animait. Des agents en uniforme déposaient leurs rapports dans des corbeilles. Le résultat des autopsies et les analyses du labo ne seraient disponibles que le lendemain.

–Nous rajoutons les victimes de ce soir au tableau ? s'enquit Esposito.

–Pas encore, dit Hugo. Diaz, réveille le psychiatre et dis-lui de venir. Nous avons des éléments concrets. Esposito, il me faut les photos prises chez Montoya dans une heure au plus tard.

*

Le jour se levait. Hugo ouvrit la fenêtre. Il croqua deux cachets de vitamine C en prévision de la journée qui l'attendait.

Jorge Rios, le psychiatre, était arrivé. Il collaborait avec les services de police depuis cinq ans ; l'un des rares psychiatres mexicains à avoir suivi l'enseignement du BSU, l'Unité des Sciences du Comportement du FBI.

Il avait examiné les photos et posé de nombreuses questions.

–Ce qui est important, dit-il, c'est d'éliminer les stéréotypes et de rassembler une série d'éléments qui pourra aider votre enquête.

Il repoussa sa chaise et se leva.

–Apparemment, nous n'avons pas affaire à un des meurtres par contrat ou à un cambriolage ayant mal tourné. L'argent écarté, il reste la gratification sexuelle. Pourtant, l'homme que vous recherchez n'est pas un violeur au sens traditionnel, c'est un professionnel du meurtre. Il étrangle la gouvernante, monte au premier étage, viole et tue sa victime, puis il repart sans laisser de trace.

–Pourquoi ces messages, docteur ? En allant les déposer, il prend un risque supplémentaire, non ? demanda Diaz.

–Peut-être espère-t-il semer le trouble dans votre enquête, répondit le psychiatre. La *Santa Muerte*, c'est aussi l'idole des narcotrafiquants.

Par discipline, Vargas n'écartait aucune hypothèse, mais traquer les narcotrafiquants lui avait appris la manière dont ils se comportaient.

–Si les narcos avaient enlevé ces filles, il y aurait eu des demandes de rançon. À mon avis, torturer les familles fait partie de sa panoplie de pervers sexuel. Comment choisit-il ses victimes ? s'enquit-il.

Rios prit quelques secondes avant de répondre.

–En principe au hasard. Mais dans ce cas, vu la proximité géographique des disparitions et le milieu social, il semble fidèle à un type de sujet.

–Pourquoi ne pas avoir choisi des cibles plus faciles, des petites prostituées par exemple ? demanda Esposito.

–Bonne question. À mon avis parce qu'il se sent à l'aise dans ce milieu, et que probablement il y vit. Il réside, il a résidé à Jardines del Pedregal, ou il est amené à y venir fréquemment. Ce soir, il a dérogé à son rituel puisque vous avez retrouvé des victimes. Pourquoi cet écart ? Je n'en sais rien. Les explications sont nombreuses, en favoriser une risquerait de nous égarer.

Hugo se leva et referma la fenêtre. Rios le remercia d'un sourire. Il préférait encore la fumée de cigarette au froid humide de l'aube.

–Je prendrais bien une tasse de café, dit-il.

Hugo le servit et revint s'asseoir.

–Je suis certain que ses précédentes victimes l'ont suivi parce qu'elles le connaissaient et qu'elles avaient confiance en lui, reprit le psychiatre. Ce type pourrait être assis parmi nous sans éveiller le moindre soupçon.

Il y eut un moment de silence.

–Moi compris ? demanda Vargas.

Diaz et Esposito le dévisagèrent.

–Oui, dit Rios sans sourire. Vous compris. Vous entrez dans mon profil.

Rios consulta ses notes, revit la série de photos.

–Vous avez affaire à un individu de race blanche, de sexe masculin. Jeune, la trentaine, éduqué et prudent. Il est attentif à tout ce qui pourrait vous mener sur sa piste, d'où l'absence d'indices. Quelque part, il s'identifie à ce squelette de la *Santa Muerte*, il se voit comme l'image de la mort.

–Peut-on prédire son comportement ?

–Non. Mais il tuera de nouveau.

–Quand ?

Rios leva les bras au ciel. Il avait terminé. Il rangea ses dossiers.

–Je peux garder les photos ?

–Pas pour le moment, docteur. Elles sont confidentielles. Dès que nous l'aurons arrêté, je vous ferai parvenir un jeu, dit Hugo.

Le psychiatre enfila son pardessus et vida sa tasse de café.

–Tout ça — il indiqua d'un geste de la main le paquet de photos, le tableau et les dossiers encore ouverts sur la table — n'exclut pas la possibilité qu'il ait une famille. Et une chose encore : il n'a pas commencé hier.

*

Rios parti, il ne restait dans la pièce que les trois détectives et une masse de rapports. Il fallait les lire avec l'espoir d'y découvrir l'information passée inaperçue.

    –Difficile de tirer quelque chose d'un tel portrait, dit Diaz.

L'un des plus anciens du service. Un flic capable de ratisser pendant des semaines le terrain à la recherche d'indices ou de preuves.

Un officier posa sur la table les journaux du matin. On parlait du double meurtre de la nuit.

    –C'est dans la direction indiquée par Rios que nous allons reprendre toute l'enquête, répliqua Vargas.

Il jeta un coup d'œil aux gros titres. Le vol semblait être le mobile de l'incursion de plusieurs tueurs au domicile de Manuel Montoya.

Il se dirigea vers une carte fixée au mur. Des drapeaux indiquaient le chemin suivi par les victimes avant leur disparition.

Vargas planta un nouveau drapeau.

    –C'est la villa de Montoya. Nous partons de là. Frappez aux portes, posez des questions, laissez traîner vos oreilles et vos yeux. Ceux qui nous intéressent doivent répondre au profil de Rios : célibataire, marié, en couple, avec ou sans enfants. Ces gens ne sont pas obligés de vous laisser entrer chez eux, alors invoquez leur propre sécurité. N'oubliez pas les domestiques. Demandez une description des livreurs. Il nous faut également la liste des maisons qui se sont vendues les six derniers mois et les noms des anciens propriétaires.

S'ils ne mettaient pas la main sur un indice concret, leurs chances de remonter jusqu'au tueur continueraient d'être proches de zéro.

11

Les crimes chez Montoya avaient été commis un jeudi soir. Hugo passa une partie du week-end à examiner les clichés de la foule qui s'agglutinait autour du domicile de Montoya. Aucun visage n'éveilla sa suspicion. Il relut aussi les rapports d'autopsie.

L'heure de la mort : vers 19 h pour la gouvernante, une vingtaine de minutes plus tard pour Clara Montoya.

L'analyse du contenu des estomacs indiquait qu'elles avaient dû dîner vers 18 h. Des rigatoni et une glace au chocolat. Le niveau de digestion était plus avancé chez Clara.

Pas de cellules étrangères sous les ongles de la jeune fille, pas de sperme, mais un lubrifiant utilisé par des dizaines de marques de préservatifs.

La gouvernante avait été étranglée à l'aide d'une cordelette en nylon. La fille Montoya à mains nues. Un long supplice.

Manuel Montoya était sorti de l'hôpital. Il n'avait pas eu le courage de retourner chez lui. Vargas irait le voir lundi à son hôtel.

Hugo se força à faire un jogging le dimanche après-midi. Il prit une douche brûlante, puis dîna dans une pizzeria. Il alla ensuite au cinéma voir « From Dusk Till Dawn », un film de Robert Rodriguez avec Salma Hayek et George Clooney.

Vargas n'avait pas vraiment de vie personnelle, de relations suivies. Vu son métier, ses horaires impossibles, il se contentait d'aventures avec des femmes seules ou divorcées qui comme lui préservaient leur indépendance.

*

Le lundi matin en arrivant au quartier de la Federal Judicial Police, Vargas vit les camions de la télévision faire le siège devant l'entrée. Il fila directement aux parkings du sous-sol par la rue adjacente.

Il n'avait aucune déclaration à faire. La moindre information risquait d'être utilisée par l'assassin.

À dix heures, Eduardo Medina le convoqua.

Hugo pénétra dans le bureau. Manuel Montoya était là. Un pansement sur le front avait remplacé son bandage.

Vargas le voyait sous un jour différent. L'homme était athlétique, séduisant.

–Asseyez-vous, Comandante, dit Medina.

Le directeur ne le tutoyait qu'en privé.

–Comment allez-vous, Mr Montoya ? demanda Vargas

Manuel Montoya avait les yeux cernés et un regard empli de tristesse.

–Faible, déprimé.

–Comandante, dit Medina, Mr Montoya a une requête. Je crois qu'il vaut mieux qu'il vous en parle personnellement.

Eduardo Medina portait un costume anthracite, une chemise blanche et une cravate noire. Ses cheveux étaient assortis à sa moustache, un gris bleuté soigneusement entretenu. Il adressa un sourire à Montoya qui le remercia d'un signe de tête.

–Comandante, dit Montoya, ce qui compte c'est de savoir qui a tué ma fille et Maria. Je suis incapable de me concentrer sur autre chose.

Son visage avait une expression pathétique. Hugo prit une profonde inspiration.

–Mr Montoya, trois autres jeunes filles ont disparu et aucune d'elle n'a été retrouvée. À chaque fois, le même message a été laissé au domicile de la victime. Plus de cinquante policiers en uniforme, plusieurs détectives, travaillent sur ce dossier depuis des mois. Je puis vous assurer...

–Je ne voulais pas être critique, interrompit Montoya, en levant la main. Je sais que vous faites l'impossible. Ce que je souhaite, c'est d'être tenu au courant des progrès de l'enquête dans ses détails. Ainsi, j'aurai l'impression d'y participer. J'éprouve une immense culpabilité à demeurer prostré alors que le ou les assassins courent toujours. C'est une obsession.

Medina s'était retourné. Il parlait au téléphone à voix basse. Vargas hésita avant de répondre.

–Cela me semble difficile, Mr Montoya. D'une part, vous n'appartenez pas à la police, certains éléments sont confidentiels, d'autre part...

–Je sais que ma requête vous semble bizarre. Mais je ne peux pas rester les bras croisés et penser à ma fille... Je me dois de faire quelque chose d'utile. Je lui dois ça !

Hugo hocha la tête. Il comprenait. À la place de Montoya, il en aurait fait autant.

–Je ne veux pas que vous soyez impliqué davantage, Mr Montoya. Émotionnellement, cela risque d'être difficile.

–Le pire m'est déjà arrivé.

–Mr Montoya propose une récompense de cent mille dollars américains pour toute information concernant cette affaire, annonça Medina.

Vargas ne cacha pas sa surprise.

Cent mille dollars américains !

Les clochards, les mythomanes, les escrocs, allaient défiler ! Ils seraient contraints de traiter chaque appel.

Il se leva.

–J'ai besoin de réfléchir à l'opportunité de la démarche, dit-il. Je reprendrai contact avec vous.

Il était temps de sortir de ce bureau. Montoya, par sa position, avait dû faire jouer ses relations.

Vargas connaissait son patron. Ce n'était pas dans ses habitudes de lui forcer la main ; Dieu sait quelles interventions Montoya avait faites pour se retrouver dans ce bureau.

*

—Je ne pense pas que nous ayons le choix, dit Hugo.

—Pour la récompense ? demanda Esposito.

—Pas question de récompense. Pour informer Montoya.

—Ce gars est un suspect potentiel, dit Diaz.

—Il a l'air brisé, dit Hugo. Sa fille a été violée et tuée, et sa femme est morte d'un cancer il y a deux ans.

—Peut-être, dit Diaz. Mais il n'a pas vu son agresseur, il n'y a pas de traces d'effraction, et je n'aime pas son histoire.

—Écoutez, dit Vargas. Nous ne pouvons pas l'éliminer comme suspect, mais tant que je n'ai rien de sérieux contre lui, Medina ne m'écoutera pas. Montoya peut se payer les meilleurs avocats et nous traîner en justice si on ne fait pas attention. Et il y a autre chose.

—Quoi ? demanda Esposito

—Si c'est lui, autant le garder près de nous.

—Comment ?

—Je vais demander à Medina de le laisser utiliser un bureau à l'étage au-dessous. Donnez-lui des rapports à lire, gardez-le occupé. Esposito ?

Il n'avait pas rallumé son cigare depuis le fameux soir au domicile de Montoya.

—Prends une photo du break de Montoya et distribue-la aux officiers qui s'occupent des disparues. Qu'ils voient si la voiture éveille des souvenirs. Vérifie si Montoya possède d'autres véhicules, gratte discrètement dans son passé, et fais le suivre. S'il s'aperçoit que nous le surveillons, je pourrais toujours dire à Medina qu'il s'agit d'une protection. Montoya n'a pas vu le visage de l'homme qui l'a assommé, mais son agresseur ne le sait pas.

Vargas ne croyait pas à la culpabilité de Montoya, mais il ne fallait rien laisser au hasard.

–Que cherche-t-il en suivant l'enquête de si près ? demanda-t-il à Diaz.

L'opinion de ses hommes comptait. Les frustrations, si elles se développaient, nuiraient à la cohésion de l'équipe.

–Si j'étais à sa place, je tâcherais de savoir à quel stade nous en sommes. Avons-nous un suspect ? Si oui, alors accumuler les preuves contre lui, le faire condamner. Voilà ce que je ferais si j'étais Manuel Montoya et si j'étais l'assassin.

Esposito maugréa quelque chose, mais Diaz avait marqué un point. Orlando Montoya ne pouvait être négligé.

–Il va faire le rapprochement, dit Hugo. Dès qu'il aura lu les rapports, il va savoir que nous avons un suspect possible, même s'il ne correspond pas au profil du docteur Rios. Esposito, à quelle heure Montoya affirme-t-il être rentré chez lui ?

Le détective fouilla dans une pile de rapports. Il parcourut la déposition avec le doigt.

–Aux alentours de 20 h 30.

–Quand a-t-il appelé la police ?

–20 h 47.

S'il est coupable, il a dû rentrer chcz lui avant 19 h, l'heure présumée de la mort de la gouvernante. On travaille aussi là-dessus.

12

Vargas passa devant le bureau occupé par Montoya. Le financier semblait prendre son rôle au sérieux. Il avait accroché sa veste à une patère, relevé ses manches de chemise et entrouvert son col. Il prenait des notes au fur et à mesure qu'il avançait dans sa lecture. Une pile de rapports s'accumulait à ses pieds. Il avait l'air d'un fonctionnaire préparant un examen.

Vargas regarda sa montre : 15 h 30. Il descendit au parking, prit une voiture. Il se rendit à Santa Rosa, le lycée fréquenté par Julina Hierra. Elle portait le numéro trois dans l'ordre des disparitions.

La cloche sonna. Les enfants se déversèrent dans la rue. Il reconnut l'adolescent. Il était parmi les premiers à franchir la grille. Quand ce dernier l'aperçut, il se figea.

–Qu'est-ce que vous voulez ?

Il jetait des coups d'oeil par-dessus son épaule.

–Tu attends quelqu'un, Alejandro ? dit Hugo.

–Ma mère. Elle ne va pas tarder à arriver.

–Je veux juste te parler.

Alejandro et Julina Hierra étaient dans la même classe. Cet après-midi-là, ils avaient fait ensemble une partie du trajet, ils étaient voisins. Pressé de rentrer chez lui, Alejandro avait devancé Julina qui elle, n'était jamais arrivée.

Hugo avait lu son témoignage des dizaines de fois. Il l'avait encore lu ce matin. Il avait le sentiment qu'Alejandro avait vu quelque chose et refusait d'en parler. La culpabilité ou la peur refoulait un détail dans son inconscient.

–Est-ce que tu comprends ce que je fais ? lui
demanda Hugo.

–Qu'est-ce que vous voulez dire ?

–Julina a disparu. Je ne crois pas à une fugue, toi
non plus. Mon travail c'est de retrouver ton
amie et d'arrêter celui qui l'a enlevée.

–Vous avez peur qu'il recommence ?

La voix d'Alejandro était tendue.

–Oui. Ce type est toujours en liberté.

–Je vous ai dit que je n'avais rien vu.

–Tout ce que je te demande, c'est d'essayer de te
souvenir. Quelqu'un vous a t'il suivis ?
Quelqu'un que tu connais, à qui tu ne veux pas
créer d'ennuis ?

–Je n'ai rien vu ! cria Alejandro.

Il semblait désemparé. Dissimulait-il une
information ?

–Que se passe-t-il ici ?

Hugo se retourna. La mère d'Alejandro arrivait,
visiblement hors d'elle-même.

–Va dans la voiture ! ordonna-t-elle.

Elle attendit que son fils soit suffisamment
éloigné.

–Depuis quand la police est-elle autorisée à
questionner un mineur sans le consentement de
ses parents ? lança-t-elle.

–Bonsoir, madame Guzman, dit Hugo.

–Vous n'avez aucun droit...

–Je crains que si.

–Pas sans ma permission !

–Je dirige une enquête policière, madame, et je
pense que votre fils est en mesure de m'aider.

Le visage de son interlocutrice vira au rouge.

–Vous pouvez être certain que vous entendrez
parler de nous. Mon mari est avocat.

Elle repartit vers sa voiture, une Chevrolet Blazer
bleu-marine.

Lorsque Vargas revint à son bureau, Montoya était toujours plongé dans la lecture des dossiers.

*

Le nouveau club de gym de la police comportait une piscine, des salles de musculation et un studio de danse. Hugo fit un signe de la main à la réceptionniste, une blonde platinée en body de Lycra turquoise, et gravit l'escalier jusqu'au dernier étage. Il était presque 20 h. Les retardataires n'étaient pas les bienvenus. Il eut à peine le temps de se changer. Il rejoignit les autres, une dizaine d'hommes et de femmes, au cours de danse moderne. Pendant une heure, il courut, sauta, bondit, au rythme d'une musique de rock.

À plusieurs reprises, il entrevit une silhouette derrière la baie vitrée qui séparait la salle du couloir.

Le cours fini, il prit sa serviette sur la barre d'assouplissement installée le long du mur. Il venait au club deux fois par semaine. Ces séances lui vidaient la tête et l'aidaient à conserver son équilibre. Il cherchait aussi à moins fumer. Difficile, à cause de la pression qui ne baissait jamais.

–Vous avez le sens du rythme, entendit-il.

Manuel Montoya se tenait derrière lui.

–On m'a dit que je vous trouverais ici. Je pense que vous avez découvert un indice intéressant.

Montoya portait un tee-shirt blanc et un pantalon de survêtement de la même couleur.

–Vous êtes membre ? demanda Hugo.

–Non, mais j'y songe depuis que j'ai vu les installations.

Comment Montoya avait-il pu le retrouver au club ? Vargas n'avait informé personne.

–Les salles de musculation ont l'air bien équipées. Vous me servez de guide ?

–Pourquoi pas, dit Hugo.

Ils passèrent au milieu des corps qui transpiraient, des respirations forcées, du claquement métallique des poids et des barres. Montoya répondit aux sourires de plusieurs femmes qui se trouvaient là.

–Comment se fait-il qu'un homme aussi jeune ait le grade de Comandante, une lourde responsabilité, non? C'est un compliment, ajouta-t-il aussitôt, remarquant la nature du regard que Vargas lui lançait.

–Un degré en psychologie, puis un Master en criminologie à Austin, au Texas. Quelques concours et beaucoup de chance. Et vous? Cette carrière dans la finance?

–Le père de ma femme. C'est lui qui m'a mis le pied à l'étrier. La mort de Clara l'a beaucoup affecté. Il adorait sa petite-fille. C'est grâce à lui que Medina a accepté...

Il souriait, le visage brillant. Hugo eut un geste de la main. Cela n'avait pas d'importance.

–Je vous invite à dîner? proposa Montoya

–Parlez-moi plutôt de cet indice intéressant.

–Delgado, le professeur de dessin. Il a enseigné à Luis Cortines et à Santa Rosa, deux des lycées que les disparues fréquentaient. Il a été licencié. On a parlé de gestes équivoques...

–Exact. Votre fille a-t-elle pris des cours de dessin avec lui? demanda Vargas.

–Pas que je sache, mais cela ne signifie rien. Ces lycées passent leur temps à s'affronter dans un tas de domaines. Les matchs de foot, par exemple. Tout le monde y va. Ce Delgado...

–Mr Montoya...

–Comandante! Arrêtez de me donner du Monsieur Montoya. Je m'appelle Manuel. Je vous prends à la nage sur deux longueurs. Vous relevez le défi ou vous vous dégonflez?

Vargas réussit à conserver une avance jusqu'au virage, céda du terrain puis finit par le distancer sur la fin.

—Je ne pensais pas que vous gagneriez, Comandante, dit Montoya d'une voix haletante.

—Vous comprenez à présent pourquoi on me confie de telles responsabilités, Manuel.

*

Vargas habitait Condesa, une partie de la ville que l'on comparait au Quartier Latin.

De la fenêtre de son living-room, Hugo apercevait la vieille hacienda de la Comtesse de Miravalle qui avait donné son nom au quartier. Elle était occupée aujourd'hui par l'ambassade de Russie.

Installé sur son canapé, Vargas pensait à Montoya. Il avait eu de la sympathie pour lui, ils étaient du même âge, mais ce soir il l'avait trouvé effrayant : il paraissait avoir oublié le drame.

Vargas regarda le paquet de cigarettes posé sur la table et céda à l'envie de fumer. Ça l'aiderait à réfléchir.

Montoya était celui qui cadrait le mieux avec le profil du psychiatre Rios. À dire vrai, Vargas n'avait que lui dans son épuisette

Hugo ne succombait-il pas à la facilité en le suspectant ? Montoya avait-il violé et tué sa propre fille ? Une monstrueuse théorie dont Hugo n'avait pas l'ombre d'une preuve.

Avant de s'endormir, il régla l'alarme de sa montre à 6 h 30.

Il y avait des rumeurs au sujet d'Hugo Vargas, comme il y en avait sur tous ceux qui travaillaient à la Federal Judicial Police.

On reprochait à Eduardo Medina de l'avoir nommé Comandante. Vargas ne représentait pas la troisième génération d'une famille influente, il venait de l'Université et il était trop jeune, 29 ans.

13

–Tu veux interroger Alejandro Guzman sous hypnose sans la présence de sa mère?

–Oui, monsieur.

Eduardo Medina leva les yeux au plafond, prenant le temps de réfléchir.

–Cette femme ne me semble pas être une personne facile à manier.

–Je pense que le gosse a vu quelque chose. Il a un blocage et sa mère risque de tout gâcher.

–Il nous faut une décision du juge des mineurs, Hugo. Sous quel prétexte?

–C'est un témoin dans une affaire de kidnapping.

–Son père est avocat, dis-tu?

« C'est ton problème, pensa Hugo en fixant Medina. Tu m'as collé Montoya sur les bras, maintenant à toi de faire jouer tes relations. »

–Je vais voir si je peux agir de ce côté-là. Peut-être sera-t-il plus compréhensif que sa femme. Où en es-tu avec Montoya?

–Nous lui communiquons des éléments du dossier, il nous fait part de ses théories.

–A t-il trouvé un indice qui t'ait échappé? dit Medina en souriant.

–Pas pour l'instant. Il est au courant pour Delgado.

–Ah! Quelle a été sa réaction?

–Il n'en a pas eu. Il sait que c'est tout ce que nous avons de tangible pour l'instant. Il sait aussi que Delgado n'a pas d'alibi pour la nuit des deux meurtres.

−Que penses-tu de Delgado comme coupable ? demanda Medina.

Vargas toussa.

−C'est un vieillard. Il est incapable de monter un étage sans être essoufflé.

−Nous n'avons rien de sérieux avec Delgado alors ?

Hugo se leva.

−Nous n'avons rien tout court, Monsieur.

Vargas avait la main posée sur la poignée de la porte quand Medina le rappela.

−Pour Montoya, je ne pouvais pas faire autrement. Son beau-père est le principal actionnaire de la Bancomer, et c'est un ami intime du Président. Il m'appelle tous les matins, il veut savoir si nous allons bientôt arrêter l'assassin de sa petite-fille. Il a beaucoup d'affection pour Montoya qui s'est occupé de sa femme jusqu'au dernier moment. Elle est morte d'un cancer.

−Je suis au courant.

−Ce n'est pas tout, dit Medina. Tu n'es certainement pas au courant de ce que je vais te confier

*

De retour à la salle de briefing, Hugo trouva Diaz et Esposito passablement excités.

−J'ai un peu fouiné dans le passé de Montoya, dit Esposito. Sa mère était Américaine, son père secrétaire à l'université de Ciudad Juarez. Montoya a débarqué à Mexico City et s'est tout de suite mis à fréquenter la crème. Pour un fils de petit fonctionnaire de province, il a grimpé très vite. Deux ans après son arrivée ici, il épousait la fille de José Portillo, un des types les plus riches du pays. Ces gens-là ne donnent pas leur fille à n'importe qui. Je ne sais pas ce que Manuel a apporté dans la corbeille de mariage…

−Moi, je sais, coupa Hugo.

Les deux hommes le fixèrent. Hugo alla se verser une tasse de café et fit signe à ses collaborateurs d'approcher.

Il se pencha, comme s'il craignait des oreilles indiscrètes.

–Clara Montoya n'est pas la fille de Manuel, c'est la fille de sa femme. Lorsqu'ils se sont mariés, la gamine avait neuf ans. Portillo a confié à Medina que sa fille n'avait jamais voulu lui révéler le nom du vrai père de Clara ; probablement un étudiant de l'université qu'elle fréquentait à Madrid. Portillo a voulu bâtir une histoire, préserver la réputation de sa fille, mais elle a refusé. Lorsqu'elle est rentrée au Mexique, la petite avait trois ans. La fille de Portillo s'est installée dans un appartement, a trouvé un emploi, et s'est tenue loin de son père. Je ne sais pas comment elle a rencontré Montoya, mais tout s'est passé très vite et Clara est devenue légalement la fille de Manuel Montoya. La réputation de la famille préservée, le vieux Portillo a payé Montoya en lui ouvrant les portes de sa banque.

Diaz hocha la tête.

–Si Montoya est notre homme, tout s'explique, dit Diaz. Personne ne le voit agir, aucun étranger ne rôde dans le quartier, pas une voiture suspecte, pas d'effraction…

–Bon Dieu, Diaz ! Violer et tuer la fille qu'il a élevée, même si ce n'est pas la sienne !

Esposito ne semblait pas convaincu.

–Tu as entendu le docteur Rios. Le type est un monstre, mais personne ne le voit comme ça.

Vargas arpentait la pièce. Soudain, il s'arrêta.

–C'est lui ! Ça ne peut être que lui !

Les deux policiers se tournèrent vers Hugo.

–La police technique ne trouvera rien. Montoya est bien trop malin pour avoir laissé des traces qui l'impliqueraient dans ces deux meurtres. Il faut le coincer sur un mensonge dans sa déposition. Si c'est lui l'assassin, il n'est pas rentré aux alentours de 20 h 30 comme il le prétend, mais plus tôt. Nous devons le placer sur les lieux du crime avant 19 h, l'heure présumée de la mort de la gouvernante, dit Vargas.

Les trois hommes demeurèrent silencieux, puis Diaz prit un épais dossier et le posa sur la table.

–Les témoignages des gens du quartier. J'ai interrogé les voisins le long de la rue à deux reprises. Personne n'a vu passer le break Cadillac noir, la voiture que Montoya utilisait ce soir-là ; pas avant 19 h et pas à 20 h 30, mais...

–Mais ? demanda Hugo

–Il me reste une déposition à prendre.

–Celle de qui ?

–De Jacinta Moreno. Elle est Colombienne. Une sorte de jeune fille au pair dans une résidence proche de celle de Montoya. Elle promène régulièrement le chien de la maison le soir avant de partir.

Hugo parut intéressé.

–Ne vous emballez pas, patron. Je doute qu'elle ait vu quoi que soit. Elle est en vacances depuis la fameuse nuit. Son départ était prévu. En fait, elle va voir sa famille chaque année à la même époque. Elle revient lundi prochain.

–C'est dans le dossier ?

–Non, dit Diaz.

–Plus de rapports écrits, conclut Hugo. Montoya doit ignorer dans quelle direction nous cherchons.

14

–Alejandro, je voudrais que tu t'installes sur ce divan, dit Luisa, d'un ton et apaisant. Est-ce que tu aimes la mer et le soleil ?

–Oui.

–Alors, imagine des sensations que tu connais déjà. Tu es étendu sur le sable, et tu sens cette chaleur douce et agréable sur ta peau. Je tiens un objet au-dessus de tes yeux ; regarde-le attentivement.

Après trois jours de démarches, Eduardo Medina avait obtenu gain de cause. Le dimanche matin, Hugo se rendit au Centre d'évaluation psychologique de la Federal Judicial Police. Luisa Soto, une femme d'une soixantaine d'années, l'attendait.

–Fermez la porte s'il vous plaît, Hugo.

Elle s'était ravisée et avait attrapé le battant.

–Que pensez-vous d'une tasse de café. Vous semblez en avoir besoin.

–Merci. Noir et sans sucre.

Vargas n'avait pas dormi de la nuit. Il enleva son blouson de cuir, chercha un endroit où le suspendre, et finit par le poser à ses pieds.

Luisa était de retour avec deux tasses. Elle en posa une devant Hugo, retourna derrière son bureau et but une gorgée de café en faisant la grimace.

–Je ne suis pas très douée. C'est de l'instantané. Que pouvez-vous me dire sur cette affaire ? lui demanda-t-elle.

Ses boucles d'oreilles étaient assorties à ses yeux, avait remarqué Hugo.

Il lui parla des trois disparitions et du lien commun, *la Santa Muerte*. Il passa sous silence le double meurtre chez Montoya.

> –Alejandro sait quelque chose. J'ai besoin que vous le replaciez au moment où il sort de l'école avec son amie Julina, ce fameux après-midi.

> –Pourquoi ne vous a t'il pas fourni spontanément cette information ?

> –Je pense qu'il a peur de parler. Pas dans le sens où il se sentirait menacé. Il est troublé, il se refuse à admettre ce qu'il a vu, expliqua Hugo.

*

La pièce était dans la pénombre. Hugo se tenait en retrait. Arturo Guzman, le père d'Alejandro avait paru comprendre les motivations d'Hugo. En tant qu'avocat, il aurait raisonné de la même manière. Il patientait dans le couloir, sa femme ne l'avait pas accompagné.

> –Alejandro, regarde l'objet. Tu vois la tache brillante à sa surface ? Concentre-toi sur elle et oublie ce qui est autour. Pense au sommeil qui te gagne, pense à t'endormir. Tu es sur la plage et le soleil t'enveloppe de sa chaleur.

Luisa tenait un stylo en argent guilloché. Hugo voyait le reflet et entendait la voix monotone de Luisa qui poursuivait.

> –Tes yeux sont fatigués. Tes bras et tes jambes pèsent. Tu as envie de dormir. Tes paupières sont lourdes. Pense au sommeil qui t'envahit. Regarde cette tache lumineuse aussi longtemps que tu pourras. Tu es en train de sombrer dans un profond sommeil. Respire profondément, doucement et profondément. À chaque inspiration, le sommeil te gagne. Tu ne peux plus garder les yeux ouverts maintenant. Tu es endormi.

Luisa attendit un moment.

> –Il est prêt, dit-elle. Je peux commencer.

Hugo mit en marche l'enregistrement.

–Alejandro, est-ce que tu m'entends ? demanda Luisa.

Les paupières d'Alejandro tressautèrent.

–Oui.

–À quel collège vas-tu ?

–À Santa Rosa.

–C'est un bon collège. Tu t'y plais ?

–Oui.

–En quelle classe es-tu ?

–En septième grade.

–Est-ce que tu connais Julina ?

–Oui.

–Alejandro, tu joues dans l'équipe de football du collège ?

–Oui.

–Est-ce que Julina y joue aussi ?

–Oui.

–Alejandro, comment rentres-tu chez toi après l'école ?

–À pied.

–Tous les jours ?

–Oui.

–Tu sais que Julina a disparu ?

–Oui.

–Tu sais que tu es le dernier à l'avoir vu ?

–Oui.

–C'était quand, Alejandro ?

–Un après-midi.

–Où étiez-vous ?

–Nous rentrions à la maison.

–Te souviens-tu de l'heure ?

–Après 16 h.

Pour se méfier d'une éventuelle affabulation, la psychiatre testait les réponses avec des faits établis.

–Tu peux me décrire Julina ? continua Luisa.

–Elle est plus grande que moi. Elle a des yeux bleus, les miens sont marron.

–Qu'avez-vous fait en sortant de l'école ?

–Nous avons marché sur le trottoir, puis je l'ai quittée.

–Pourquoi l'as-tu quittée, Alejandro ?

–Je voulais voir une émission à la télé et Julina marchait trop lentement.

–Alors, tu lui as dit au revoir et tu es rentré chez toi.

–Oui.

–Tu t'es mis à courir sans t'arrêter?

–Oui.

Il y eut un silence.

–Essaye de te souvenir. Tu cours, tu as laissé Julina derrière toi. Il n'y a rien de mal dans tout ça. Julina marche lentement, tu n'y peux rien. Tu veux voir cette émission. Il y a le claquement de tes pas sur le trottoir, ta respiration. Que se passe-t-il à ce moment-là ? Souviens-toi. Tu es en train de courir, et…

Alejandro parut faire un effort.

–J'ai continué jusque chez moi.

–Tu as continué à courir jusque chez toi ?

–Oui.

Hugo griffonna sur un bloc et le passa à Luisa. Elle y jeta un rapide coup d'oeil et eut un signe d'assentiment.

–Quand as-tu traversé la rue ?

Alejandro restait silencieux.

–Tu as traversé juste en face de ta maison ? Rappelle-toi ! En arrivant sur l'autre trottoir, tu as poussé la porte et tu es rentré chez toi ?

La réponse mit quelques secondes à arriver.

–Non.

Nous y sommes, pensa Hugo.

–Tu as traversé la rue avant d'arriver chez toi ?

–Oui.

–Qu'est-ce que tu as fait juste avant de traverser ? Tu as regardé des deux côtés de la rue ?

–Oui.

–Tu as vu Julina ?

–Oui.

–Comment sais-tu que c'était elle ?

–C'était elle.

–Comment peux-tu en être sûr ?

–L'uniforme. Les couleurs, bleu et blanc.

–Julina était seule ?

–Non.

Hugo sentit un frisson lui donner la chair de poule.

–Il y avait quelqu'un avec elle ?

–Non.

Vargas et la psychiatre se regardèrent. Hugo écrivit encore sur le bloc et le passa à Luisa.

–Tu as vu une voiture ?

–Oui.

–Une voiture s'est arrêtée à côté de Julina ?

–Oui.

–Qu'a fait Julina ?

–Elle est montée dans la voiture.

–La voiture est passée devant toi.

–Non. Elle a tourné dans une petite rue.

–Tu l'as vue tourner ?

–Oui.

Hugo toucha l'épaule de Luisa. Il lui montra ce qu'il venait encore d'inscrire.

–Tu as pu distinguer cette voiture, Alejandro ?

–Oui.

–C'était une grosse Cadillac noire ?

–Non.

–C'était celle des parents de Julina ?

–Non.

Luisa se retourna vers Hugo.

–Demandez-lui la marque, chuchota-t-il.

–Alejandro, tu t'intéresses aux voitures ?

–Oui.

–Tu sais quelle était la marque de celle où tu as vu monter Julina ?

–Une Chevrolet Blazer.

–De quelle couleur ?

–Bleu foncé.

–Tu as déjà vu cette voiture dans le quartier ?

–Oui.

–Tu connais son propriétaire ?

–Oui.

–Tu l'as vu au volant de cette voiture le jour où Julina a disparu ?

–Oui.

–Où ?

–Devant l'école, ce matin.

–Où étais-tu ?

–Dedans. C'est la Blazer de mon père.

15

Hugo arrêta le magnétophone.

–Voilà ce que votre fils a révélé ce matin.

–C'est impossible ! s'écria Arturo Guzman.

Il était 15 h. Un rayon de soleil faisait ressortir l'acajou clair du bureau de Guzman.

–C'est impossible, répéta l'avocat. J'accompagne mon fils le matin à l'école, j'ai bien une Blazer bleu foncé, mais je n'ai jamais fait monter Julina dans ma voiture, ni ce jour, ni un autre jour !

–Je ne vous considère pas comme suspect, Mr Guzman. Pouvez-vous établir que vous n'étiez pas dans votre voiture devant Santa Rosa, le 30 mai, entre 16 h et 17 h ?

Guzman eut un sourire. Il se pencha vers Hugo.

–Mr Vargas, je suis avocat. Le témoignage de mon fils sous hypnose n'a aucune valeur devant un tribunal, et c'est à vos services qu'il appartient de prouver que j'étais dans ma voiture ce jour-là et que j'y ai fait monter Julina.

Il marqua un temps d'arrêt, puis s'adossa à son fauteuil.

–Cependant, je cherche à vous aider pas à compliquer votre enquête.

Il prit son agenda et le feuilleta.

–Le 30 mai était un mercredi. J'ai sur mon agenda deux rendez-vous : celui de 15 h 30 s'est terminé à 16 h 10 ; celui de 16 h 15 a fini à 17 h 40.

Il se dirigea vers une bibliothèque et revint avec deux chemises. Il prit dans chacune d'elle un relevé.

–Ces factures correspondent au temps que j'ai consacré à ces clients. Je vous fais des photocopies.

–Merci, dit Vargas

–Ce sont de bons clients. Peut-on vérifier sans les inquiéter outre mesure ? demanda Guzman.

–Je pense que oui. Avez-vous un cabinet comptable ?

Guzman nota le renseignement au dos de l'une de ses cartes de visite et la lui tendit.

–Nous appellerons de leur part. Une vérification d'écriture, dit Hugo. À propos, votre femme se sert-elle de votre voiture ?

–Quand la sienne est au garage. Vous ne pensez pas que...

–Non. Je ne pense pas que votre femme ait quelque chose à voir avec cet enlèvement. Un chauffeur ?

–Je n'en ai pas.

–Votre voiture se trouvait-elle en réparation à cette date ? L'avez-vous prêtée à un ami ?

–Je ne pense pas.

–Tâchez de vous en assurer.

Guzman eut un signe de tête et se leva, mettant fin à l'entretien.

–Merci de votre compréhension, dit Hugo.

–Ce n'est pas parce que mon fils a cru voir une Blazer bleu foncé que c'est forcément la mienne, avança Guzman en le raccompagnant.

L'avocat avait raison. Il devait exister des centaines de Blazer bleu foncé à Mexico.

Quel crédit Vargas devait-il accorder à la déposition sous hypnose d'un gamin de quatorze ans ?

Luisa Soto lui avait répondu : une chance sur trois pour que ce ne soit pas une fantaisie de son imagination.

16

Le lundi après-midi, accompagné de Diaz, Hugo se rendit au domicile de l'employeur de Jacinta Moreno, la Colombienne dont il manquait le témoignage.

– C'est là, dit Diaz. Garez-vous devant la grille. On montera à pied.

Une pluie grasse embuait le pare-brise. Hugo distinguait les contours estompés d'une maison dissimulée en partie par des bosquets.

Jacinta Moreno ouvrit la porte à la troisième sonnerie. Essuyant les filets d'eau qui glissaient le long de son cou, Hugo montra son badge.

– C'est à propos de ce qui s'est passé chez les Montoya ? demanda Jacinta.

– Exact, mademoiselle Moreno, dit Hugo.

– Madame m'a dit que vous passeriez. Entrez, dit-elle en s'écartant. N'oubliez pas de vous essuyer les pieds. Je viens de faire le carrelage.

Ils s'assirent dans la cuisine. Une radio diffusait de la salsa. Jacinta baissa le volume.

– J'ai du café, vous en voulez ? demanda-t-elle.

Elle était jeune, et se déplaçait avec un déhanchement qui monopolisa l'attention de Diaz.

– Mademoiselle Moreno, dit Hugo, en prenant sa tasse, vous êtes ici depuis longtemps ?

– Trois ans. Juste après la mort du mari de Madame. Je connais bien le quartier. Je ne comprends pas qu'une chose pareille ait pu se produire.

Elle posa sur la table un pot de café et les servit.

–Nous avons quelques questions à vous poser, dit Diaz. Vous vous souvenez de cette soirée, la veille de votre départ en congé ?

–Très bien. J'ai appris ce qui s'était passé le lendemain matin en regardant la télévision. Je me suis demandé si je ne les avais pas croisés en promenant Max.

Un golden retriever dressa l'oreille, puis reprit sa sieste. Hugo esquissa un sourire.

–Vous les avez arrêtés ? demanda Jacinta.

–Pas encore, dit Diaz. Quand avez-vous quitté Mexico ?

–Le lendemain, en fin de matinée. Mais j'ai noté ce dont je me souvenais dans l'avion.

Hugo échangea un regard avec Diaz.

–En dehors de votre « travail » ici, avez-vous une autre activité ?

–Je suis des cours à l'Université. Je vais chercher mes notes, j'en ai pour une seconde.

Elle revint et s'assit sur un tabouret.

–Je les lis ou vous préférez me poser des questions ?

–Allez-y, mademoiselle Moreno, dit Hugo.

–Voilà. Je sors Max tous les soirs sauf les jours de congé. Entre une demi-heure et trois quarts d'heure, selon le temps qu'il fait. Ce soir-là, il ne pleuvait pas vraiment, je suis sortie à 18 h 45…

Elle releva la tête.

–Excusez-moi. Je préfère répondre aux questions.

–À quelle heure ramenez-vous le chien ? dit Hugo.

–Je reviens toujours à 19 h 25 pour ne pas rater mon bus qui passe à 19 h 40.

–Même horaire ce soir-là ?

–Oui. Madame était à un concert et elle venait de rentrer. J'ai pu prendre mon bus à l'heure.

–Vous suivez toujours le même trajet quand vous promenez le chien ?

–Oui. Je remonte la rue, je dépasse la maison des Montoya d'environ trois cents mètres, avant de faire...

–Vous êtes passée devant chez les Montoya ? coupa Diaz d'une voix incrédule.

–Oui. Pourquoi ? Je vous ai dit que je m'étais demandé si...

–Vous n'aviez pas croisé les assassins, termina Hugo. Jacinta, Mr Montoya était-il déjà rentré chez lui ?

–Non. Sa voiture n'était pas là.

–Vous n'avez rien remarqué d'anormal.

–Non. Les fenêtres étaient éclairées. J'ai aperçu Maria dans la cuisine.

–Quelle heure était-il à votre avis ?

–18 h 50 ou 18 h 55. J'ai voulu m'arrêter, mais Max tirait fort sur sa laisse. Il m'a entraînée.

–Qu'avez-vous fait ensuite ?

–J'ai continué un moment, puis je suis redescendue.

–En repassant devant chez les Montoya, vous avez vu Maria ?

–Je n'ai pas regardé. J'étais trop occupée à lutter avec Max.

–Ensuite ?

–J'ai regardé ma montre. Il était 19 h 15.

À part le fait qu'à 19 h environ, Maria et Clara étaient en vie, il n'y avait pas grand-chose à exploiter, pensa Hugo.

–Juste avant de rentrer, une voiture m'a dépassée. Elle a tourné dans une allée sur la gauche à la hauteur des Montoya. Une grosse voiture foncée. Je n'ai pas fait très attention.

–Un break Cadillac noir ou une Blazer bleu foncé ? demanda Diaz.

−Je n'ai vu que les feux arrière. Je n'y connais rien en marques de voitures.

*

En début de soirée, Esposito les attendait au quartier général. Il avait passé la journée à mobiliser différents services de police essayant de cerner les éventuels propriétaires d'une Blazer dans un rayon de cinq kilomètres autour de Santa Rosa.

> −Plus de cinquante Chevrolet Blazer. Pour la couleur, nous téléphonons aux propriétaires.

Il consulta ses fiches.

> −J'en ai déjà dix-sept avec une couleur bleu foncé !

Hugo accrocha son imperméable et s'installa autour de la table. Il alluma une cigarette, la deuxième de la journée.

> −Arturo Guzman, le père du petit Alejandro, n'est pas dans le coup, dit Vargas.

> −Comment pouvez-vous en être certain ? s'enquit Esposito.

> −La femme chez qui Jacinta Moreno travaille est arrivée au moment où nous partions. Elle a vu les Guzman au concert le soir des meurtres, précisa Diaz. Ils ont quitté le théâtre en même temps après 19 h.

Il lança son calepin à Esposito.

> −Jette un coup d'oeil à la déposition de la Colombienne.

Esposito parcourut rapidement les pages remplies d'une écriture serrée.

> −Alors, qui se cache dans cette mystérieuse grosse voiture foncée ? demanda-t-il.

> −Quelqu'un qui ne veut pas utiliser la sienne parce qu'elle est trop connue, conclut Hugo.

Le téléphone sonna. Diaz prit la communication.

> −C'est pour vous, dit-il tendant le combiné à Vargas.

C'était la psychologue qui avait interrogé sous hypnose le petit Alejandro Guzman

–Hugo ? J'ai jugé opportun de vous informer d'une visite que j'ai reçue ce matin.

–Je vous écoute, Luisa.

–Manuel Montoya est venu me voir.

D'un geste de la main, Hugo fit signe à Diaz de prendre l'écouteur.

–Il m'a dit qu'il travaillait avec vous et qu'il était au courant de la séance de dimanche avec Alejandro Guzman. Montoya pense que la disparition de Julina est liée au meurtre de sa fille, un élément dont vous ne m'avez pas parlé. J'étais réticente, mais il a insisté pour que je lui montre le compte-rendu de la séance ; il est à la recherche de tout ce qui peut l'aider moralement à remonter la pente. Il a eu le rapport entre les mains après que votre patron Eduardo Medina m'ait donné son accord.

Hugo prit une profonde inspiration et laissa l'air s'échapper entre ses dents serrées. Diaz tenait encore l'écouteur à la main. Il semblait figé par ce qu'il venait d'entendre

–Le salopard !

–Vous parlez de Montoya ? demanda Esposito.

–Non, de Medina, dit Hugo.

–De quoi s'agit-il ?

–Montoya est sur nos traces, répondit Diaz. Il remonte la piste. Je ne serai pas surpris qu'il nous dépasse.

–Trouvez-le ! dit Vargas. Trouvez-le et amenez-le ici.

–Il doit être à l'étage au-dessous, dit Esposito. Je l'ai croisé au distributeur de sandwichs.

*

Manuel Montoya se trouvait dans le bureau mis à sa disposition. Il leva la tête quand Hugo claqua la porte.

–Pourquoi ne me tenez-vous pas informé ! Ce n'est pas votre enquête personnelle, attaqua Vargas.

–Calmez-vous, Comandante. J'ai franchi certaines limites, mais grâce à vous nous sommes sur la bonne piste avec les déclarations du fils Guzman. Je ne savais pas… Cet homme a tué ma fille Clara, comme il a enlevé les autres enfants. Son propre fils l'a identifié !

Vargas avait commis une erreur. Arturo Medina n'était pas au courant de sa suspicion à l'égard de Montoya, et c'est de bonne foi qu'il avait donné son autorisation pour que lui soit communiqué le compte-rendu de l'interrogation sous hypnose du petit Alejandro Guzman.

Montoya utilisait son beau-père pour s'informer de ce qui se passait ; y compris ce qui n'était pas encore dans les rapports.

–Mais vous aviez raison, dit Montoya avec un maigre sourire. Cela devient dur. Je reprends mes activités à la banque demain.

–Vous avez pris la bonne décision, coupa Hugo.

Montoya tira une photo de son portefeuille et la lui tendit.

–C'est une de mes préférées. Gardez-la. Pensez à elle quand vous arrêterez ce Guzman. Vous et votre équipe faites un sacré travail

Sur le cliché, Clara Montoya, plus jeune, souriait.

–Je vous remercie de votre patience à mon égard, Hugo.

–Ce n'est rien.

Vargas se sentait mal à l'aise. Montoya se leva et enfila sa veste.

–Vous me devez toujours une soirée. Nous parlerons de Clara. Cette semaine ?

–Nous verrons, dit Hugo. Je vous appellerai.

17

−C'est notre type, dit Vargas.

Il portait une veste bleue marine sur une chemise blanche et un jean. Des boots neuves complétaient sa tenue. C'était son anniversaire.

−Vous avez des preuves concrètes, Comandante ? demanda Medina.

−Pas encore. Mais il y a trop d'indices, de détails, qui m'obligent à regarder dans sa direction.

Medina s'adressa à Diaz et Esposito, qui se tenaient debout. Hugo, lui, s'était assis.

−Quelles sont vos impressions ?

−Il y a quelque chose, répondit Esposito, un vétéran de la division criminelle. Je partage l'opinion du Comandante.

−Et vous, Diaz ?

−C'est le suspect numéro un. Il n'a pas très bonne réputation, j'ai eu l'occasion de parler avec des gens de la commission de contrôle des opérations boursières. Sans la protection de son beau-père, Montoya aurait pu avoir de graves ennuis.

−Il y a une marge entre être un financier habile et assassiner quatre adolescentes, dont sa propre fille, fit remarquer Medina. Je vous suis difficilement sur ce terrain. Pourquoi s'expose-t-il ainsi ? Pourquoi vient-il se placer sous la loupe des enquêteurs ?

−Pour savoir dans quelle direction nous nous orientons, répondit Vargas.

–C'est ce qui m'étonne. Le portrait psychologique
établi par Rios fait état d'un homme au quotient
intellectuel élevé. Là, Montoya aboutit au
résultat inverse. Nous le soupçonnons parce
qu'il s'intéresse de trop près à l'affaire.

Medina secoua la tête. Il ne paraissait pas
convaincu par l'hypothèse de Vargas.

–C'est un risque calculé, ajouta Hugo. C'est ce
qu'il fait toute l'année dans sa profession,
Monsieur. Il prend des risques calculés.

–Je comprends votre point de vue. Mais pourquoi
vous a t'il signifié hier que c'était trop dur, qu'il
se retirait ? La logique m'échappe… À moins qu'il
ait senti quelque chose. Vu sous cet angle,
peut-être.

–Je pense que c'est ça.

–Admettons. Comment allez-vous procéder ? Pas
question d'interrogatoire sans des indices
sérieux.

Hugo fit signe à Diaz.

–Il va nous falloir examiner les titres de
circulation des Blazer bleu foncé, et voir si
Montoya n'en possède pas une par le biais d'une
des sociétés qu'il dirige, dit Diaz. Ça va prendre
des semaines.

–Montoya n'a jamais été arrêté pour excès de
vitesse au volant d'une Blazer ? s'enquit Medina.

–Nous avons vérifié. Il n'a que des violations de
parking, uniquement avec la Cadillac.

Esposito s'éclaircit la voix. Il ne venait pas
souvent dans ce bureau. C'était la troisième fois en
douze ans de carrière.

–Peut-on envisager une filature et des écoutes
téléphoniques ? se risqua-t-il à suggérer.

Un silence suivit sa proposition. Diaz et Esposito
semblaient fascinés par les motifs du tapis. Vargas
regardait les enseignes lumineuses sur les toits des
immeubles voisins. Quant à Medina, il avait levé les

yeux au plafond comme s'il cherchait un signe, une indication, qui l'aiderait à prendre sa décision.

Il faisait nuit. Le bruit assourdi de la circulation leur parvenait. C'était l'heure des embouteillages. Medina se leva.

–Continuez à travailler sur la Blazer, dit-il.

Au moment de quitter le bureau, alors que Esposito et Diaz étaient déjà sortis, Medina retint Vargas.

–Reste un moment je te prie.

Medina traversa la pièce et ferma la porte à clé. Les deux hommes se tenaient face à face. Medina posa une main sur l'épaule de Vargas.

–Je ne sais rien. Tâche de ne pas te faire repérer, murmura-t-il.

*

Vargas rejoignit les autres dans une salle où plusieurs collègues l'attendaient. Il but deux verres de tequila et grignota quelques amandes. On lui offrit son cadeau, un pistolet Mauser à crosse nacrée ayant appartenu à un colonel zapatista. Une pièce de collection.

Il s'isola avec Esposito et Diaz.

–Nous commençons la filature et les écoutes demain, annonça-t-il.

*

Hugo dîna seul dans une trattoria de son quartier. Un vin rouge chilien, des escalopes à la crème, un tiramisu.

Quand il ressortit du restaurant, il y avait des étoiles dans le ciel. Il rentra directement chez lui. Boire un verre dans une boîte ne lui disait rien ; il avait la tête lourde, mais durant deux heures il n'avait pas pensé à l'affaire.

Il termina un reste de glace à la vanille en fumant un cigare. Il débrancha le téléphone, mit un western dans le lecteur de disques et se fit une promesse :

c'était le dernier anniversaire qu'il passait de cette façon.

Il se réveilla en sursaut sur le canapé. L'écran strié de gris, le grésillement du téléviseur, les aiguilles lumineuses indiquant 2 h 50, atteignirent en premier sa conscience.

L'instant suivant, il entendit des coups répétés. On frappait à sa porte.

Il se leva en titubant, faillit tomber en heurtant la table basse. Le cendrier se renversa sur le tapis.

Pourquoi le dérangeait-on le soir de son anniversaire ?

Deux policiers se tenaient sur le palier.

– Qu'y a t'il ?

Il avait la voix prise. Il se rappela n'avoir rien laissé de la bouteille de vin chilien.

– Le détective Diaz cherche à vous joindre depuis plus d'une demi-heure, Comandante. Votre ligne ne répond pas. Vous devez le rejoindre immédiatement.

Une voiture de patrouille l'attendait devant l'entrée de son appartement.

18

Il se passa la tête sous le robinet, avala deux comprimés d'aspirine et enfila un blouson. Avant de sortir, il se ravisa et glissa son pistolet dans sa ceinture.

L'un des officiers lui passa le micro. Vargas s'accouda au véhicule, respira profondément.

– Je suis devant le domicile de Guzman. Foncez, je vous expliquerai en route, dit Diaz. J'ai donné l'adresse aux flics qui vous ont réveillé.

Hugo s'installa à l'avant de la voiture.

– Je mets la sirène ? demanda le conducteur.

Vargas hocha la tête à contrecœur. Ses tempes allaient éclater.

La voix de Diaz crachota dans le haut-parleur.

– Le centre d'urgence a reçu un appel à 2 h du matin en provenance de chez les Guzman. Le message n'est pas très audible. Il y aurait des morts à l'intérieur. J'ai fait cerner le quartier. Il n'y a aucune lumière et la ligne de téléphone est occupée. Il faut qu'on brise une vitre si on veut entrer dans la maison. Qu'est-ce qu'on fait ?

– Tu es seul à être armé ?

– Non. J'ai des types du groupe d'intervention avec moi.

– Ne m'attendez pas. Entrez !

Arrivé au début de la rue où habitait Guzman, Vargas fit couper la sirène. Il entendait le bruit d'un hélicoptère. Il aperçut le fuselage noir et blanc, le faisceau d'un projecteur.

L'hélicoptère avait pris de l'altitude. Il décrivait des cercles, fouillant de son projecteur les alentours.

Juste avant qu'il ne descende de voiture, Medina l'appela à la radio.

– Hugo, je viens d'avoir le ministre des Affaires étrangères au téléphone. La police a envahi son quartier. Il me dit qu'un hélicoptère de nos services passe au-dessus de sa maison. C'est une chasse à l'homme ?

– Je ne sais pas encore, Monsieur. Je viens d'arriver au domicile de Guzman. Diaz est à l'intérieur avec le groupe d'intervention. Je vous rappelle.

Vargas coupa la communication et courut vers la villa. Des silhouettes équipées de fusils d'assaut ressortaient de la maison. L'une d'entre elles lui barra le passage et enleva sa cagoule.

– Guido ! s'exclama Hugo.

Ils s'étaient connus à l'école de police et avaient suivi ensemble un stage aux USA.

– À l'intérieur, c'est un massacre. Le gars s'est tué avant que nous intervenions. Bon courage, Hugo.

Il lui donna un coup de poing amical sur l'épaule et lui céda le passage. Vargas franchit les derniers mètres qui la séparaient de la porte d'entrée.

– Diaz ?

– Je suis là.

Hugo ne l'avait jamais vu dans cet état. Il semblait décomposé. Il tenait encore son revolver à la main.

– Nous avons des officiers à l'intérieur ? demanda Vargas.

Diaz secoua la tête. Vargas se tourna vers un agent en uniforme.

– Personne n'est autorisé à pénétrer à part le légiste et son assistant.

Il espérait que les hommes du commando n'avaient pas trop perturbé la scène. Il traversa le salon avec Diaz. Sur un secrétaire, le combiné du téléphone était décroché.

Au premier étage, dans une grande chambre à coucher, Vargas trouva le premier cadavre. Une forme en chemise de nuit dont la tête faisait un angle inhabituel avec le cou. Hugo reconnut la femme qui s'était précipitée sur lui à Santa Rosa, madame Guzman. Elle paraissait avoir été tuée dans son sommeil.

Il trouva Alejandro dans une autre chambre. En premier examen, il avait été tué de la même manière que sa mère. Sous la torsion, sa tête pendait comme celle d'un pantin désarticulé.

Diaz lui fit signe.

–Le plat de résistance est au sous-sol.

Il sortit de sa poche un sac en plastique et le tendit à Hugo.

–Au cas où vous ne pourriez pas vous retenir de vomir, Comandante.

Le système nerveux de Vargas s'était d'un coup ramassé autour de son estomac.

Un escalier en bois menait à une pièce qui servait de salle de jeux. Le sol était recouvert de linoléum, un billard à trois boules occupait la moitié de l'espace. Dans un coin, un téléviseur posé sur un meuble faisait face à un divan. Trois marches en ciment conduisaient à un atelier qui servait de garage. La Blazer bleu foncé était là, malle ouverte.

Guzman s'était pendu. Il était nu et couvert de sang. Le câble métallique qu'il avait utilisé, fixé à un crochet qui saillait d'une traverse en béton, avait en partie cisaillé son cou.

Son sexe portait un préservatif, avec des traces de sang et d'une autre matière, plus épaisse et plus brune. L'odeur des fèces remplissait la pièce.

Hugo, ne pouvant contenir plus longtemps sa nausée, ressortit en courant. Au bout de cinq minutes, les contractions se calmèrent. Diaz le rejoignit avec un verre d'eau. Il se rinça la bouche.

–Ce n'est pas fini, lui dit-il.

Ils retournèrent dans l'atelier.

−Derrière la Blazer, indiqua Diaz

Hugo avança avec précautions, prenant garde à ne pas marcher sur les empreintes et les traces.

Il contourna la voiture. Elle n'était pas collée au mur. L'éclairage, un néon double accroché au plafond, révélait ce qui se trouvait là.

Un corps reposait sur le ventre. Il avait dû être éviscéré, car les intestins, sortis de la cavité abdominale, faisaient une masse gluante sur le côté. Les cuisses, disloquées, étaient couvertes d'excréments. Une flaque sombre d'aspect poisseux courait sous le véhicule.

Vu la taille, le cadavre était vraisemblablement celui d'une adolescente. Elle avait les mains liées derrière le dos, et ses chevilles portaient des plaies identiques aux marques laissées par des bracelets en fer.

Le manche d'un couteau dépassait de son vagin. Le sang et les matières fécales avaient éclaboussé les murs et la carrosserie de la Blazer. On les avait utilisés pour écrire sur le mur *Santa Muerte*.

19

La conférence de presse se terminait, huit jours après l'intervention de la police au domicile de Guzman. Ce délai, affirmaient les autorités, était dû la minutie apportée à l'enquête, à la confrontation des indices prélevés sur le lieu des crimes. À l'issue d'un rapport confidentiel épais de deux cent vingt pages, Guzman avait été identifié et reconnu comme seul coupable de la tragique série d'événements. Il avait mis fin à ses jours avant d'être appréhendé.

La presse avait reçu une copie de l'appel fait par Guzman le soir de son suicide, appel qui avait conduit les officiers de la Federal Judicial Police à investir son domicile, trop tard pour venir en aide aux victimes.

Hugo éteignit le téléviseur. Pour une fois, ce qu'on racontait correspondait à la réalité. Le labo n'avait rien trouvé. Rien qui laisse supposer une mise en scène. Tout concordait. Le sang, les empreintes, jusqu'au corps de Salma Belen, la jeune victime trouvée au domicile de Guzman.

Vargas écouta une dernière fois cet enregistrement :

— Mon nom est Guzman. Je les ai tués toutes les quatre. Je ne regrette rien. Santa Muerte.

Salma Belen, la première disparue, probablement la dernière à mourir. Les deux autres corps n'avaient toujours pas été retrouvés.

La voix de Guzman était méconnaissable. Une voix métallique, haletante. Rien d'extraordinaire ; l'homme se trouvait dans une phase active de libération. Ce n'était pas Guzman l'avocat, qui parlait, mais l'autre, le psychopathe, le tueur. À compter d'aujourd'hui, Vargas était en vacances. Il partirait pêcher à Mazatlán. Un séjour au bord du Pacifique lui ferait du bien. Medina l'avait félicité pour son intuition à propos du jeune Guzman. Hugo n'était pas de son avis, il se sentait responsable de la mort de cette famille. Hugo ne croyait pas à la culpabilité de Guzman. Il n'était pas le seul, ils étaient deux. Le véritable assassin et lui.

Il quitta son bureau vers 18 h 30 pour le club de gym, mais le cœur n'y était pas. Il se força, poussant sa résistance au maximum dans une sorte de désespoir.

Lorsqu'il ressortit, Manuel Montoya l'attendait, adossé à sa voiture.

–J'ai écouté la conférence. Vous ne vous étiez pas trompé sur Guzman.

–Vous devez vous sentir soulagé maintenant que l'assassin de votre fille est mort, dit Vargas.

Il sortit son portefeuille et tendit à Montoya la photo de Clara qu'il lui avait confiée.

–Je vous la rends. À un moment, vous étiez mon suspect numéro un.

Montoya parut choqué.

–Pourquoi?

–Une intuition. Votre force physique, des détails... Votre blessure à la tête, le fait que vous n'ayez pas vu votre agresseur...

–Vous plaisantez?

–Non. Vous pouvez me décrire le type qui vous a assommé?

–Sur le moment, non. Maintenant, avec le recul...

Il marqua un temps d'arrêt.

–Vous m'interrogez! Suis-je toujours suspect?

–L'affaire est close. Vous avez entendu Medina.

–Vous pensez toujours que...

–Ce que je pense n'a aucun intérêt, Mr Montoya.

–Pour moi, oui. J'ai de l'admiration pour ce que vous faites. J'ai rencontré dans ma vie peu de personnes qui m'aient autant impressionné. Vous pensez que je suis capable de commettre des horreurs... comme celles qu'a subies cette enfant chez Guzman.

Montoya semblait ailleurs, comme s'il revivait un moment de son passé.

Vargas se força au calme. Le rapport d'autopsie de Salma Belen, les photos, l'état du cadavre, n'avaient été communiqués à personne. Il s'en était assuré personnellement.

—J'ai dit « vous étiez ». Vous ne l'êtes plus. Tout est fini. Efforcez-vous de reprendre une vie normale, dit Hugo.

Montoya hocha la tête.

—Je suis fatigué, dit Hugo. Je dois rentrer.

Il s'obligea à sourire. Montoya s'écarta. Vargas ouvrit la portière de sa voiture.

—Je vous téléphonerai dans quelques jours. N'oubliez pas votre promesse de dîner ensemble, dit Montoya.

Vargas maîtrisa le tremblement qui l'avait saisi.

—Je n'oublierai pas, dit-il en démarrant.

Los Angeles, Hôtel Miyako
de nos jours

20

–Voilà toute l'histoire, dit Hugo Vargas. Je ne revis pas Orlando Montoya, et il ne me téléphona pas. Il partit en voyage. Quelques mois après, sa maison fut vendue, ses comptes en banque fermés, ses avoirs liquidés. Guzman officiellement reconnu responsable des meurtres et des enlèvements, le dossier fut définitivement classé.

Il se dirigea vers le minibar.

–Qu'est-ce que vous buvez ?

–Une bière, merci, dit Gillian Hall.

Elle prit la boite de Heineken qu'il lui tendait. Elle paraissait soucieuse.

–Il y a quelque chose que je ne comprends pas. Vos soupçons à propos de Montoya n'ont jamais été confirmés par des preuves. Dans ce cas, pourquoi êtes-vous convaincu que Montoya a commis ces enlèvements et ces meurtres ?

Vargas ouvrit son sac et prit un magazine.

–C'est édité chez vous. Regardez cette photo.

Hall se pencha. Un dîner de gala. Des personnalités en smoking qui souriaient à l'objectif. Elle reconnut le maire, deux de ses conseillers. Des célébrités, des gens en vue, assis autour de tables rondes. On avait encerclé au feutre rouge un des dîneurs à la table du maire. Gillian dut faire appel à la légende de la photo afin de mettre un nom sur ce visage.

–C'est Orlando Cruz. Pourquoi ?

Elle ne l'avait jamais rencontré personnellement, mais Cruz était un personnage qui comptait dans la vie économique et politique de Los Angeles.

Vargas lui tendit un second magazine.

–Un des magazines les plus lus au Mexique, Proceso. Le type en couverture, c'est Manuel Montoya.

L'allure des deux hommes était différente. Montoya avait l'air d'un jeune professeur d'université, alors que chez Cruz on sentait l'homme d'affaires arrivé. L'ossature du visage paraissait plus lourde chez Cruz ; Montoya avait des cheveux plus courts, plus sombres.

–Je ne sais pas. Il y a bien une ressemblance, mais...

–De longues années séparent ces photos.

Hall examina de nouveau les clichés.

–Honnêtement, je ne peux pas vous donner une confirmation.

–C'est le même homme. Il recommence à enlever, violer, et tuer des filles jeunes comme à Mexico City.

–Comment êtes-vous entré en possession du magazine américain, c'est une revue locale ?

–Par hasard. J'étais à Los Angeles il y a trois ans pour un séminaire avec une de vos agences fédérales.

–Qui vous a renseigné sur les disparitions qui nous concernent ? demanda Hall.

D'une enveloppe en papier kraft, Hugo sortit un document.

–Le FBI. Ce sont les fiches signalétiques avec le nom et la description des adolescentes qui disparaissent dans votre pays.

–C'est une procédure de routine chez vous ?

Hall semblait étonnée.

–Non, dit Vargas avec un sourire. Mais depuis que j'ai reconnu Montoya dans ce journal, j'ai mis en place une couverture d'informations.

Elle secoua la tête. L'obstination semblait être l'un des traits principaux du caractère d'Hugo Vargas.

–Vous étiez aussi au courant pour l'image de la *Santa Muerte* ?

–Inconsciemment, mais c'est vous qui me l'avez confirmé tout à l'heure dans la voiture. J'en étais certain, sinon je ne serais pas venu. Nous n'avons jamais communiqué à la presse ce que représentait l'image laissée au domicile des victimes. Il ne s'agit ni d'une coïncidence ni d'un imitateur. C'est lui.

–Qu'est-ce que vous suggérez ?

–Ce sont les empreintes digitales de Montoya, dit-il en lui remettant une fiche. Cruz est propriétaire d'hôtels, de bars, de restaurants. Il doit avoir une licence d'alcool à son nom. Il a dû donner ses empreintes, c'est obligatoire pour obtenir ce type de document. Ça vous sera facile de vérifier si ce sont les mêmes sans attirer son attention.

–Si j'ai cette confirmation, vous ne pensez tout de même pas que nous allons l'interroger sur une simple suspicion vieille de plusieurs années !

–Surtout pas ! Ne vous approchez pas de lui. Pas avant d'avoir amassé suffisamment de preuves, dit-il, alarmé.

–Merci du conseil. Nous ne sommes pas des amateurs, Vargas.

–Vous ne savez pas qui est Montoya. Vous n'avez jamais eu affaire à quelqu'un comme lui.

Hall marqua un temps d'arrêt. Hugo Vargas lui avait-il tout raconté à propos de ce Montoya ?

Hugo s'excusa.

–Je suis fatigué, j'ai besoin de dormir.

–C'est une longue journée. J'espère que vous vous trompez à propos de Cruz, Vargas.

–Je ne me trompe pas.

L'espace autour d'Hugo était chargé d'électricité.

Hall lui adressa un signe de tête et quitta la chambre.

21

Deux jours plus tard, une réunion se tenait dans le bureau d'Antonio Villairagosa, le maire de Los Angeles.

–Quelque chose ne va pas, dit Gillian Hall qui avait été invitée à donner son avis. Vargas n'est pas du genre à lâcher le morceau. Il était prêt à mettre Montoya sur écoute et à le filer, et d'un seul coup il laisse tomber l'affaire. De son côté, Montoya, officiellement hors de cause, disparaît sans raison, liquide tous ses avoirs, et ressort chez nous sous l'identité d'Orlando Cruz.

Beck, le chef de la police et Jack Osborne, le directeur de l'antenne locale du FBI, regardèrent tour à tour les deux magazines. Terell Patterson, le district attorney, était aussi présent.

–Je connais personnellement Cruz, dit le maire. C'est impossible. Il est marié depuis six ans à la fille de Pablo Mendoza, ils ont un fils...

–Tout le monde connaît Cruz, Antonio, et tout le monde connaît ses relations avec la communauté mexicaine de Los Angeles et son leader. Mais que savez-vous vraiment de ce gars ? demanda Patterson.

–Ces photos ne veulent rien dire, reprit Villairagosa. On ne peut pas leur faire confiance.

Et ce détective mexicain, quel crédit pouvons-nous lui accorder ?

–C'est le numéro un de la division enquêtes de la Ministerial Federal Police de Mexico City, dit Osborne. Une ville de vingt et un millions d'habitants, cinq fois la population de Los Angeles. Nous pouvons au moins lui accorder le bénéfice du doute.

–Je suis pour, dit chief Beck. Malgré les lacunes de son histoire, il est venu nous prévenir. C'est la première ouverture que nous avons sur ces enlèvements.

–Je ne suis pas d'accord, dit Villairagosa. Pas tant que vous ne m'aurez pas prouvé que Montoya et Cruz sont la même personne.

Patterson se tourna vers Osborne.

–Jack ?

Osborne se leva, contourna la table ovale en acajou et déposa une chemise devant chacun d'eux.

–Nous avons vérifié ce matin. Cruz est Montoya. Et vice-versa.

Le maire encaissa le choc. Il ne se donna pas la peine de lire les résultats. Il se tourna vers le district attorney.

–Que comptez-vous faire ?

–Jack, continua Terell Patterson, il nous faut la vie de ce type depuis qu'il est entré chez nous. Moeurs, finances, immigration, etc.

Quand ils sortirent du bureau de Villairagosa, Patterson interpella Gillian Hall.

–Où se trouve Vargas ?

–Au Miyako.

–Je vous attends avec lui demain à 18 h précises.

22

Hall avait près d'une heure de retard. Elle examina les silhouettes assises au bar. Du fond de la salle, elle vit une main s'agiter. Elle longea le comptoir où s'agglutinaient des célibataires en quête de rencontres.

– J'allais partir, dit Dexter Dune.

– Désolée, je n'ai pas pu me libérer avant.

Ils se serrèrent la main. Hall s'affala sur la banquette en cuir.

– Quelque chose qui peut m'intéresser ? demanda Dune avec un sourire.

Hall grignota quelques cacahuètes et commanda un bourbon.

Elle avait rencontré Dune, un journaliste d'investigations criminelles au Los Angeles Times, il y a huit mois, au sujet d'une affaire délicate. Une jeune touriste allemande s'était égarée à la sortie de l'aéroport dans un mauvais voisinage. Alors qu'elle demandait son chemin, des membres d'un gang l'avaient violée et assassinée devant son mari et ses enfants. Dune avait suivi l'enquête et écrit une série d'articles qui avaient plu au maire ; il avait soutenu les politiciens locaux et cherché à préserver l'image de marque de la ville. Il fallait jouer le jeu, minimiser l'incident pour ne pas effrayer les touristes et la population. On avait modifié la signalisation routière à la sortie de l'aéroport, banalisé les plaques des voitures de location, et évité de parler d'un gang de jeunes noirs dont l'existence était connue de tous sauf de ceux qui venaient en vacances. Depuis, Dexter Dune avait ses entrées à la mairie.

Dexter venait d'El Paso, Texas, et il était à Los Angeles depuis sept ans. Il animait depuis peu une émission hebdomadaire sur abc7. Il représentait des lecteurs dont Villairagosa, un Mexicain de deuxième génération, recherchait l'appui.

–Qu'est ce qui passe, Hall ? poursuivit Dune. Vous étiez chez le maire cet après-midi. Une sacrée réunion ! Chief Beck, Patterson, le FBI. Les grosses têtes de la lutte contre le crime...

–Vous êtes en train d'essayer de me dire quelque chose ?

–Rien que vous n'avez déjà entendu Gillian.

Ils commandèrent une autre tournée, avec des saucisses et de la sauce piquante.

–C'est à propos de ces disparitions ? demanda Dune. Vous en êtes au numéro....

Il sortit un carnet de la poche de sa chemise, mit ses lunettes.

–... quatre, je crois. Une certaine Amanda Warren, du côté de Los Feliz.

Hall resta silencieuse.

–Je connais mon métier, détective ; je sais mettre bout à bout les morceaux d'information que vous tentez de rendre insignifiants.

–Laissez tomber, Dexter. Vous autres journalistes, vous cherchez à tout prix des connexions là où il n'y en a pas forcément. Des gamines qui font des fugues, on voit ça tous les jours.

–Arrêtez vos conneries ! Le jour où cette bombe va exploser, vous en ferez les frais. Je représente les contribuables, ces gens votent vos budgets. Ils seront plus enclins à l'indulgence si vous les tenez informés de vos progrès.

À son niveau, impossible pour Hall de lâcher une bribe d'information. La décision devait venir de plus haut.

Dune n'avait pas tort. Ils étaient arrivés au point où ils devaient laisser filer une information ; ne serait-ce qu'à titre de prévention.

> –Parlez-en à chief Beck, dit Dune. Mettez-moi dans le coup. Je veux l'exclusivité. Je marche à fond avec vous. Vous vous tapez tout le boulot et eux se félicitent dans des conférences de presse. Je fais mon affaire du maire Villairagosa et du district attorney Patterson. Ils ne vont pas tarder à repasser devant les électeurs.

Il marqua un temps d'arrêt, laissant à Hall le temps de digérer sa proposition.

> –Alors ? Quelle est la prochaine étape ?

Hall lécha les rigoles de sauce piquante sur ses doigts. Elle but une gorgée de bourbon et se retourna.

> –La fille qui est au bar, Dexter. Celle qui a un corsage jaune et qui vous regarde.

23

Après avoir trouvé le message de Hall — elle passerait le chercher pour se rendre chez le district attorney —, Hugo avait loué une voiture et flâné sur le ponton de Santa Monica, déjeunant de beignets de crevettes et de frites.

Des filles aux muscles nerveux s'affrontaient dans un tournoi de volley-ball. L'une d'elles portait un bikini noir, un tee-shirt blanc et ne quittait jamais ses lunettes de soleil. Attirante, un côté oriental, et une petite colombe bleue tatouée sur l'aine droite. Elle s'appelait Samira et Vargas l'entendit jurer en espagnol.

Il s'était ensuite allongé sur le sable. Le soleil lui brûlait le visage. Il avait dû s'endormir. Sa nuque était en sueur. Il se leva et alla s'asseoir à une terrasse de café. Il commanda un expresso et alluma discrètement une cigarette.

Tout à l'heure, il était passé devant le Regency, l'un des hôtels de Cruz. Il n'imaginait pas retrouver sa trace aux États-Unis. Il le voyait disparaître en Asie, dans un pays où la prostitution d'une mineure ne troublait pas toutes les consciences.

Il n'était pas le seul à être derrière Montoya. Il avait menti à propos du magazine américain ; il l'avait reçu par la poste, on le lui avait envoyé. Anonymement.

Quelqu'un le manipulait. Pour l'instant, Vargas se concentrait sur son gibier pas sur l'autre chasseur.

Qui, le mystérieux expéditeur de ce magazine. tenait-il en joue ? Montoya ou Orlando Cruz ?

À moins que ce ne fût tout simplement Hugo Vargas.

*

Terell Patterson était considéré comme un district attorney pas très chanceux. Il avait la réputation d'avoir perdu plusieurs affaires importantes. Il était Noir, avec une courte barbe piquetée de blanc.

Quand Gillian Hall et Hugo pénétrèrent dans son bureau, Osborne, l'agent du FBI et un jeune homme souriant, Warner Dillard, l'un des assistants de Patterson, se trouvaient là.

– Bienvenue Mr Vargas, dit Patterson, se levant pour l'accueillir. Nous nous apprêtions à parler d'Orlando Cruz. Avant que nous commencions, je tenais à vous remercier de vous être personnellement déplacé. Nous vous sommes — il eut un geste circulaire de la main — reconnaissants de l'aide que vous vous voudrez bien nous apporter.

Il fit les présentations, puis se tourna vers Osborne, l'agent du FBI.

– Nous vous écoutons, Jack.

– Sa première entrée chez nous remonte à neuf ans. Un passeport américain au nom de Cruz, le nom de jeune fille de sa mère, délivré par notre consulat à Melbourne, lut Osborne.

Il leva la tête, réajusta sa cravate. Il était en poste depuis six années à Los Angeles, où il dirigeait le bureau local du FBI.

– Il s'est marié avec la fille d'Arturo Mendoza, une personnalité dans la communauté mexicaine de Los Angeles, expliqua-t-il à Hugo. Côté fédéral, c'est tout. Il est transparent même à la Drug Enforcement Administration.

Il ferma le dossier et le posa sur le bureau de Patterson.

– Désolé, mais c'est tout ce que j'ai.

– Un type comme ça doit bien avoir quelque chose à se reprocher, dit Gillian, à part les violations de parking.

–Apparemment, non. Il est arrivé à Los Angeles avec quelques dizaines de millions de dollars transférés tout à fait légalement de Sydney, reprit Dillard.

L'assistant de Patterson était adossé au mur, un bloc à la main.

–Son mariage lui a permis de drainer les capitaux des amis de Mendoza et d'emprunter aux banques des sommes considérables. Ils ont acheté des hôtels, des restaurants, des bars, et des terrains en bord de mer. Leur chaîne d'hôtels s'étend maintenant aux Caraïbes, en Amérique du Sud, et bientôt à Hawaii. La compagnie est passée publique l'année dernière. Le titre boursier a pris trente pour cent depuis son émission, une capitalisation de près de neuf cents millions de dollars.

–S'il y a des fuites sur les éventuels soupçons que nous avons, cela risque d'être la panique parmi les actionnaires, fit remarquer Patterson. Et sans preuves pour l'inculper, Cruz va se retourner contre nous.

–Ce n'est pas tout, surenchérit Dillard. Cruz fait des dons importants aux œuvres sociales de la police, et il a été l'un des principaux soutiens financiers de la campagne de Villairagosa.

–Rien sur son passé ? demanda Patterson faisant comme s'il n'avait pas entendu.

–Il est né il y a neuf ans, dit Osborne. Pour le reste, Mr Vargas est mieux placé que nous.

Hugo avait envie d'allumer une cigarette, mais c'était hors de question. Au même instant, Patterson lui demanda :

–Que pouvez-vous nous apprendre de plus sur Orlando Cruz ?

–Tout est dans le rapport que j'ai remis au détective Hall.

Il marqua un temps d'arrêt et ajouta.

–Je voudrais avoir accès au dossier des disparitions.

Patterson regarda Gillian Hall.

–Cela me paraît impossible dans l'état actuel des choses, Mr Vargas, dit Patterson. C'est plutôt nous qui avons besoin de toutes les informations concernant ce qui s'est passé à Mexico.

–Le dossier n'est plus en ma possession. Il est aux archives du Ministère de la Justice. Il faut introduire une demande par les voies légales.

–Combien de temps à votre avis ?

–Je ne sais pas. Trois, quatre semaines peut-être. En attendant, il peut récidiver.

Patterson secoua la tête.

–Je vais voir si je peux raccourcir ce délai. Pour l'instant, nous n'avons pas encore de corps sur les bras. Il reste l'espoir...

–Je ne compterais pas trop là-dessus. Il a dû prendre ses précautions. Vous ne les retrouverez jamais, dit Hugo.

–Possible. Mais nous savons dans quelle direction nous orienter à présent.

–Cruz a t'il eu la possibilité de s'informer sur les progrès de votre enquête ? demanda Vargas. Il semble avoir des amis bien placés.

–Nous n'avons pas de dossier sur lui et il n'est pas inculpé officiellement. De votre côté, Hall ?

–À vrai dire, je ne vois pas ce qu'il aurait pu apprendre sur les disparitions. Nous n'avons aucun suspect potentiel à qui il pourrait éventuellement faire porter le chapeau.

Patterson se leva.

–Je vous fais raccompagner à votre hôtel, Mr Vargas. Merci de vous être dérangé. J'ignore vos instructions, mais si vous décidez de rester quelques jours, je vous tiendrai au courant.

Hugo parti, Patterson se tourna vers Osborne et Hall.

– J'ai eu une discussion avec le maire et le chef de la police cet après-midi. Nous allons entreprendre une battue générale, tenter de retrouver les disparues et lâcher une poignée d'informations au public. Nous nous sommes mis d'accord : rien sur le contenu du message laissé au domicile des victimes ; juste une vague similarité entre ces notes qui laisse croire qu'il s'agit peut-être du même gars. Hall, il paraît que vous avez un ami journaliste qui peut se charger de ça.

Hall réprima un sourire. Dexter Dune n'avait pas perdu son temps.

– Un ami, c'est beaucoup dire...

– À partir de maintenant, vous êtes sa source. J'ai l'accord de votre patron. Vous allez laisser filer de l'info, en douceur. Pas un mot sur Cruz, bien entendu.

– Je n'ai pas voulu en parler devant Vargas dit Gillian, mais la mère d'Amanda Warren, la dernière disparue, travaille au Regency, un hôtel de Cruz. Je suis allée plus loin et j'ai appelé les autres familles. Toutes, à un moment ou à un autre, ont été en relation avec l'une des sociétés de Cruz.

Patterson mit ses lunettes.

– Il va falloir avancer prudemment. La connexion est fragile, et c'est du gros gibier.

*

De retour à son hôtel, Hugo ressortit et se dirigea vers une galerie commerciale proche. Il préférait ne pas utiliser son portable ou appeler de sa chambre.

Dans une boutique d'électronique, il acheta un « burner », un téléphone cellulaire sans abonnement comportant des unités prépayées.

Il composa un numéro, laissa sonner une fois puis raccrocha. Eduardo Medina le rappela quelques secondes plus tard.

–Où en sommes-nous ?

–Je n'ai pas accès au dossier de l'enquête, pas encore. Pour Montoya, il n'y a rien que je ne sache déjà.

–Que leur as-tu appris ?

–Ce qu'ils avaient besoin de savoir. Mais je crains que cela ne leur suffise pas. Ils veulent que nous leur communiquions les éléments en notre possession.

Il y eut un silence.

–J'ai peur que cela ne prenne du temps, dit Medina. Les gens de notre justice sont procéduriers. Comment s'appelle le responsable de l'enquête sur place ?

–Si Montoya est inculpé, c'est Terell Patterson, le district attorney.

–Je vais essayer de tirer quelques ficelles afin qu'il te mette dans le coup. Mais je dois agir discrètement, ne pas éveiller leur suspicion. Hugo ?

–Oui, Excellence.

–Tu restes là-bas. Il faut que tu sois en première ligne au cas où...

–J'ai compris.

–Tu as tout mon soutien.

–Merci, Excellence.

–Il y a autre chose.

–Oui, Excellence.

–Je vais te donner une information. Je ne t'en ai jamais parlé parce que le dossier Montoya était classé quand on m'a mis au courant. Nous avions besoin d'aller de l'avant. Surtout toi. Alors, je ne t'ai rien dit. Voilà de quoi il s'agit...

24

Gillian Hall retrouva Dexter Dune à Il Pastaio, un restaurant italien de Berverly Hills. Ce n'était pas le genre d'endroit fréquenté par les flics et les journalistes, à vingt dollars le verre de vin.

Mais Dune l'avait invitée. Comment pouvait-il se payer des dîners pareils? Pas en se faisant rembourser ses notes de frais. Le Los Angeles Times était plutôt le régime basse calories.

Hall ne se sentait pas à son aise dans son rôle d'informatrice. La police avait un service de presse, le district attorney aussi. Mais les politiciens avaient choisi de faire passer le message par Dune, certains qu'il leur renverrait l'ascenseur.

Hall était responsable de l'enquête sur le terrain, elle connaissait le dossier et elle connaissait Dune. Le profil idéal.

À bien réfléchir, un peu de publicité sur Gillian Hall ne ferait pas de mal à Gillian Hall. L'odeur des cadavres, de l'éther et du formol, la bouffe trop chaude ou trop froide, lui détraquaient le système digestif. Et sa mère n'avait pas complètement tort. Un beau cul et un flingue étaient insuffisants pour garder un mec.

Dune commanda deux risottos et une bouteille de merlot. Hall goûta le vin. Onctueux. Velouté.

– Vous avez reçu le feu vert? demanda le journaliste.

– Oui, Dexter.

Elle se pencha vers lui.

–Vous aviez raison. Les disparitions paraissent avoir un lien commun. C'est une hypothèse que nous cherchons à vérifier. Le FBI travaille dessus. Il compare avec ce qu'ils ont dans leurs bases de données.

–Vous avez une piste ?

–Nous suivons plusieurs fils conducteurs, certains sont plus prometteurs que d'autres.

Hall lui lança un regard en coin. Dune se mit à rire.

–Vous fréquentez trop de politiciens, Gillian ; vous parlez comme eux. Le public ne va pas se contenter de trucs vaseux.

–Nous avons une piste sérieuse. Vous serez le premier informé si nous procédons à des interpellations.

–Quel est le lien entre ces disparitions ?

–Un message au domicile des disparues. Son contenu est confidentiel.

–Peur des imitateurs ?

–Entre autre. Nous préparons une battue au niveau de l'État. Tout le monde va être mobilisé, dit Hall.

–Si vous tombez sur quelque chose, je veux être là avant les autres. Une théorie sur ces enlèvements ?

–On a le choix. Sadiques, cultes sataniques, vendeurs d'organes...

–J'écarterais les deux dernières catégories.

–Pourquoi ?

–Le message. Les cultes et les vendeurs d'organes n'aiment pas la publicité.

–Pas s'ils veulent nous faire croire qu'il s'agit d'un tueur en série.

Elle noyait le poisson. La seule chose intéressante aurait été qu'elle lui parle de Cruz.

Dune eut un haussement d'épaules.

–Ils ne sont pas si sophistiqués.

Ils attaquèrent leur risotto. Vu le prix, Hall trouva qu'il aurait pu y avoir davantage de fruits de mer.

Elle était passée se changer avant de venir. Sa veste et son pantalon en polyester n'étaient pas de mise à Beverly Hills.

Gillian pensa à Hugo Vargas.

Patterson avait eu tort de s'opposer à ce qu'on lui communique le dossier ; il en savait sur cette affaire plus qu'il n'en avait révélé. Elle l'inviterait à dîner, Vargas baisserait peut-être sa garde.

Dune posa sa main sur son bras.

  – Qui est ce type qui est entré avec vous chez
    Patterson ?

Ce gars est un vrai fouille-merde, pensa Hall. En plus, il lit dans mes pensées.

Les questions, c'est elle qui les posait d'habitude. Elle se força à sourire.

  – Un flic mexicain. Ils viennent étudier nos
    méthodes.

Dune ne semblait pas convaincu. Il commanda deux cafés et ils parlèrent des Lakers, l'équipe de basket-ball de la ville.

25

Les hangars abandonnés de la California Power Utilities se trouvaient à huit kilomètres à l'est du San Diego freeway. Des engins de chantier rouillés, des amas de ferrailles, des grues désarticulées, encombraient un terrain bordé par un plan d'eau marécageux. Les bâtiments se trouvaient à l'opposé, collés à un chemin de traverse et à une aire de parking. Une clôture grillagée faisait le tour de la propriété. Elle semblait récente, comparée à l'impression d'abandon qui se dégageait de l'ensemble.

Des véhicules de la police avaient contourné l'enceinte et se trouvaient de l'autre côté de l'étang. Un van et deux voitures banalisées étaient restés sur la route.

Dans l'une d'elles, le district attorney Patterson tentait sans succès d'enlever une partie de la buée qui recouvrait le pare-brise.

–Baissez votre vitre, Dillard. On ne voit rien avec cette putain de pluie qui s'est mise à tomber.

La portière arrière s'ouvrit brusquement et Gillian Hall s'affala sur la banquette. Son ciré noir ruisselait.

–Vous me devez une nouvelle paire de chaussures, dit-elle à Patterson, les miennes sont foutues.

–Où en sont vos plongeurs? demanda ce dernier, ignorant la requête.

Il se versa une tasse de café. Hall et Warner Dillard refusèrent sa proposition.

– Ils ont remonté deux sacs. Ils continuent à draguer. Ce n'est pas profond, un mètre maximum.

– On sait ce qu'il y a dans ces sacs ?

– On va les ouvrir dans le van en votre présence. On y va ?

– Putain de journée, dit Patterson.

Le van était emménagé en laboratoire d'analyses. Deux techniciens en blouse blanche se serrèrent pour faire de la place.

– On veut s'assurer du contenu, dit Hall.

Patterson approuva de la tête.

– Ouvrez-les. Qu'on en finisse.

Deux sacs poubelles identiques à ceux qu'on utilisait pour les déchets de jardin reposaient dans des bacs sur le plancher du van. Ils pouvaient contenir chacun un corps, mais pas d'une seule pièce, estima Hall.

Ils étaient là sur un appel anonyme. Trois jours plus tôt, vers 3 h du matin, un automobiliste avait surpris dans ses phares une voiture de marque étrangère arrêtée près du plan d'eau. Le conducteur se débarrassait dans la mare de paquets volumineux.

La pluie martelait la carrosserie du van. Une pièce de toile avait été déroulée sur le plancher. Hall regarda ses chaussures : foutues. Pour rien, espéra-t-elle.

Le collier en métal qui fermait l'extrémité du sac ne résista pas à la pince.

– Il y a un deuxième sac à l'intérieur. Même matière, même couleur... Fermé de manière similaire, dit l'un des techniciens.

– Coupez-le collier, demanda Hall.

Une odeur de charogne s'échappa du sac.

– Ouvrez les portes ! On va crever, s'écria Patterson.

Il sortit un mouchoir, se tourna vers l'arrière du véhicule. Le technicien leur tendit des masques en plastique. Ils se penchèrent pour mieux voir. Dillard était descendu du van.

–Il y a de gros morceaux qui baignent dans un jus noirâtre. Je prends le premier qui se présente, annonça le technicien plongeant le bras.

–Bordel ! jura Patterson.

Une mâchoire aux dents saillantes. Une tête de chien en décomposition.

Hall fut soulagée. Elle s'attendait au pire.

–Videz le sac dans le bac, dit-elle.

Des morceaux de chair, un bouillon noirâtre. Malgré les masques, l'odeur était insoutenable.

–Qu'est-ce que c'est que ce truc-là ?

Hall montrait du doigt une masse plus claire.

Le technicien la saisit.

–Un sachet en plastique, dit Patterson. On ne distingue pas ce qu'il y a à l'intérieur. Nettoyez-le.

Le technicien plongea le sachet dans un bac d'eau distillée, l'agita, diluant les matières et le liquide qui adhéraient sur les bords, avant de le tenir de nouveau à la lumière.

–Mon Dieu ! dit Hall.

Sa respiration était bloquée. Elle enleva son masque.

–Vous voyez la même chose que moi, Terell ?

Le district attorney hocha la tête. Pas de doute possible. Le sac contenait deux seins de femme sectionnés.

*

–C'est le mandat de perquisition ? demanda Hall.

–Oui, dit Dillard,

L'assistant du district attorney déchira la page qui venait de sortir du fax portatif. Ils étaient dans la voiture de Patterson. Trois sacs avaient été remontés. Un contenu identique. Les mutilations dataient de

48 h, à moins que les organes n'aient été conservés au froid.

Patterson parcourut le document et vérifia la signature du juge. Il se pencha à l'extérieur par la vitre ouverte.

–C'est en règle. Hall ; demandez à vos gars de nous ouvrir le passage.

Accoudée au véhicule, Hall acquiesça. Elle donna ses instructions dans une radio portative.

La pluie avait cessé. D'autres voitures les avaient rejoints. Un groupe d'hommes portant des cirés avec dans le dos inscrit LAPD en lettres jaunes et fluorescentes s'approchèrent de la double porte d'entrée faite d'une armature en tubes et d'un treillis métallique serré. L'un d'eux tenait une cisaille. Il coupa plusieurs maillons d'une grosse chaîne cadenassée qui maintenait solidaires les deux battants.

Les véhicules pénétrèrent dans l'enceinte de la California Power Utilities. Patterson se gara devant les bâtiments

–Dites à l'équipe de plongeurs d'opérer à partir de ce côté, ce sera plus facile, dit Hall à l'un des policiers. Ils ne doivent pas cesser les travaux de dragage.

A l'aide d'un bélier, l'une des portes fut enfoncée. Le bois, pourri, céda au premier coup.

–Attendez ! On ne sait jamais ce qu'il peut y avoir à l'intérieur.

Hall barrait le chemin à Patterson. Elle envoya deux détectives en reconnaissance, gardant le contact radio.

–Clair ! Vous pouvez y aller, grésilla une voix au bout d'une dizaine de minutes.

Hall, Patterson, et plusieurs policiers en uniformes s'avancèrent à l'intérieur. Leurs pas résonnaient dans les hangars vides. Une rangée de bureaux s'alignait sur l'une des façades du bâtiment. Ils passèrent d'une pièce à l'autre. De vieux meubles métalliques couverts

de poussière et de fientes, une installation
téléphonique désuète. Pas de traces au sol. Ils
ressortirent. Un deuxième bâtiment était accolé au
premier.

Un hangar vide, éclairé par une rangée de
fenêtres aux vitres brisées. Le toit avait perdu son
étanchéité, des mares s'étaient formées. Une porte
métallique à glissières séparait ce local d'un troisième
bâtiment. Ils tentèrent sans succès de faire coulisser
les vantaux.

– Ils doivent être bloqués de l'autre côté. Je fais le
tour, dit Hall. Il y a un accès par le parking qui
se trouve sur la petite route, à l'arrière des
constructions.

Juste avant qu'elle ne monte dans sa voiture, Hall
vit Dillard sortir du véhicule de Patterson et foncer
vers elle.

– Gillian ! Vous savez à qui appartient la California
Power Utilities ?

Il ne laissa pas à Hall le temps de trouver une
réponse.

– À Cruz. Il a racheté le terrain et les
constructions il y a un an et demi.

Il lui adressa un signe de victoire et se précipita à
l'intérieur du bâtiment.

Les scanners des journalistes étaient en
permanence branchés sur les fréquences radio de la
police. La presse allait rappliquer. Pour compliquer la
situation, le public saurait qu'Orlando Cruz était
propriétaire des lieux. Un petit malin ne manquerait
pas de téléphoner au service des actes de propriété
de la ville.

Hall se ravisa, descendit du véhicule et se heurta
à Patterson qui venait à sa rencontre.

– Qu'est-ce qu'on fait avec Cruz, la presse va le
prendre d'assaut, dit Gillian.

– Où est-il ? demanda Patterson.

Hall sortit son téléphone cellulaire et appela son
bureau.

–Je veux savoir où se trouve Orlando Cruz. Rappelez-moi d'urgence !

Ils patientèrent vingt minutes avant d'obtenir le renseignement.

–Il est à son bureau du Regency, dit Hall au district attorney.

Patterson réfléchit un moment.

–Que vos hommes ne le lâchent pas. S'il sort des limites du comté ou s'il cherche à s'échapper, arrêtez-le ! Essayons maintenant d'ouvrir cette porte le plus rapidement possible.

Hall prit deux hommes et suivit la route latérale jusqu'à la façade ouest. Une ouverture fermée par un rideau métallique faisait face à l'aire cimentée d'un parking.

–Ce rideau doit peser une tonne. Concentrons-nous sur l'entrée de service, dit Hall.

Ils examinèrent la porte.

–Des serrures de sécurité, et elles sont récentes, remarqua l'un des policiers.

Hall vérifia.

–Combien de temps pour les faire sauter ?

–On a un chalumeau dans le coffre. Une quinzaine de minutes, vingt au plus.

–Allez chercher votre équipement. Dépêchez-vous !

Elle se tourna vers l'autre officier.

–Trouvez une radio et donnez-la à Patterson. Revenez avec des projecteurs, la nuit ne va pas tarder à tomber.

Hall alluma une cigarette. Dieu sait ce qu'ils allaient trouver là-dedans.

Elle ne pensait plus du tout à l'état de ses chaussures.

26

Une heure plus tôt, Vargas quittait le Miyako avant le rush de la sortie des bureaux. L'information communiquée par Arturo Medina consistait en un nom : Martha Rodriguez.

Elle vivait à trois blocs au nord de Los Feliz, et détenait des éléments sur le passé de Montoya avant qu'il ne débarque à Mexico City.

Vargas évita le Santa Monica Boulevard, et emprunta une série de rues parallèles se donnant une meilleure chance de vérifier s'il était suivi. Le crépuscule tombait quand il arriva à l'adresse que Medina lui avait donnée.

Par précaution, il fit plusieurs fois le tour du quartier avant de s'engager dans la rue où habitait Martha Rodriguez. Il arrêta sa voiture, laissant le moteur tourner pour ne pas couper la climatisation.

Les maisons, avec leur jardinet et leur crépi beige, se ressemblaient. Hugo attendit un moment, puis se décida à aller sonner au portail. La porte d'entrée s'ouvrit, une femme apparut sur le seuil.

–Qu'est-ce que c'est ? grogna-t-elle.

Vargas l'avait sortie de sa douche. Elle serrait les pans d'un peignoir de bain, ses cheveux mouillés étaient rejetés en arrière.

–Je suis désolé de vous déranger. Je suis bien chez Martha Rodriguez ?

–Qu'est-ce que vous lui voulez ? répliqua la femme d'un ton qui trahissait la méfiance.

–J'appartiens à la compagnie d'assurances Metlife, nous sommes des réassureurs.

–Je ne suis pas Martha Rodriguez, dit la femme, s'apprêtant à refermer derrière elle la porte.

–Attendez! Dites-moi simplement à quelle heure je peux repasser. C'est important.

Martha Rodriguez était sortie, ou sans doute n'était-elle pas encore rentrée.

La femme fit demi-tour, descendit trois marches et s'arrêta.

–Quelle compagnie d'assurances avez-vous dit?

–Metlife! Vous avez sûrement vu notre publicité à la télé, affirma Hugo avec aplomb.

La femme hocha la tête.

–C'est affreux ce qui est arrivé à Martha, dit-elle. C'était une agression et la police n'a été capable de retrouver ni ce chien ni son propriétaire.

Une information tombée du ciel qui servirait à Vargas.

–Martha Rodriguez n'habite plus ici, ajouta la femme. La maison a été reprise par la banque et nous l'avons achetée.

–Elle ne payait plus son prêt?

La femme haussa les épaules.

–Il y a longtemps que vous avez acheté la maison?

–Ça fait cinq mois qu'on y vit ma sœur et moi.

–Martha a-t-elle laissé une adresse, un numéro de téléphone? J'aimerais la joindre, surtout si elle a besoin d'argent.

–On a tous besoin d'argent. Je sais où elle a déménagé. Je lui ai apporté le reste de ses affaires.

–Vous pouvez me donner l'adresse? Je suis sûr que Martha vous en sera reconnaissante.

–La reconnaissance... Bon, le coin s'appelle L'île bleue. Prenez San Fernando et tournez à Brazil.

*

Vargas trouva sans peine L'île bleue.

Logé sur une bande de terrain insalubre, c'était un parc de caravanes sinistre, un projet social abandonné ou oublié par un politicien réélu. L'île bleue devait tenir à l'écart le reste des habitants du quartier.

Une enseigne lumineuse décrépie était allumée à la fenêtre d'une roulotte de chantier. Hugo gara sa voiture près d'une vieille Oldsmobile. Le gardien, un type au teint olivâtre, verrouillait les tiroirs de son bureau quand il poussa la porte.

Le gardien leva les yeux, observant Hugo d'un air méfiant.

–Je cherche la caravane de Martha Rodriguez.

L'homme ne réagissait pas.

–Martha Rodriguez. On m'a dit qu'elle vivait ici.

Le type regarda ostensiblement sa montre. On aurait dit qu'il essayait de prendre une décision : ouvrir ou pas l'un des tiroirs.

–Je m'appelle Vincente Gomez et j'appartiens à la compagnie d'assurances Metlife. J'ai des documents à lui faire signer concernant un accident survenu il y a quelques mois. Martha Rodriguez a été mordue par un chien et il y a un complément d'indemnité.

Le gardien haussa les épaules et se décida.

–Elle est partie, dit-il, après avoir parcouru les pages d'un registre.

– Partie où ?

–Au Mexique.

–Vous en êtes sûr ?

Le type replongea le nez dans son registre.

–L'emplacement est loué à quelqu'un d'autre. Sa caravane est au cimetière. Un bout de terrain plus bas, à trois ou quatre cents mètres. On y met les caravanes quand les propriétaires les abandonnent.

–Je peux jeter un coup d'œil à ce cimetière ?

Vargas ne voulait pas repartir avant d'être allé jusqu'au bout.

–Vous voulez acheter une de ces épaves ?

–Possible.

–Faudra voir avec le gérant. Il vient le samedi matin.

Hugo acquiesça.

–Celle de Martha Rodriguez est à vendre ?

Le gardien poussa un soupir, fouilla dans un autre tiroir et consulta un autre registre.

–Tout est à vendre. Elle porte le numéro 31. Faut que je parte maintenant.

Vargas se pencha et nota le numéro de son portable « burner » sur un bout de papier. Il ajouta le nom qu'il s'était donné un instant plus tôt, Vincente Gomez.

–Si Martha Rodriguez se manifeste, dites-lui de m'appeler. Vincente Gomez, de la compagnie Metlife.

–Je vous ai dit qu'elle était repartie au Mexique.

– On ne sait jamais. J'ai un chèque pour elle.

Vargas sortit de son portefeuille un billet de vingt dollars et le posa sur le bureau.

–Pour le dérangement.

Le gardien sortit et ferma la porte de sa roulotte à clé. Hugo regarda la vieille Oldsmobile s'éloigner avant de remonter dans sa voiture.

*

Les caravanes abandonnées étaient parquées en bordure d'un bois.

Vargas repéra celle qui portait le numéro 31, et s'en approcha après avoir contourné une mare de boue.

La porte était verrouillée. Il essaya sans succès de la forcer. Il retourna à sa voiture, ouvrit le coffre et prit la lampe torche devenue un accessoire standard dans les voitures de location. Il l'alluma, fit le tour de la caravane. À l'arrière, le panneau d'une fenêtre était cassé. En enlevant les aiguilles de verre qui restaient, il pourrait se glisser par l'ouverture.

L'intérieur ressemblait à une décharge d'ordures et puait la pisse de chat. Vargas promena le faisceau de sa lampe. Des cartons vides de pizza remplis de mégots de cigarettes ; des magazines jetés sur le sol ; un lit couvert de vieux journaux ; une pile d'assiettes dans l'évier ; une table en formica couverte de brûlures de cigarettes.

La penderie contenait un chemisier, un cardigan orné de boutons de nacre et une robe à pois, protégés par des housses en plastique. Au sol, un carton fermé par de la bande adhésive et une paire de chaussures du soir jamais portées. Vargas déchira la bande adhésive du carton. Il contenait des livres.

À juger l'état des lieux, Martha Rodriguez avait vécu ses dernières semaines en Californie comme une bête traquée. Elle était repartie au Mexique, abandonnant des vêtements qui sortaient de chez le teinturier et une paire de chaussures neuves qui devaient coûter plus de cent dollars.

Ces éléments ne collaient pas.

Vargas pénétra dans le réduit qui servait de salle de bains. Il ouvrit l'armoire à pharmacie : un tube de dentifrice racorni, une brosse à cheveux, deux flacons vides. Des tranquillisants sur prescription. Il mémorisa le nom du praticien qui l'avait établie : Dr Alfredo Mesa.

Il ouvrit la porte de la caravane, jeta un coup d'œil à l'extérieur. Personne. Il prit le carton de livres, le posa sur le lit. À l'intérieur, une collection Harlequin.

Il les feuilleta. Un bout de papier tomba de l'un d'entre eux.

Vargas le déplia. Le résumé d'un article d'El Fronterizo, un quotidien de Ciudad Juarez daté du 18 août 2002.

Le cartel des narcotrafiquants de Juarez était dirigé de 1985 à 1994 par Amado Carrillo, avec en dessous Ramon Magana, chargé des relations avec les narcos colombiens. Venait ensuite le frère d'Amado

Carrillo, Roberto Carillo dit Le Vice-roi, responsable de la sécurité de l'organisation.

La Linea, un gang des rues affilié au cartel, était responsable des exécutions. Elle était dirigée par Luis Fratello.

La Linea se livrait à des meurtres « sacrificiels » dédiés à la Santa Muerte. Les cadavres mutilés étaient exposés sur la place publique pour distiller la peur parmi la population et les forces de police.

Vargas glissa la coupure de journal dans son portefeuille, remit les livres dans le carton et le replaça dans la penderie.

Après avoir jeté un dernier coup d'œil, il quitta la caravane, se contentant de tirer la porte derrière lui.

*

La nuit était tombée. Vargas entendait le grondement des poids lourds sur le freeway. Sa voiture était à l'entrée du cimetière des caravanes. Pour la récupérer, il décida de suivre le chemin qui longeait le bois.

Il s'arrêta. Deux formes trapues traversaient le cône de lumière d'un poteau d'éclairage.

Deux chiens ! Deux rottweilers !

Ils fonçaient sur lui !

Hugo se mit à courir. Ce cimetière risquait d'être le sien s'il n'arrivait pas à regagner très vite la caravane de Martha Rodriguez. Soudain, un pickup Ford gris et noir surgit d'une allée, coupant sa route.

Vargas bifurqua, longeant le grillage qui séparait le cimetière du bois avec l'espoir d'y trouver une brèche. Dix mètres plus loin, il aperçut un vide entre le sol et le treillis. Il se jeta les pieds en avant et roula de l'autre côté.

Une piste s'amorçait entre les arbres. Il s'y précipita sans perdre une seconde. Il avait éliminé la voiture, les chiens ne le lâcheraient pas.

La lune éclairait le sentier qui s'enfonçait au milieu d'un canyon. Derrière lui, les chiens aboyèrent. Ils avaient pris sa piste. Vargas enleva sa chemise et la déchira. Ces lambeaux de tissu imprégnés de son odeur lui feraient peut-être gagner du temps.

Après avoir traversé le lit à sec d'un ruisseau, il escalada un talus et repartit le long de la paroi du canyon. Plus bas, les chiens s'acharnaient avec rage sur les morceaux de sa chemise. Il commença à grimper, et à bout de force parvint au sommet de la colline. Il distingua des taillis de l'autre côté d'une clairière. Il courut dans leur direction. Emporté par son élan, il glissa dans un canal de drainage qui aboutissait à un gros conduit s'enfonçant sous la terre.

Les aboiements des chiens étaient proches. Ils avaient dû atteindre le sommet de la colline. L'égout n'était peut-être qu'un cul-de-sac, mais Vargas n'avait pas le choix. Le conduit faisait plus de deux mètres de diamètre, il pouvait s'y déplacer sans avoir à se courber.

Son pied heurta un bout de métal qui roula sur le ciment. Il tâtonna pour le ramasser. Une barre en fer, pointue, un pieu qui avait dû servir aux géomètres pour établir leurs relevés.

Vargas s'enfonça dans l'égout, suivant le sol concave qui descendait en pente douce. Une odeur d'humidité et de végétation le prit à la gorge. Au bout d'une vingtaine de mètres, il aperçut l'ouverture circulaire de la sortie.

Il s'accroupit et se tourna vers l'entrée.

La nuit était brillante. Un silence total régnait. Il retint sa respiration, passa son poids d'un pied sur l'autre, colla son épaule contre la paroi de béton.

Le silence persistait.

Où étaient passés les chiens?

Brusquement, une silhouette noire se découpa à l'entrée de l'égout. Sans la perdre des yeux, Vargas tourna la tête vers la sortie du conduit.

Une autre silhouette. Le deuxième chien!

Les bêtes se mirent à gronder. C'étaient des chiens puissants, dressés à ce genre de manœuvre, dressés à tuer. Pas de simples chiens de garde.

Surveillant les deux bouts du conduit, Vargas se redressa et resserra sa prise sur la barre de fer.

Soudain, l'un des deux rottweilers dressa l'oreille. Il démarra et disparut dans la nuit comme s'il avait entendu un appel. L'autre ne bougea pas.

Vargas recula. Le pieu glissait entre ses doigts. Il essuya ses paumes sur son pantalon. Le chien fit quelques pas, réduisant l'écart.

Vargas fonça, priant pour ne pas glisser sur le sol humide. Il dépassa la sortie de l'égout et fit face d'un bloc, la pointe du pieu pointé en avant.

Le chien jaillit avec un grondement de rage. Il bondit, visant la gorge de Vargas. Hugo l'attendait. Il n'eut qu'à tendre le pieu en s'écartant d'un pas. La pointe de fer creva le poitrail du rottweiler qui s'affaissa. Vargas arracha le piquet et le replongea de toutes ses forces dans le corps de l'animal.

Sans perdre une seconde, il rebroussa chemin.

*

Sa voiture était là où il l'avait laissée. La clé tremblait dans sa main quand il la glissa dans la serrure. Ce n'est qu'après avoir rejoint Los Feliz Boulevard qu'il alluma ses feux de route.

Ce soir, on avait tenté de le tuer pour qu'il ne retrouve pas Martha Rodriguez.

27

Vargas sortait de la douche quand le téléphone de la chambre sonna.

–Mr Vargas?

C'était la réception de l'hôtel.

–Un policier désire vous parler.

Hugo se demanda si c'était en relation avec ce qui venait de se passer au cimetière des caravanes. Une voix lui demanda :

> –Je suis envoyé par le détective Hall. Elle vous attend. C'est urgent. Pouvez-vous m'accompagner?

> –Je descends, dit Hugo en raccrochant.

*

Zigzaguant parmi les voitures et après avoir brûlé tous les feux, ils aperçurent enfin les barrages. La circulation était déviée. Sur les bords de la route, une douzaine de cameramen et de reporters tournaient en rond.

> –Il vaut mieux vous baissez, Mr Vargas. La presse est à l'affût. Inutile de soulever des questions supplémentaires, suggéra le policier

La voiture ralentissait pour franchir les chicanes. Hugo se laissa glisser au fond de son siège, cherchant à se dissimuler de son mieux.

Au bout de quelques instants, le policier qui conduisait lui tapa sur l'épaule.

–Vous pouvez vous redresser. Merci.

Ils contournèrent des bâtiments autour desquels paraissaient s'être concentrées les forces de police de la région. Ils s'engagèrent sur une route secondaire.

Une dizaine de voitures appartenant aux services techniques encombraient l'aire de parking. Ils durent se garer sur le bas-côté.

Des rais de lumière se réfléchissaient sur les flaques d'eau et les carrosseries mouillées.

Hugo descendit. De vieilles images lui revenaient en mémoire. Les circonstances avaient changé, mais il devinait pourquoi Hall l'avait envoyé chercher.

*

Un hangar qui servait d'atelier de stockage et de réparations mécaniques était plongé dans une demi-obscurité. Des établis couverts de poussière et d'outils rouillés couraient le long des murs ; des échafaudages et des madriers, des sacs en ciment, de vieux coffres à béton, s'entassaient dans les coins.

Hugo fit une dizaine de pas. Ses yeux s'habituèrent à l'obscurité. Sur le sol en ciment, un chemin avait été tracé à la craie.

–J'appelle le détective Hall, dit le policier qui l'avait guidé ici.

Un groupe d'hommes et de femmes s'affairaient autour d'un local adjacent au hangar. Vargas vit Hall venir dans sa direction. Elle le prit par le bras, l'entraîna à l'extérieur du hangar.

–Ce que vous allez voir ici est confidentiel, dit-elle.

Vargas laissa la remarque se perdre dans le silence. Ses yeux se posèrent sur les chaussures de Hall, puis leurs regards se croisèrent.

*

La scène ressemblait à un plateau de cinéma. Sortis d'un groupe électrogène, des câbles serpentaient jusqu'à une batterie de projecteurs qui déversaient une lumière éblouissante. Hugo prit garde de rester dans le passage dessiné à la craie. Il arriva devant une porte. Des éclats de bois saillaient du chambranle, les gonds avaient été descellés. Il souleva le rideau qui isolait la pièce.

Des lueurs bleutées marquaient le sol, des traces de sang révélées au Luminol.

Le district attorney Patterson lui fit signe de rester là où il était. Vargas laissa retomber le rideau.

Il profita de cet instant pour absorber les dernières particules d'oxygène non souillées, comme dans un sas de décompression qui fonctionnerait à l'envers.

La voix de Patterson retentit.

–Merci d'être venu, Mr Vargas. J'ai besoin de savoir si ce qui se trouve dans cette pièce ressemble à ce que vous avez découvert dans le garage de Guzman il y a quelques années.

*

Du rouge sombre, du noir, le sol était couvert d'immondices et d'excréments. Une odeur pestilentielle montait d'un lavabo et d'une cuvette remplis de déjections. La douche, carrelée de blanc, paraissait d'une propreté remarquable.

Des planchettes percées de trous étaient fixées à des anneaux. Il y en avait quatre. Sur une table, Vargas nota un radiocassette flanqué de deux haut-parleurs, et dans un coin, une lampe à pétrole et un bidon. Au fond de la pièce trônait une statue de la *Santa Muerte*, la lame de sa faux couverte de sang séché. Il y avait des traînées brunes sur le sol, et au pied de la statue des bougies consumées. Les corps de quatre adolescentes étaient chevillés au mur ; mutilés, éventrés. L'incision courait du sternum au pubis. Une bête semblait s'être échappée de leurs ventres. Le tueur avait plongé ses mains, les vidant comme un lapin.

... la Linea se livrait à des meurtres « sacrificiels »

La conclusion d'un article d'El Fronterizo, ce quotidien de Ciudad Juarez dont il avait trouvé une coupure dans la caravane de Martha Rodriguez et qui parlait de la Linea, ce gang d'assassins aux ordres du cartel des narcotrafiquants de cette ville.

Vargas étouffait. Il tourna le dos au charnier. Hall et Patterson se tenaient dans l'embrasure, pareils à de vagues ombres noyées dans le brouillard.

Hugo ferma les yeux. L'émotion s'estompa. Il examina de nouveau la scène. Sa première impression se confirma, chaque détail était à sa place, comme dans un décor de cinéma.

28

Après une journée épuisante au palais de justice, Marcia Connelly ne se sentait pas d'humeur à faire la cuisine. Sa fille Sophia était à San Diego chez sa mère pour les vacances, et Marcia décida d'aller au restaurant.

Quand il s'agissait de manger, Marcia avait un problème. Elle avait perdu du poids l'année précédente et ne voulait pas le reprendre, mais en même temps, elle avait toujours faim. Elle arrivait à suivre son régime deux jours de suite, puis elle se laissait tenter par un plat de pâtes ou une pizza. Elle fuyait les desserts comme la peste.

Elle étudia le menu et opta pour un compromis. Une salade, une tranche de thon braisé et une eau minérale italienne.

Pendant qu'elle attendait son repas, elle feuilleta son calepin, essayant d'organiser sa journée du lendemain.

Depuis son émission de télévision sur le viol entre mari et femme à abc7, une chaîne nationale l'avait sollicitée pour animer deux fois par mois un débat sur le fonctionnement du système judiciaire. Elle donnerait sa réponse définitive dans quelques jours. Elle n'avait pas encore pris de décision.

Son bureau était assailli. On voulait Marcia Connelly pour défenseur. Un sénateur, sous le coup d'une inculpation pour harassement sexuel, l'avait appelée personnellement. Sa carrière prenait une direction qu'inconsciemment elle avait souhaité, mais pas recherchée. Sa fille avait besoin d'elle, et elle risquait de ne plus voir Sophia autant qu'elle le désirait.

Son portable vibra. Un numéro qu'elle n'avait pas enregistré. Elle ne prit pas l'appel. Elle termina son repas, paya l'addition, puis rappela le numéro.

> —Marcia Connelly. Vous avez cherché à me joindre ?

> —Orlando Cruz à l'appareil. La police est chez moi avec un mandat de perquisition. Venez immédiatement.

*

La résidence de Cruz se trouvait à Pacific Palisades, un quartier de milliardaires, entre montagne et océan.

Trois voitures de police stationnaient devant la grille de bronze ouverte. Marcia voulut s'engager dans l'allée, un policier lui fit signe de s'arrêter. Elle baissa la vitre.

> —Je crains que vous ne puissiez aller plus loin.

> —Mr Cruz est mon client. Je suis son avocate, répondit-elle en tendant sa carte.

Le policier s'écarta, examina le document avec une torche électrique et le lui rendit.

> —Mes ordres sont de ne laisser entrer personne.

Marcia marqua un silence.

> —Cela n'inclut pas l'avocate de Mr Cruz.

Le policier lui jeta un regard mauvais et repartit vers le groupe de véhicules. Il revint rapidement.

> —Vous pouvez passer.

Marcia remercia d'un signe de tête et remonta sa vitre.

Une villa brillamment éclairée apparut à la dernière courbure de l'allée. Elle occupait toute la largeur d'un lot de terrain. Marcia se gara près d'une voiture de patrouille et descendit.

Des policiers en uniforme fouillaient les jardins. L'un d'entre eux l'attendait à la porte. Il la conduisit jusqu'à une salle de séjour.

Orlando Cruz était sur la terrasse, une jolie femme en robe de cocktail rouge à ses côtés ; son épouse Rosalyn, la fille de Mendoza. La grande Noire à l'allure sportive qui parlait avec Cruz s'avéra être le détective Hall.

Avant que Marcia n'ait pu ouvrir la bouche, Cruz lui tendit une feuille de papier.

– Est-ce que ce mandat est légal ?

– Il est signé par le juge Campbell, maître Connelly. J'aurais pu commencer, mais je vous ai attendu pour que Mr Cruz soit représenté durant la fouille, dit Hall.

Cela n'avait rien à voir avec le souci de respecter la moindre éthique. Tout le monde à Los Angeles savait que Cruz était l'ami du maire. Hall avançait prudemment.

– Le mandat est légal, confirma Marcia. Pourquoi cette perquisition chez mon client ?

– Vous pourrez poser vos questions au district attorney, maître. J'ai pour instructions de diriger toutes les demandes vers lui, répondit Hall.

– Où puis-je le joindre ?

– Probablement chez lui. Mais je ne suis pas habilité à donner son numéro personnel.

– Qu'est-ce que c'est que ces conneries ? demanda Cruz, la voix empreinte de colère.

– Calmez-vous, Mr Cruz, dit Marcia. Le mandat est légal, mais si l'affidavit est en défaut, j'aurai la possibilité de faire exclure du dossier toute preuve que le détective Hall serait susceptible de trouver.

– Des preuves de quoi ? s'écria Cruz. Ils refusent de me dire ce qu'ils cherchent.

– Orlando, dit sa femme, posant une main sur l'épaule de son mari. Laisse-les faire. Ils ne partiront pas d'ici avant. Je veux les voir hors de cette maison aussi vite que possible.

Cruz se dégagea avec un mouvement d'humeur.

– Fouillez cette putain de baraque, Hall, mais surtout trouvez-vous un bon avocat, conclut Cruz avec rage.

Hall se dirigea vers le salon, insensible aux sarcasmes que Cruz continuait de lui envoyer. Un détective s'approcha d'elle.

–Il y a une Mercedes noire dans l'un des garages, dit-il.

–Je sais. Ce n'est pas la seule dans la région. Alors ?

–Aucune trace suspecte en premier examen. On a passé l'aspirateur sur les moquettes et dans la malle.

–C'est tout ? demanda Hall agacée.

Ils n'avaient pas de connexion solide entre Cruz et les victimes, lui avait dit le district attorney Patterson ; les avoir trouvées dans des bâtiments rachetés par une des sociétés de Cruz ne prouvait rien. Les locaux étaient inoccupés, sans gardien. N'importe qui aurait pu y pénétrer.

–Non. Il y a une Cadillac Escalade garée près de l'entrée. Elle est enregistrée au nom d'une des sociétés de Cruz.

–Vous avez trouvé quelque chose ? s'impatienta Hall.

–Planquée sous la roue de secours, on a déniché une enveloppe.

–Il y a quoi dans cette enveloppe ?

Le détective le lui montra.

Hall fit signe à deux policiers de la suivre. Tous trois revinrent vers Cruz.

–Mr Cruz, je vous arrête pour les meurtres de Beckie Allen, Robin Richards, Megan Neering et Amanda Warren.

Cruz secoua la tête. Les muscles et les tendons saillaient sur son cou. Il semblait prêt à bondir et étrangler Hall. Le sang avait reflué du visage de Rosalyn Cruz. Instinctivement, elle se cramponna à Marcia.

–Vous avez le droit de demeurer silencieux...

–Qu'est-ce que c'est que ce merdier ? hurla Cruz.

–Je pense, détective Hall, que nous avons droit à une explication, dit Marcia.

–Non, maître. Vous n'y avez pas droit.

Hall termina d'énoncer les droits de l'inculpé. Elle fit ensuite un pas en direction de Cruz.

–Nous allons vous passer les menottes. Il s'agit d'une procédure appliquée à chaque arrestation.

–Vous n'allez rien me passer du tout, connasse, dit Cruz en reculant.

–Ne résistez pas, dit Marcia. Vous n'avez aucun intérêt, même si l'arrestation est illégale. Allez avec eux. Ne dites plus un mot.

Elle se tourna vers Hall.

–Je désire accompagner mon client.

–Impossible. Vous ne pourrez pas le voir avant demain matin. Les formalités d'écrou vont durer une bonne partie de la nuit.

–Quel est le montant de ma caution ? demanda Cruz d'une voix blanche.

–Il n'y en a pas quand il s'agit de meurtres, répondit Hall calmement. Votre avocate peut demander une audition.

–Je ne comprends pas ce que ce détective raconte, dit la femme de Cruz, se tournant vers Marcia.

Marcia lui adressa un sourire d'apaisement.

–Puis-je m'entretenir en privé avec mon client quelques instants ? demanda Marcia à Hall.

Elle acquiesça.

–Allez là-bas, dit-elle, désignant un coin reculé de la terrasse.

La femme de Cruz voulut les suivre, mais Hall l'arrêta. L'avocat et son client, personne d'autre.

–Qu'est-ce que c'est que cette histoire de caution ? siffla Cruz. Je n'ai pas l'intention de moisir en taule au milieu d'une bande de tueurs et de détraqués.

−Vous êtes accusé de meurtre, la caution n'est pas automatique. Je dois demander une audition. Le juge décidera. Je vous verrai demain à la première heure.

Cruz lança un regard en direction des policiers. Hall ne le quittait pas des yeux.

−C'est impossible! souffla-t-il à l'avocate. Cette histoire est impossible.

−Écoutez-moi! Tout ce que vous pourrez dire risque d'être utilisé contre vous. Ne parlez ni aux flics ni à vos voisins de cellule ni aux gardiens. À personne!

−Nom de dieu, Connelly! Sortez-moi de là au plus vite. Je vous ai payée pour me protéger... Ils arrivent, termina-t-il d'une voix tendue.

−N'oubliez pas! Pas un mot!

L'un des officiers en uniforme passa derrière Cruz.

−Vos mains, s'il vous plaît.

Cruz eut un tressaillement quand le bruit métallique des menottes perça le silence.

−Demain à la première heure, lança-t-il à l'avocate, tandis qu'on l'emmenait.

−Je serai là.

*

Une main se posa sur le bras de Marcia Connelly. La femme de Cruz.

−Madame Connelly...

−Marcia.

−Pourquoi l'ont-ils emmené?

Rosalyn secouait la tête. Marcia nota qu'il n'y avait aucune larme dans ses yeux. Elle semblait plus ennuyée qu'inquiète.

−Je n'en sais pas plus que vous. La police a-t-elle fait mention de quelque chose en particulier?

−Oui. Quatre corps ont été trouvés dans de vieux hangars qu'Orlando a rachetés l'année dernière. C'est ridicule. Je ne vois pas ce que mon mari a à voir là-dedans.

–Madame Cruz ?

Les deux femmes tournèrent la tête. Un détective se tenait à l'entrée du salon.

–Nous allons saisir la Cadillac. Je voudrais les clés, s'il vous plaît.

–Ont-ils le droit de...

–Le mandat fait également mention des voitures, dit Marcia.

–Nous allons procéder à la fouille entière de la maison. Vous pouvez nous accompagner si vous le souhaitez.

–Faites le plus vite possible, répondit Rosalyn.

Elle prit le bras de Marcia Connelly.

–Allons nous asseoir. Combien de temps Orlando va-t-il rester en prison ?

Elle lança un regard au détective.

–Les clés sont sur la console, dans le vestibule.

À nouveau, Rosalyn Cruz fixait Marcia.

–Cela dépend, dit Marcia. Pour que sa caution soit refusée, le district attorney doit convaincre le juge qu'ils ont sur Orlando des preuves indiscutables et qu'il risque de s'enfuir s'il est remis en liberté. Je vais demander une audition immédiate. Si le district attorney n'a pas de preuves solides, j'obtiendrai une liberté sous caution. Dans le cas contraire, il nous faudra attendre le procès et le verdict des jurés.

–C'est invraisemblable.

–Rosalyn, demanda Marcia avec précaution, avez-vous la moindre idée sur ce qui a pu se passer ?

–Que voulez-vous dire ?

–Pour agir de la sorte, la police a plus que des soupçons. Votre mari n'est pas le premier venu. Si Patterson se trompe, sa carrière est ruinée. Il doit être sûr de lui pour s'exposer ainsi.

Rosalyn dévisageait l'avocate avec étonnement.

–Qu'est-ce que vous insinuez? Orlando m'a dit qu'il avait confiance en vous. Si vous ne croyez pas ce que dit mon mari, vous n'avez rien à faire dans cette maison.

–Votre mari ne me paye pas pour penser ce qu'il veut que je pense. S'il y a des éléments à propos de cette arrestation que vous savez et que j'ignore, il faut me le dire pour que je puisse défendre Orlando le mieux possible.

–Eh bien, il n'y a rien.

Rosalyn avait détourné son regard, affectant d'être ailleurs.

–Quelqu'un peut vous tenir compagnie? demanda Marcia.

–Mon fils est chez mon père. Je suis bien toute seule.

–La presse va vous assaillir. Jour et nuit. Ne parlez pas d'Orlando et de son emploi du temps. Évitez les journalistes ou envoyez-les-moi. Vous n'êtes pas tenue de répondre aux questions de la police et du district attorney. C'est votre privilège en tant qu'épouse. Vous avez compris?

Rosalyn hocha la tête.

–Je suis désolée d'avoir réagi de la sorte.

–Ne vous excusez pas. Vous traversez des moments difficiles.

–C'est inutile que vous restiez. Je tiendrai le coup.

–Je reste jusqu'à ce que la perquisition soit terminée. Je veux voir ce qu'ils emportent, cela me donnera peut être une idée de la direction de l'enquête.

Rosalyn Cruz avait été surprise et choquée par l'arrestation de son mari, mais Marcia Connelly avait le sentiment qu'Orlando Cruz, lui, ne l'avait pas été.

29

Il était près d'une heure du matin, un bar sur Sunset Boulevard fréquenté par les flics qui patrouillaient. Gillian Hall leva les yeux. Dexter Dune s'assit en face d'elle et posa sa bière sur la table.

–Vous avez besoin d'aller vous changer Gillian, votre ensemble est chiffonné.

Hall se replongea dans la contemplation de son verre.

–Foutez le camp, Dune, finit-elle par grommeler.

–Désolé de gâcher votre soirée, détective. Les quatre corps, c'est l'œuvre de terroristes religieux venus du Moyen Orient ?

Hall agita la tête, ce qui sembla avoir pour conséquence de stimuler sa conservation.

–– Vous posez les bonnes questions, Dexter. Votre flair ne vous a pas trompé. C'est une organisation religieuse, mais elle vient du Bangladesh.

Dune médita la nouvelle.

–Quel est le degré de perspicacité d'un détective du LAPD ? dit Dexter d'un air rigolard. Je comprends que vous soyez écœurée. Je fais mon boulot comme vous. Dites-moi ce que vous voulez que je sache et allons nous coucher.

Hall mit un moment à sortir de ses pensées. On imaginait de beaux insignes bien astiqués, du café toujours chaud, la discipline et l'honneur, des citoyens au-dessus de tout soupçon. Puis on ouvrait une porte, et on entrait dans l'univers de Gillian Hall, un univers souillé où chacun organisait la projection de ses fantasmes délirants.

−Avez-vous la situation en main ? demanda Dune.

Hall lui lança un regard agressif, avala son verre et se pencha vers lui.

−Non, Dune. À dire vrai, nous n'avons pas la situation en main. Nous avons Orlando Cruz.

30

Le district attorney Patterson était assis derrière son bureau dans un fauteuil de cuir inclinable. Un système compliqué de téléphones et d'interphones était posé devant lui.

–C'est un plaisir de vous rencontrer, dit-il en offrant un siège à Marcia Connely. J'ai été très impressionné par votre prestation dans le cas Mitchell. Mais je suppose que vous êtes ici pour parler d'Orlando Cruz.

Marcia se cala dans son siège et demanda :

–Pour quel motif avez-vous arrêté mon client?

–Nous avons retrouvé quatre cadavres dans les locaux d'une de ses sociétés.

Marcia scrutait Terell Patterson. Il affectait un air grave, presque solennel.

Il se compose une attitude destinée à exsuder la confiance qu'il a dans son dossier, pensa-t-elle. Un loup montrant des crocs pas encore acérés.

–Que cherchiez-vous à son domicile?

–Je ne peux pas vous le dire.

Elle eut un sourire.

–Vous ne pouvez pas ou vous ne voulez pas?

Patterson lui rendit son sourire.

–Les rapports de police ne peuvent être communiqués à la défense qu'après l'inculpation officielle, Marcia. Ce sera le cas dans....

Il consulta sa montre.

–Soixante-quatre minutes très exactement.

–Vous allez être obligé d'informer le juge de ce que vous détenez contre mon client lors de l'audition pour la mise en liberté provisoire, rétorqua-t-elle.

Patterson croisa ses mains derrière sa nuque et étira ses jambes.

–Exact. Mais aucune date n'a encore été fixée. Je ne fais qu'appliquer la loi.

Patterson avait enlevé ses lunettes et se frottait les yeux.

–Votre dossier est vide, Terell.

Il éclata de rire pour masquer sa surprise.

–Notre dossier est en béton. Mais nous avons appris à ne pas vous sous-estimer, particulièrement dans les cas de viols.

Elle eut l'air étonné.

–Je ne vois pas le rapport.

Patterson la regarda un moment. Elle avait l'air sincère.

–Ce ne serait pas équitable de vous laisser dans le brouillard, dit-il après avoir pris sa décision. Nous avons l'intention de traduire Orlando Cruz en justice pour kidnapping, torture, viol, et assassinat de quatre adolescentes.

Il prit sur son bureau une enveloppe en papier marron. Il en sortit un jeu de photos qu'il tendit à Marcia.

Les corps éviscérés étaient accrochés au mur comme des carcasses de viande dans un abattoir. Les regards. Surtout les regards.

Elle pensa à Sophia. D'une main tremblante, elle rendit les photos à Patterson.

–Voilà le traitement qu'Orlando Cruz réserve aux jeunes filles, et ce n'est peut-être pas la première fois. Nous avons de bonnes raisons de croire qu'il y a quelques années, à Mexico City, sous le nom de Manuel Montoya, il a été impliqué dans une histoire similaire.

Il reposa l'enveloppe.

–Montoya et Cruz ne sont qu'une seule et même personne. C'est un fait établi.

*

Orlando Cruz se trouvait de l'autre côté d'une table. Il était vêtu d'une combinaison orange et se tenait droit sur son siège. Les événements ne semblaient pas avoir affecté outre mesure son expression. Il avait croisé ses mains devant lui, et posait sur Marcia un regard glacé au fond duquel elle crut discerner une lueur d'irritation. Il inclina sa tête dans un mouvement de pendule, faisant craquer ses vertèbres.

–Pourquoi l'audience pour ma mise en liberté provisoire n'est-elle pas encore prévue? demanda-t-il. Vous étiez censée régler ça ce matin.

L'inculpation officielle serait notifiée à 10 h. Elle ne pouvait rien entreprendre avant. Elle décida d'ignorer la remarque

–Quatre adolescentes ont été meurtries, torturées, mutilées et tuées dans des conditions abominables. Je sors du bureau de Patterson, il vous accuse de ces horreurs. Les corps ont été retrouvés dans les locaux de la California Power Utilities, une de vos sociétés.

Elle marqua un temps d'arrêt, attendant une réaction qui ne vint pas.

–Cela n'a pas l'air de vous émouvoir, conclut-elle après un long silence.

–Je n'ai rien à voir avec ces crimes.

–Qui est Montoya?

Le visage de Cruz n'avait pas tressailli. Seules les jointures de ses mains avaient blanchi. Son regard semblait lointain, comme s'il filtrait les souvenirs que ce nom évoquait dans sa mémoire.

–Vous ne travaillez pas pour Patterson, et je vous paye pour me sortir de là, Connelly!

–Vous n'avez pas été franc avec moi, Mr Cruz.

–C'est tout ce que vous avez à me dire! Tout ça parce que Patterson a semé le doute dans votre esprit avec de vieilles histoires!

Il ponctuait sa phrase en frappant la table de son index.

—Je ne crois pas être en mesure de vous représenter efficacement, dit Marcia en se levant.

—Pourquoi? Parce que Patterson prétend que j'ai violé et torturé ces gamines! Patterson est en route pour une réélection, il lui faut une grosse tête et vous le savez. Il a perdu une grande partie de ses procès et foutu en l'air l'argent des contribuables. Je n'ai pas commis ces meurtres. Pas plus ici qu'à Mexico. Savez-vous seulement qui était Montoya? Savez-vous que ma propre fille a été tuée? Patterson n'est pas prêt à perdre cette affaire, le public ne le lui pardonnerait pas. Vous ne voyez pas qu'il essaye désespérément de vous manœuvrer pour que vous refusiez de me défendre!

Il s'était tu. Marcia crut déceler des larmes dans ses yeux.

—Ma fille morte, plus rien n'existait pour moi dans cette ville, poursuivit-il. J'ai voulu refaire ma vie. Est-ce un crime? Est-ce que Patterson vous a dit qui a été reconnu officiellement responsable de ces meurtres abominables à Mexico? Est-ce qu'il vous a parlé de ça?

Sa voix avait un accent pathétique.

—J'ai besoin de vous pour me sortir de là. Je suis innocent. J'ai vu le rapport de police sur la mort de ma fille, j'imagine l'effet que ces photos ont dû avoir sur vous.

—Je vous ferai part de ma décision dans la journée, dit-elle en se levant.

—Une dernière chose.

Elle se rassit sur le bord de la chaise.

—J'ai un fils de sept ans. Il a besoin de moi à ses côtés, pas derrière des barreaux.

Marcia était troublée. Ces photos avaient soulevé en elle une terreur glacée, et maintenant le désarroi de son client qui semblait sincère...

Des sentiments contradictoires s'affrontaient. Elle avait besoin de calme pour réfléchir avant de décider.

31

−J'ai accepté de le défendre, dit Marcia à Scott Archer en lui énumérant les pièces du dossier qui débordait de son cartable.

Le cas Cruz avait déjà généré une masse de documents : transcriptions du rapport des officiers en uniforme arrivés les premiers sur les lieux ; transcriptions du rapport des détectives de Robbery & Homicide Division, du médecin légiste, du protocole d'autopsie, des résultats du labo, etc.

Archer était son enquêteur depuis trois ans. La trentaine, un visage à la fois sévère et doux, empreint d'intelligence. Il parlait l'espagnol, indispensable dans une ville où 30 % de la population étaient d'origine hispanique.

Marcia s'était aperçu qu'Archer possédait, entre autres, le don de s'attirer les confidences. Une lueur dans son regard donnait l'impression qu'il n'était pas vraiment intéressé par ce qu'on lui racontait. Il écoutait pour faire plaisir, pour soulager, hochant la tête à la manière d'un confesseur complaisant.

−De quoi est-il accusé ? demanda Scott en mordant dans son sandwich.

Ils déjeunaient sur un banc, au milieu des tours de verre et d'aluminium du centre de la ville.

Marcia posa son Coke zéro, sortit un document de son cartable et le lui tendit.

–Lisez-le, dit Archer. Je ne veux pas laisser d'empreintes graisseuses sur ce rapport de culpabilité.

Marcia eut un sourire, et lut à haute voix les charges qui pesaient sur Orlando Cruz.

–Ça sent plutôt mauvais pour lui, remarqua Archer. Les photos ? Vous les avez avec vous ?

–Je vous fais grâce des photos pour le moment. Vous êtes en train de déjeuner.

Il posa ses coudes sur ses genoux et regarda son sandwich.

–Vous croyez à sa culpabilité ?

–Je ne me pose jamais la question lorsque j'accepte de défendre un accusé.

Marcia aspira une gorgée par la paille qui pointait hors de la boîte de Coke, mais n'obtint qu'un tragique gargouillis.

–Vous voulez quelque chose à boire, Archer ?

Il secoua la tête. Elle se leva et se dirigea vers des vendeurs ambulants de l'autre côté de la place. Elle revint, posa son Coke à ses pieds et sortit un bloc qu'elle se mit à consulter.

–Après l'acte officiel d'inculpation, je suis retournée à la prison jouer avec lui au jeu des questions et des réponses, dit-elle.

–À propos de ce que vous m'avez appris au téléphone ? À propos de Mexico ?

–Oui.

–Que vous a-t-il répondu ?

Elle parcourut ses notes.

–D'après Cruz, le tueur était un certain Guzman, un avocat.

Archer affecta un geste de surprise et considéra Marcia avec des yeux remplis d'angoisse.

–J'assume mon dédoublement de personnalité, dit-elle en souriant. Guzman s'est pendu dans son garage au moment où il allait être arrêté. Il a été reconnu coupable, la police a même trouvé le corps d'une gamine dans son sous-sol.

–Changer son nom de Montoya en Cruz ne fait pas automatiquement de vous un criminel. Pourquoi Patterson est-il convaincu que Cruz a un rapport avec cette histoire à Mexico?

–Cruz n'en sait rien. Il affirme n'avoir été qu'une victime.

Archer fit une boule du sac qui avait contenu son repas et la jeta dans un panier.

–Avons-nous les moyens d'accéder au dossier mexicain? demanda-t-il.

–Non. Et je ne crois pas que Patterson y ait eu accès. Pas encore. De toute façon, il ne s'en servira pas. Moi si. Dans l'affaire de Mexico, la fille et la gouvernante de Cruz, Montoya si vous préférez, ont été assassinées et Guzman a été reconnu coupable. Ce sont des éléments pour la défense.

–Qui a mis Patterson au courant? demanda Archer.

–Cruz n'en sait rien. Il est certain de n'avoir parlé de cette histoire à personne, pas même à sa femme.

–Il a des ennemis. De là à assassiner quatre adolescentes pour le faire inculper!

Marcia ouvrit son sac et tendit à Archer une image.

–La *Santa Muerte*. Une image identique a été déposée au domicile des victimes au moment où elles ont disparu. Une statue de cette *Santa Muerte* se trouvait dans le local où les corps ont été retrouvés. La scène avait tout d'un sacrifice rituel. Je me suis renseignée. Cette sainte est en vogue chez les narcotrafiquants. La police mexicaine a identifié de nombreux cas où des femmes et des enfants ont été tués par des narcotrafiquants pour s'attirer les bonnes grâces de la sainte et triompher des cartels rivaux.

Archer semblait perplexe.

–Vous pensez que Cruz trempe dans des affaires de drogue?

–Je n'en sais rien. Ce que je sais, c'est que le district attorney Patterson ne va pas aller dans cette direction.

–Pourquoi?

–Elle ouvrirait la porte au doute, à l'existence possible d'un règlement de comptes entre narcotrafiquants. La *Santa Muerte*, Mickey Mouse, il s'en fiche. J'agirai de manière identique si j'étais à sa place; je m'en tiendrais aux faits : enlèvement, viol, torture et assassinat. Un cas classique, que le public et les jurés comprendront.

Marcia remit l'image de la *Santa Muerte* dans son sac.

–La brigade de détectives qui s'occupe de l'affaire est dirigée par Gillian Hall. Voyez si vous pouvez obtenir des informations de ce côté-là.

*

Dexter Dune poussa la porte du bureau sans s'annoncer. Marcia Connelly vit le regard du journaliste glisser vers la paire de collants posée sur le bureau. Elle jugea inutile de la récupérer et ramena ses pieds sous son fauteuil.

–Navré. J'étais dans le coin et j'ai pensé que vous m'accorderiez cinq minutes, dit-il.

–Asseyez-vous, proposa-t-elle avec un décalage.

Il s'était déjà installé. Il y avait journaliste et journaliste ; Dexter Dune était investi d'un d'une autorité qui incitait à la prudence. Marcia s'en était aperçue quand il l'avait interviewée au sujet d'une autre affaire.

–Comment une avocate aussi intègre et talentueuse que vous peut-elle accepter de défendre un homme accusé d'avoir enlevé, violé, torturé et tué quatre adolescentes?

Dune s'exprimait avec le ton de celui qui s'adresse à un enfant désobéissant ou inconscient. Il la fixait, et elle se sentit rougir.

–Je n'ai pas à me justifier. Mon métier est de défendre des accusés. Tant que la culpabilité de mon client n'a pas été prononcée, il est présumé innocent. C'est la Constitution, et je vous suggère de la respecter lorsque vous écrirez vos articles.

–Calmez-vous. Il n'y a rien de personnel dans ma remarque. Je suis étonné, c'est tout.

Il tira un calepin de la poche intérieure de sa veste.

–Je vous propose un marché. Vous me donnez l'exclusivité de vos commentaires et de vos remarques, et...

Marcia le coupa.

–Mes relations avec Orlando Cruz sont privilégiées et confidentielles. Ne comptez pas sur moi pour vous en faire part.

–Ce n'est pas ce qui m'intéresse. Ce que je veux communiquer à mes lecteurs, c'est le point de vue de la défense, la possibilité de juger notre système judiciaire à l'occasion d'un procès. Après tout, chacun d'entre nous peut un jour se retrouver avec une inculpation sur le dos?

–Une exclusivité gratuite? demanda Marcia avec un sourire.

–J'allais y venir, mais vous m'avez interrompu. Nous ne sommes pas des tabloïds et nous ne payons pas nos informations. Je vous propose autre chose.

–Quoi?

– Un échange.

C'était au tour de Marcia de le fixer.

–Un échange de quoi?

–Je vous apporte mon concours.

–Comment pouvez-vous me convaincre qu'il est de l'intérêt de mon client de négocier avec vous?

Dexter Dune marqua une pause. Son regard était accroché à celui de Marcia.

–Je comprends votre méfiance. Je vais vous révéler une information pour vous montrer ma bonne foi. Je vous demande de me promettre de ne jamais faire état de votre source.

Le silence s'installa. Il y eut un appel téléphonique. Marcia laissa la sonnerie s'épuiser.

–D'accord, sous la réserve que cela ne nuise pas à la défense de mon client.

Dune secoua la tête.

–J'ai parlé d'une collaboration. Je suis journaliste, pas flic ou district attorney.

–Je vous écoute.

–Je sais qu'Orlando Cruz s'appelait autrefois Manuel Montoya. Je sais aussi que Patterson pense qu'il a été impliqué dans une affaire similaire à Mexico. Vous me suivez?

–Parfaitement. Continuez.

Comment Dune pouvait-il être au courant? Quel intérêt Patterson avait-il, si c'était lui, à laisser filer cette information? L'affaire mexicaine, si elle venait à la lumière, ferait de Cruz une victime, il avait perdu sa fille.

–Vous voulez savoir qui a mis Patterson au courant pour Montoya?

Dune feignit de s'absorber dans la lecture de son calepin.

–Il s'appelle Hugo Vargas. C'était le flic chargé de l'enquête à Mexico. Il est à Los Angeles à l'hôtel Miyako, et c'est le LAPD qui paye sa note d'hôtel.

Marcia s'apprêtait à poser une autre question.

Dune se leva.

−Réfléchissez. Nous avons l'opportunité d'aider nos carrières.

Elle remit ses chaussures, fit le tour du bureau pour raccompagner le journaliste jusqu'à la porte.

32

Hugo se réveilla en sursaut. Son cœur battait d'un rythme désordonné. Il se leva précipitamment et prit un cachet. La respiration lui manquait. Il sortit dans le couloir de l'hôtel, fit plusieurs allers retours jusqu'à ce que la sensation d'étouffement s'estompe.

Il ne s'était jamais vraiment remis de cette nuit. Avec le temps, les crises s'étaient espacées, mais depuis le spectacle que Hall et Patterson lui avaient offert, elles avaient resurgi.

Il retourna dans sa chambre et regarda sa montre. 8 h. Il faillit perdre l'équilibre en marchant sur l'une des bouteilles vides qui parsemaient la moquette. La veille, il avait vidé le minibar.

Il avait soif. Il prit la dernière boite de bière et en but la moitié avant de s'asseoir sur le bord du lit.

Il avait un message. Une lumière rouge clignotait sur l'appareil téléphonique. Il resta une dizaine de minutes sous la douche et termina sa bière avant de prendre connaissance du message.

Patterson, le district attorney, voulait lui parler de toute urgence. Hugo le rappela.

–Je ne vais pas vous raconter de salades Vargas, attaqua le district attorney. En dehors d'une poignée d'images de cette *Santa Muerte* trouvée dans une des voitures de Cruz, je n'ai rien qui le place sur les lieux du crime. Pas de fibres, pas d'empreintes, pas d'ADN. Rien! *Nada!* On m'a dit que vous étiez un flic important au Mexique, une sorte de héros dans la police. Vous ne me ferez pas croire que vous vous êtes déplacé jusqu'ici pour nous parler de la culpabilité de

Cruz sur une simple impression vieille de dix ou quinze ans. Vous connaissez ce type, vous savez qu'il est coupable, et vous détenez des preuves. Je ne sais pas pourquoi à l'époque vous avez fait porter le chapeau à un autre, mais...

Vargas demeurait silencieux.

– Vous êtes toujours là ?

– Oui, dit Hugo.

– J'ai besoin de ces preuves sinon Cruz va être remis en liberté provisoire. C'est ce que vous voulez ?

– Non, ce n'est pas ce que je veux, mais la décision ne m'appartient pas. Le dossier de Montoya...

– Parlons-en de ce dossier ! coupa Patterson. Chez vous, tout le monde le cherche, mais personne ne le trouve.

– Je suis désolé, je ne peux rien faire de plus. Quand a lieu l'audience de Cruz ?

– Dans quarante-huit heures.

– J'espère que le juge vous écoutera, dit Hugo en raccrochant.

Il s'allongea sur le lit et ferma les yeux. Des réputations et des carrières allaient être traînées dans la boue.

Patterson avait besoin d'une déflagration, d'un coup de théâtre pour inculper Cruz. Vargas n'était pas en mesure de les lui donner.

Brusquement, un nom surgit dans son esprit : Alfredo Mesa, le nom du praticien qui figurait sur le flacon de tranquillisants trouvé dans la caravane de Martha Rodriguez.

Dix minutes plus tard, Vargas avait le docteur en ligne. Il se présenta comme un agent de la compagnie d'assurance Metlife ; Martha Rodriguez avait été mordue par un chien, il avait un complément de prime à lui remettre.

– Pour moi, elle est morte, dit Mesa.

–Comment ça, morte ? répliqua Hugo.

– Je pense qu'elle s'est suicidée. Après son séjour à l'hôpital, Martha déprimait. Je lui ai prescrit des tranquillisants légers, mais elle n'arrivait pas à remonter la pente. Elle réclamait du Valium, j'ai refusé. Je lui ai conseillé de voir un psychiatre. Un jour, elle m'a confié qu'elle avait tenté de se suicider en fixant un tuyau d'arrosage au pot d'échappement de sa voiture. C'est pour ça qu'elle avait besoin de Valium, pour ne pas avoir une réaction de survie et y passer. Elle n'est plus revenue pour renouveler sa prescription. J'ai le sentiment qu'elle est rentrée au Mexique pour en finir. Là-bas, on peut se procurer du Valium sans ordonnance, et quand on leur donne le choix, les Mexicains aiment mourir chez eux.

33

Le district attorney Terell Patterson se torturait l'esprit.

S'était-il précipité pour inculper Orlando Cruz ?

Marcia Connelly ne permettrait pas à son client de témoigner, il n'y aurait donc pas de contre-interrogatoire.

Patterson ne dormirait pas beaucoup cette nuit. Il le savait. C'était pareil à chaque veille du démarrage d'un procès vital pour sa réélection. Il se lèverait à 5 h, ferait une demi-heure de culture physique, puis prendrait une douche chaude. Du bacon, des œufs et deux tasses de vrai café lui donneraient l'énergie dont il aurait besoin.

Il lui faudrait ensuite convaincre le juge Russell Green, qu'Orlando Cruz citoyen connu et estimé était un sadique un kidnappeur un violeur un tueur et Dieu sait quoi encore.

34

Cruz n'avait rien perdu de sa prestance. Vêtu d'un costume anthracite, d'une chemise bleu pâle et d'une cravate noire, il maintenait un regard distant.

Marcia ouvrit son ordinateur portable et le connecta. Elle voulait suivre en clair les questions et les réponses qu'enregistrerait la sténotypiste lors des interrogatoires.

De l'autre côté, derrière une table identique, Patterson et son assistant Dillard avaient leurs dossiers ouverts depuis un moment.

Gillian Hall était assise au premier rang, avec un autre témoin de l'accusation que Marcia identifia comme le médecin légiste. Patterson n'avait pas convoqué le responsable du laboratoire de la police ; cela indiquait qu'ils n'avaient trouvé aucun indice incriminant son client.

Cruz se pencha vers Marcia Connelly.

–Qui est le juge ?

–Russell Green. Il a bonne réputation. Il ne se laissera pas impressionner par Patterson et de possibles répercussions dans l'opinion publique.

Marcia pensa à ses milliers d'heures passées dans la demi-obscurité des bibliothèques, à l'abandon de ses rêves mystérieux et romantiques. Sa récompense, elle la tenait là, dans cette cour de justice où son habileté à comprendre et utiliser le système faisait d'elle la seule et ultime porte vers une possible liberté.

–À votre avis, Patterson a-t'il les éléments suffisants pour convaincre le juge Green ?

Elle secoua la tête avec un sourire. Son client attendait une réponse apaisante.

–Non Mr Cruz, je ne le pense pas.

Elle regarda autour d'elle. Elle vit les familles des victimes, et se pencha vers son client.

–J'espère que vous ne m'avez rien caché?

Cruz inclina le menton sans se tourner vers elle. Elle faillit lui dire qu'elle connaissait le nom de l'homme qui avait averti Patterson au sujet de l'affaire de Mexico, elle se ravisa.

Le greffier annonçait l'arrivée du juge, et tout le monde se leva.

Petit, le sommet du crâne dégarni et bordé par deux touffes de cheveux en broussaille, Green ressemblait à un faune. Il ajusta ses lunettes d'écaille et regarda sa montre.

Cruz se figea. Les muscles de ses mâchoires se crispèrent. Marcia perçut la tension qui avait soudain saisi son client. Ils se rassirent sur instruction du greffier.

–Votre premier témoin, Mr Patterson, ordonna Green.

–L'État cite Gillian Hall, Votre Honneur, répondit le district attorney.

Après avoir prêté serment, Hall s'assit dans le box. Elle avait répété cette scène la veille au bureau de Terell Patterson. Elle connaissait les questions et l'ordre dans lequel il les lui poserait.

Pour le moment, Patterson se contentait d'établir la crédibilité de son témoin en énonçant ses états de service. Sa voix était apaisante. Quand il eut terminé, il changea de tonalité.

–Détective Hall, dans le cadre de votre activité professionnelle avez-vous eu connaissance il y a un peu plus de trois mois d'une série de disparitions ayant apparemment un lien entre elles?

–Oui.

–Pouvez-vous préciser pour la Cour la nature de ce lien?

–Les quatre disparues étaient des adolescentes entre quatorze et seize ans. Au domicile de chacune d'elle, glissée sous la porte, nous avons retrouvé une image représentant un personnage religieux propre au Mexique, la *Santa Muerte*. Les images sont identiques.

Patterson prit un document et le montra à Marcia avant de le tendre au greffier.

–Ceci est une photocopie du document en question, Votre Honneur, pour les besoins de cette audition.

Le juge interrogea Marcia du regard qui hocha la tête en signe d'assentiment.

–Continuez détective, dit Patterson.

–Nous n'avons trouvé aucune trace de lutte aux domiciles des victimes et pas de traces d'effraction.

Patterson marqua un temps d'arrêt, puis reprit.

–Détective Hall, dites-nous dans quelles conditions vous avez été amenée à retrouver ces adolescentes.

–À la suite d'un appel téléphonique reportant une activité suspecte dans l'enceinte d'une société d'installations électriques, la California Power Utilities, nous avons investi ses locaux et retrouvé les corps mutilés des quatre disparues.

–À qui appartient la California Power Utilities? demanda Patterson.

–À Orlando Cruz, l'accusé.

Patterson prit une série de photos et les soumit à Marcia qui les examina attentivement puis détourna les yeux.

De nouveau Patterson tendit les documents au greffier après les avoir numérotés.

–Pièces ajoutées au dossier : photographies des bâtiments de la California Power Utilities, des corps retrouvés, du lieu des crimes, et du contenu de trois sacs plastiques repêchés dans la mare voisine.

Il retourna derrière son pupitre.

–Détective, qu'avez-vous saisi au domicile de l'accusé lors de votre perquisition ?

–Dissimulée derrière la roue de secours d'une Cadillac Escalade appartenant à une des sociétés de l'accusé, nous avons découvert une enveloppe contenant des images représentant la *Santa Muerte*, ce personnage religieux propre au Mexique.

–Qu'est-ce que ces images avaient de particulier ?

–Elles étaient semblables à celles glissées sous la porte des disparues.

–Semblables, dites-vous. Avez-vous poussez plus loin cette comparaison ?

–Oui.

–Quels ont été les résultats ?

–Les images appartiennent à un même lot.

–C'est-à-dire ?

–L'encre et le papier sont identiques, ainsi que les marques laissées par les rouleaux d'imprimerie. Les images proviennent d'un même tirage.

Patterson se tourna vers Cruz, puis demanda :

–Détective Hall, êtes-vous au fait d'une relation existant entre les quatre victimes et Mr Cruz.

–Oui.

–Voulez-vous préciser à la Cour la nature de cette relation.

–Les familles concernées ont toutes un parent direct qui travaille ou a travaillé pour le groupe Cruz.

–Ce sera tout, détective. Votre témoin, dit Patterson en se rasseyant.

Marcia Connelly prit son temps pour parcourir ses notes et les rapports remis par le bureau du district attorney conformément à la loi.

–Détective Hall, commença-t-elle, est-il exact qu'à aucun des domiciles concernés vous n'avez pu mettre en évidence le moindre indice indiquant la présence physique d'Orlando Cruz?

–C'est exact, mais cela ne prouve rien. Les traces ont pu être effacées.

Marcia se tourna vers le juge.

–Votre Honneur, le témoin peut-il se contenter de répondre directement à ma question sans ajouter un commentaire?

Green eut un mouvement d'approbation et réprimanda Hall.

–Et sur les corps, détective Hall? Sur les corps de ces malheureuses victimes, avez-vous trouvé le moindre indice, cheveux, sperme, cellules, fibres, appartenant à Orlando Cruz?

–Non. Mais...

–Détective, coupa Marcia, vous avez dit au juge avoir saisi une enveloppe contenant des images dans un véhicule appartenant à l'accusé?

–C'est exact.

–Où se trouvait ce véhicule?

–Dans une allée de la résidence appartenant à l'accusé.

–La malle était-elle fermée à clef?

Hall eut un moment d'hésitation.

–Non... Je ne crois pas.

–Avez-vous analysé les fibres et les poussières provenant de l'intérieur du véhicule?

–Oui.

–Correspondent-elles aux échantillons témoins, ceux prélevés dans les locaux de la California Power Utilities et dans la pièce où les victimes ont été retrouvées?

–Non.

−Détective Hall, Mr Cruz possède-t-il une autre voiture enregistrée à son nom, et dans l'affirmative, vous êtes-vous livrée aux mêmes examens?

−Oui.

−Quels en ont été les résultats?

−Négatifs.

Il y eut un long silence durant lequel Marcia feuilleta les papiers qui se trouvaient devant elle. Elle releva la tête.

−Détective, est-il possible qu'un autre que Mr Cruz ait dissimulé cette enveloppe sous la roue de secours de l'Escalade.

La question résonna dans la salle. Marcia avait élevé la voix. Elle n'avait besoin que d'un doute, un simple doute. Il n'en fallait pas plus pour gripper la machine de l'accusation.

−C'est du domaine du possible, finit par répondre Hall dans un murmure.

−Détective, les locaux de la California Power Utilities sont-ils abandonnés?

−Apparemment, oui.

−Y a-t'il un gardien?

−Non.

−Plus de questions, dit Marcia.

Elle se rassit près de Cruz, pendant que Hall laissait la place au second témoin de l'accusation, un homme corpulent aux traits lourds, au visage rubicond, aux yeux fatigués.

−Dr Hamilton, demanda Patterson, quelles sont vos fonctions?

−Médecin-chef, responsable du service de médecine légale de l'État de Californie

−En cette qualité, Dr Hamilton, êtes-vous habilité à donner votre opinion sur la cause d'un décès?

Hamilton leva la tête vers le juge.

−C'est pour ça qu'on me paye, dit-il avec un sourire.

–Bien. Pour les besoins de cette audition, vous êtes-vous rendu dans les bâtiments de California Power Utilities pour examiner les corps de quatre victimes de sexe féminin ? continua Patterson.

–Parfaitement.

–Avez-vous pratiqué une autopsie sur chacun des corps ?

–Oui. J'ai examiné les victimes pour déterminer la cause du décès.

Patterson dressa l'inventaire du contenu de l'estomac, de la vessie, des intestins, un tableau de l'état des organes internes et des observations anatomiques.

–Cette cause, docteur, provient-elle d'un phénomène naturel, maladie ou autre ?

–Non.

Patterson fit une pause. Il s'entretint un instant avec Dillard, son assistant, puis reprit :

–De quoi ces adolescentes sont-elles mortes, docteur ?

–D'hémorragie due à une éviscération.

–Combien de temps a duré leur agonie ?

–De longues minutes.

–Les corps présentaient-ils d'autres mutilations ?

–Les seins avaient été sectionnés. Une ablation non chirurgicale.

Patterson lança un regard rapide vers Green. Le juge s'était tourné vers le box des témoins et terminait de prendre des notes. Patterson attendit qu'il relève la tête.

–Cette mutilation, Dr Hamilton, a-t-elle été pratiquée sur des cadavres ?

Hamilton hésita, comme s'il ne semblait pas comprendre la question.

–Qu'entendez-vous par là ?

–Ces jeunes filles étaient-elles mortes lorsqu'on les a mutilées ?

–Non. Elles étaient vivantes.

Patterson étudia ses notes.

–Y a-t 'il eu violence sexuelle ?

–Certainement. Le vagin présente des meurtrissures caractéristiques.

–Dr Hamilton, selon vous, le meurtrier a-t'il pris des précautions pour éviter de laisser des indices ?

–Je le pense. Nous n'avons relevé aucune trace de sperme, uniquement le lubrifiant que l'on retrouve après usage de préservatifs.

–Quoi d'autre ?

–Les doigts des victimes ont été nettoyés à l'acide. De l'acide chlorhydrique.

–Dans quel but ?

–Objection, intervint Marcia. Il s'agit d'une interprétation qui dépasse le cadre d'expertise du Dr Hamilton.

Le juge se pencha vers le médecin.

–Êtes-vous en mesure de donner une opinion d'expert, docteur ?

Ce dernier hocha affirmativement la tête.

–Dans ce cas, il ne s'agit pas de supprimer les empreintes digitales de l'individu, mais de dissoudre les particules et les cellules étrangères qui se trouvent sous les ongles.

Hamilton réclama un verre d'eau que l'un des officiers présents dans la salle lui apporta. Il but une gorgée et reposa le gobelet en plastique rouge sur la tablette près de lui.

Patterson entama une nouvelle série de questions.

–Venons-en au contenu des sacs immergés dans la mare. De quelle nature sont-ils ?

–Essentiellement d'origine animale, des restes de chien. Mais les sachets en plastique transparent renfermaient les seins des victimes.

–Avez-vous observé des détails particuliers sur les seins des victimes?

–Des meurtrissures et des brûlures de cigarettes.

Patterson referma le dossier qu'il avait devant lui.

–Ce sera tout, votre Honneur.

–Votre témoin, Maître Connelly, dit le juge.

Avant que Marcia n'intervienne, Cruz nota quelque chose sur son bloc et le poussa devant elle. Elle lut le message, posa sa main sur le bras de son client, acquiesça, et se leva

–Dr Hamilton, avez-vous déterminé la date approximative de la mort de ces quatre adolescentes?

Patterson n'avait pas posé cette question. Il devait estimer que la réponse ne jouait pas en faveur de l'accusation. Orlando Cruz y avait pensé.

Patterson parut troublé. Le docteur Hamilton, lui, se contenta de secouer la tête.

–Difficile à fixer, grommela-t-il.

–Comment difficile à fixer! Je ne vous demande pas l'heure exacte, mais le jour. Si je me fie au rapport d'autopsie que vous avez établi, les corps n'étaient pas en décomposition, il me semble.

Hamilton but une gorgée d'eau pour se donner le temps de réfléchir.

–Dr Hamilton, avez-vous, oui ou non, déterminé la date approximative de la mort des quatre victimes retrouvées dans les locaux de la California Power Utilities?

–Oui.

–A quand remonte-t-elle?

–Quarante à cinquante heures avant la découverte des corps.

–Cela nous replace donc — Marcia tourna les pages de son agenda — à un intervalle compris entre mercredi 13 h et mercredi 23 h de la semaine passée? C'est bien ça?

−Puis-je consulter mes notes ?

−Je vous en prie.

Il ouvrit un épais classeur en plastique noir, humecta son index, et tourna les pages à la recherche d'une confirmation qu'il connaissait déjà.

−C'est à peu près cela.

Marcia fit deux pas pour reprendre sa place, se ravisa, et se tourna vers le témoin.

−Une dernière question, Dr Hamilton. À la demande de la police, un échantillon de sang a été prélevé sur Mr Cruz et vous a été remis à titre de comparaison ?

−C'est exact.

−Quel est le groupe sanguin de Orlando Cruz ?

−O. positif.

−Puis-je approcher le banc du témoin, Votre Honneur ?

−Vous pouvez, dit Green.

−Docteur, est-ce bien la copie du rapport officiel d'autopsie ?

Hamilton prit le document qu'elle lui tendait et en feuilleta rapidement les pages.

−Oui.

−Aucune mention relative à un groupe O. positif n'y figure. Ni sang, ni cheveux, ni poils retrouvés sur les corps des victimes n'appartiennent à ce groupe. C'est votre constatation ?

−Je n'ai examiné que les corps.

−Ce sera tout. Merci, docteur.

−Il est 11 h 30, dit le juge. L'audience est ajournée jusqu'à 14 h.

35

–Qui est Hugo Vargas? demanda Marcia à
Orlando Cruz.

Elle avait enlevé la veste de son tailleur et la pliait
méticuleusement sur ses genoux. Ils étaient assis
côte à côte sur un banc étroit qui occupait la largeur
de la salle de visite dans la prison du tribunal.

Cruz se frottait les poignets et contemplait ses
mains. Il paraissait navré.

–J'aurais dû m'en douter, dit-il, parlant plus pour
lui-même que pour répondre à la question de
Marcia. Je comprends pourquoi Patterson est
convaincu que j'ai tué ces gosses.

Il secouait la tête, comme s'il se reprochait son
manque de perspicacité.

Il se tourna vers elle.

–Qui vous a mis au courant?

–Un journaliste, Dexter Dune. Il veut une
exclusivité sur l'affaire. J'ai réservé ma réponse.
Je voulais votre accord avant.

Cruz eut un geste de la main signifiant que ce
genre de détail n'avait pour lui aucune importance.

–Hugo Vargas était responsable de l'enquête. Il
sortait d'une université américaine, à l'époque
cela servait de compétence au Mexique.

Il eut un sourire amer.

–Il pataugeait. Je l'ai rencontré le soir où ma fille
a été assassinée.

–Pourquoi est-il persuadé de votre culpabilité?

–Je ne sais pas. L'enquête a été close après la
mort de Guzman.

Marcia lissait la doublure de sa veste avec attention. Elle pivota sur elle-même et le regarda avec attention.

–Vous souvenez-vous de Vargas ?

–Vaguement. Un grand type, plutôt poli. Je ne sais pas ce qu'il est devenu.

–Il est ici.

Cruz sembla perdre un peu de son assurance.

–Croyez-vous qu'il ait la moindre raison de penser que Guzman n'était pas le vrai coupable ? dit Marcia.

–À ma connaissance, l'enquête n'a jamais été rouverte et les meurtres ont cessé après la mort de Guzman. Son propre fils a déclaré l'avoir vu enlever l'une des gamines.

Il soupira.

–Quand je l'ai connu, Vargas était un égo maniaque, ce qui explique peut-être sa motivation.

–Comment ça ?

–Il se préoccupait davantage de l'image qu'il donnait de lui que de la valeur des informations que nous aurions pu obtenir. J'avais offert une récompense de cent mille dollars.

–Il s'y est opposé ?

–Oui.

Marcia parut digérer l'information. Cruz s'était appuyé contre le mur, apparemment à la recherche de détails enfouis dans sa mémoire.

–La corrélation entre les crimes de Mexico et Los Angeles réside dans la similitude des messages retrouvés aux domiciles des victimes. Vous me l'avez dit quand Patterson en a produit une copie, s'assura Marcia.

–Ils se ressemblent, autant que j'en aie le souvenir.

–Vous ne trouvez pas ça étrange après toutes ces années ?

Cruz haussa les épaules.

– C'est un coup monté, je vous l'ai déjà dit.

– Des fuites à Mexico, quelqu'un qui vous en veut ?

– Je ne vois pas d'autre explication.

Cruz s'étira, puis sourit.

– Je n'ai pas beaucoup dormi la nuit précédente.

– Apparemment, Hugo Vargas non plus. Treize ans, c'est une longue insomnie, Orlando.

Le sourire disparut de son visage.

– Je n'ai pas tué ces gamines, Connelly, ni à Mexico ni à Los Angeles. Je n'ai rien à voir avec cette histoire, dit-il d'un ton où perçait une nuance d'agacement.

Il s'approcha de la porte et appela le gardien.

– J'ai besoin de me reposer.

Il attendit qu'elle se soit levée, puis s'allongea sur le banc et croisa les mains derrière sa nuque

Le gardien ouvrit la porte.

– L'entretien est terminé, annonça-t-il

Marcia remit sa veste, prit son cartable et se retourna avant de sortir dans le couloir. Cruz avait fermé les yeux.

– –Reconstituez votre emploi du temps de mercredi passé entre 13 h et 23 h, Mr Cruz, même si pour le moment il ne s'agit que d'une liberté provisoire, dit Marcia.

– Si Vargas est sûr de son fait, pourquoi Patterson ne l'a t'il pas fait témoigner ? lança Cruz avant que le battant ne se referme.

36

Deux étages au-dessus, Hugo Vargas avait suivi l'audience sur le circuit interne de télévision du palais de justice.

Il revoyait le visage de Manuel Montoya, ses yeux pâles traînant sur les photos des meurtres sans ciller. Et cette façon étrange de regarder sans intensité, mais fixement.

Patterson et Dillard firent irruption dans la pièce et Hugo reposa les photographies qu'il était en train d'examiner.

Dillard laissa échapper un soupir pathétique. Patterson s'affala sur sa chaise après avoir suspendu sa veste à une patère et desserré sa cravate. Deux larges auréoles de sueur marquaient sa chemise. Il essuya les verres de ses lunettes avec sa cravate et but coup sur coup deux verres d'eau glacée, comme s'il cherchait à éteindre quelque incendie intérieur. Puis, il appuya son front contre le gobelet vide et tambourina nerveusement sur le sous-main qui recouvrait son bureau.

–Ce fils de pute va se sortir de la nasse, dit-il à Hugo.

Il avait forcé la voix. Vargas ne réagit pas.

–Je ne peux pas vous appeler à la barre. Votre témoignage risque de faire pencher la balance, et pas du bon côté, ajouta Patterson.

Une secrétaire apporta un plateau de sandwiches et des gobelets de soda.

–Poulet ou thon ? demanda Dillard à Hugo.

–Thon, s'il vous plaît.

Patterson refusa d'un geste le sandwich que lui tendait Dillard. Le blanc de ses yeux avait viré au jaune. Mauvaise digestion ou mauvaise conscience, pensa Vargas. Patterson prit une chemise propre dans un tiroir, se leva et referma bruyamment la porte de son cabinet de toilette.

*

Quand Marcia Connelly sortit de l'ascenseur, Dexter Dune l'attendait dans le hall. Le badge épinglé à sa veste indiquait qu'il était dans la salle où siégeait le juge Green.

Une foule de gens se ruaient à l'extérieur vers les petits restaurants qui pullulaient autour du palais de justice.

–Je vous offre une pizza, proposa-t-il. Il y a un italien au coin de la rue.

Marcia regarda sa montre.

–J'ai un break d'une demi-heure, Dexter.

Le restaurant se remplissait. Il régnait une odeur d'épices et de feu de bois. Dune trouva une table dans un coin isolé de la salle. Ils commandèrent une large pizza aux tomates séchées, avec du fromage de chèvre et du basilic.

Marcia laissa glisser la rondelle de citron dans son thé glacé et en aspira une longue gorgée.

–Comment est Cruz? attaqua Dune, je n'ai vu que sa nuque et son dos.

–Calme et confiant.

–Le juge va accepter votre demande de mise en liberté provisoire ; Cruz a été avisé en vous choisissant pour défenseur.

Elle esquissa de la tête un geste de reconnaissance.

–Je le saurai dans un peu plus d'une heure, dit-elle.

–Qu'est-ce que votre client pense d'Hugo Vargas et des événements de Mexico?

Le garçon posa la pizza au milieu de la table sur un berceau en métal chromé. Marcia prit une tranche et mordit dedans. C'était moelleux et croustillant à la fois. La douceur du fromage de chèvre atténuait la saveur forte des tomates et de l'huile d'olive vierge. Elle ferma un instant les yeux, repoussant toute culpabilité. Inutile de compter les calories.

–Dexter, dit-elle, en s'essuyant les doigts avec une serviette en papier, cette affaire de Mexico est vieille de treize ans. Le meurtrier s'est tué et la police n'a jamais eu le moindre doute sur sa culpabilité. Cet aspect de l'affaire n'est pas à l'ordre du jour, du moins pour le moment.

–Est-ce que Cruz souhaite s'exprimer s'il est remis en liberté? demanda Dune. Je peux organiser une interview à une bonne heure d'écoute.

–Je ne suis pas pour, dit Marcia, hésitant devant une deuxième tranche de pizza. Le procès aura lieu dans plusieurs mois et je ne veux pas de publicité pour mon client.

–Une interview enregistrée, Marcia, je vous soumets les questions.

Elle se décida et prit un autre triangle avant que le fromage ne se fige. Manger lui donnait le temps de réfléchir.

Des questions communiquées à l'avance, des réponses soigneusement préparées? C'était différent. Elle conserverait le contrôle de ce qui se dirait sur le plateau, et si la prestation de Cruz était convaincante, cela pèserait en faveur de son client.

Parmi les futurs jurés, certains se souviendraient peut-être de l'émission. La présence de Rosalyn Cruz serait une bonne chose. Un couple uni en face d'une injustice et d'un district attorney cherchant à tout prix un coupable en vue d'une réélection.

–Je n'exclus pas votre proposition, dit-elle.

Dune n'avait pas touché à la pizza. Il commanda un double expresso pour lui et un café américain pour Marcia.

–Mon papier de demain vous est entièrement consacré. Bientôt, vous serez aussi célèbre que les as du barreau californien ou new-yorkais.

Elle était flattée. Cruz avait les moyens de s'offrir une défense de tout premier ordre, mais il l'avait choisie, elle. L'accusation n'ayant pas de témoin oculaire, tout se jouerait au niveau des circonstances, des indices, du mobile. Le district attorney aurait à convaincre le jury au-delà du doute raisonnable. Elle se battrait sur chaque point de détail.

Elle connaissait son métier et elle gagnerait ce procès. Elle pourrait se servir de ce qui s'était passé à Mexico ; l'affaire était close, et la conclusion favorable à Cruz. Il s'agissait d'événements trop éloignés dans le temps et la police avait un coupable. Le dossier Mexico était hors sujet. Elle invoquerait la similitude des messages entre Mexico et Los Angeles, et elle trouverait des arguments pour les dissocier. Il lui fallait d'abord se procurer le dossier.

Ils quittèrent le restaurant.

–Je vous laisse, dit Dune. À tout à l'heure.

–Merci pour la pizza. Seule, je n'aurais pas osé, avoua-t-elle.

Il lui fit un signe de la main et disparut.

Juste avant de pénétrer dans le palais de justice, Marcia remarqua un homme assis sur un banc. Il était seul et fumait une cigarette. Il enleva ses lunettes noires et se mit à l'examiner.

Mal à l'aise, Marcia ne pouvait détacher ses yeux de ce visage. Sans équivoque possible, ce ne pouvait être que Hugo Vargas.

Troublée par cette rencontre, elle se trompa d'étage. Quand elle sortit de l'ascenseur, le brouhaha des voix la ramena à la réalité.

*

Après avoir montré sa carte, Marcia, se faufila dans la salle du tribunal. Elle vit de loin Dexter Dune passer au détecteur de métal avant de rejoindre sa place.

Orlando Cruz l'attendait. Elle se laissa tomber sur la chaise voisine et prit ses dossiers. Patterson et Dillard, de l'autre côté de l'allée, affichaient une désinvolture de circonstance. Le district attorney transpirait et il avait changé de chemise, remarqua Marcia avec satisfaction.

Le juge Green pénétra dans la salle. Il tenait à la main une liasse de feuillets jaunes remplis d'une écriture manuscrite. La couleur de l'encre était passée de mode, un bleu des mers du Sud approprié peut-être au contenu de sa décision. C'est ainsi que Marcia l'interpréta.

– Le meurtre de ces adolescentes est quelque chose d'horrible qui affecte la communauté entière, commença Green, et le coupable doit être retiré de la circulation. Cependant, la présomption d'innocence prévaut dans ce pays. La Constitution garantit la liberté sous caution, sauf dans les cas de crimes de sang, et sous l'expresse condition que l'accusation fournisse les preuves irréfutables de la culpabilité du suspect.

Le juge dirigea son regard vers le banc où se tenait Patterson.

– Mr Patterson, vous avez fourni à la Cour la preuve que ces enfants avaient été kidnappés, torturés et assassinés. Vous avez aussi apporté la preuve que leurs corps se trouvaient dans des locaux appartenant à Mr Cruz, et qu'il était en relation avec les familles des victimes.

Le juge marqua un temps d'arrêt et consulta ses notes.

– Qu'est-ce qu'il raconte? murmura Cruz à l'oreille de Marcia d'une voix faussement dégagée.

– En revanche, reprit Green, vous n'avez fourni aucun élément reliant Mr Cruz aux meurtres. Pas de témoin oculaire, pas d'indice faisant état de sa présence aux domiciles des victimes ou sur le lieu des crimes. En aucune façon, l'absence d'évidences ne saurait constituer par elle-même une évidence. La présence de ces images dans le coffre d'un véhicule appartenant à Mr Cruz ne peut constituer à elle seule une preuve matérielle de sa culpabilité. Sa caution est fixée à deux millions de dollars. Mr Cruz sera relaxé contre remise d'une somme équivalant à dix pour cent de ce montant.

Le juge Green se leva, sortit de la salle sans se retourner, ignorant l'interpellation de Patterson.

*

À la sortie du tribunal, Marcia consacra dix minutes à répondre aux questions de la presse puis s'éclipsa. Rosalyn Cruz n'était pas venue pour le verdict de liberté conditionnelle. Une appréhension compréhensible, se dit Marcia. Elle se promit de l'appeler dès son arrivée au bureau.

Elle gagna le parking adjacent à la Cour où se trouvait garée sa vieille Honda. Adossé au côté gauche du véhicule, Hugo Vargas les bras croisés la regardait venir.

–Vous êtes douée, lui dit-il, quand Marcia s'arrêta devant lui.

Le ton n'était pas sarcastique, et la barrière d'hostilité qu'aurait dû créer leurs positions respectives ne se manifesta pas.

–Pas vraiment, dit Marcia. Vous êtes Hugo Vargas ?

Il eut un signe de tête affirmatif et s'inclina poliment.

–Si vous aviez la preuve qu'Orlando Cruz ait commis ces meurtres, continueriez-vous à le défendre ? demanda Vargas.

Le regard surprit Marcia. Quelque chose dans la profondeur de ces yeux avait chassé la flamme de tout à l'heure, pour la remplacer par une certaine douceur.

–Chacun de nous, quels que soient ses crimes, a droit à un procès juste et équitable, répondit

Marcia. C'est un système qui fonctionne depuis deux cents ans et nous n'en avons pas d'autre. Je suis une avocate spécialisée en droit criminel, Mr Vargas, un choix que j'ai fait il y a longtemps.

–Vous croyez Cruz coupable?

–Il insiste sur son innocence, et je n'ai rien vu jusqu'à présent qui peut me convaincre du contraire. Ce qui s'est passé à Mexico joue en sa faveur.

Hugo resta silencieux. Il se décolla de la portière pour laisser Marcia introduire sa clef.

–Vous avez une fille?

La question désarçonna Marcia. Elle se redressa.

–Oui. Une fille de onze ans. Pourquoi me posez-vous la question?

Hugo remit ses lunettes noires.

–Tenez-la éloignée quelque temps.

Marcia se força au calme. Son visage était livide.

–Il ne peut plus rien arriver maintenant.

–Croyez-vous? dit Hugo. Si Cruz est coupable, vous venez de faire remettre un monstre en circulation. S'il est innocent, celui qui cherche à l'incriminer est là, dehors, parmi nous. Et vous êtes celle qui risque de faire échouer ses projets.

Vargas inclina la tête en guise d'adieu et s'éloigna.

37

Sophia rentrait le lendemain de San Diego. De sa voiture, Marcia appela sa mère. Au bout de la dixième sonnerie, elle raccrocha. L'inquiétude la gagnait. Elle regarda sa montre. 15 h. Elle téléphona à sa secrétaire, la chargeant d'appeler sa mère jusqu'à ce qu'elle l'ait en ligne.

Marcia sortit du parking, cherchant des yeux la silhouette d'Hugo. Il avait disparu.

Elle composa le numéro de Rosalyn Cruz qui décrocha à la première sonnerie.

–J'ai de bonnes nouvelles, Orlando. . .

–Je sais, Marcia. Merci. Vous pouvez passer ?

–Tout de suite ?

–Si ça ne vous dérange pas.

Marcia perçut la tension dans la voix.

–J'arrive, dit-elle.

Rosalyn l'attendait sur la terrasse. Marcia eut du mal à la reconnaître. Vêtue d'un tee-shirt et d'un jean délavé, sans maquillage, elle semblait bouleversée.

–Allons de l'autre côté, dit-elle.

Elles contournèrent la maison, passant entre des rangées de fleurs tropicales et des arbres aux feuillages couleur de bronze. Un bungalow était dissimulé par un bougainvillier. Elles s'installèrent dans un sofa.

–Quelque chose ne va pas ? s'inquiéta Marcia.

La femme de Cruz tremblait.

–Je suis terrorisée à l'idée qu'on ait remis Orlando en liberté. Vous ne le connaissez pas. C'est…

Rosalyn ne trouvait plus ses mots.

–... Je n'ai plus de rapports sexuels normaux avec mon mari depuis des années. En fait, je n'en ai jamais eu.

Rosalyn Cruz avait ce qu'on pouvait désirer dans la vie : un mari, une famille, une maison magnifique, et assez d'argent pour mener une vie oisive et heureuse.

Elle prit sous l'un des coussins une télécommande.

–Voilà pourquoi, dit-elle.

*

Les images défilaient. Un film sur Orlando Cruz qui, avec un plaisir proche de la démence, torturait de jeunes prostituées.

Marcia fut submergée par l'écœurement et la colère. Ce film lui faisait froid dans le dos. Surtout ne pas céder aux associations que ces images déclenchaient ; Cruz était toujours son client. Ce spectacle montrait simplement qu'il avait trouvé un exutoire à ses pulsions. Les filles avec lesquelles il « s'amusait » n'avaient jamais porté plainte.

–Vous aviez droit à ce genre de traitement ?

Rosalyn hésita sous l'emprise de la pudeur. Puis, elle se décida.

–C'était parfois pire.

Elle raconta, avec des cassures douloureuses et de longues pauses. Elle souleva son tee-shirt et montra l'extrémité de ses seins, couverte de marques.

–C'est mon enfer, le secret que je suis contraint de dissimuler. Pour mon fils, pour mon père et ceux qu'il a entraînés dans les affaires de mon mari. Je vais partout avec un visage de femme heureuse, comblée. Je parle de l'homme merveilleux que j'ai eu la chance d'épouser.

Marcia écoutait les yeux baissés.

–Qui vous a remis cet enregistrement ? Votre mari ?

–Non ! Pourquoi ferait-il une chose pareille ?

–Pour vous faire souffrir davantage.

–J'ai trouvé ce DVD sur le siège avant de ma voiture, aujourd'hui.

–Je ne crois pas que rester dans cette maison soit une bonne chose pour vous et votre fils, dit Marcia, se rappelant la mise en garde d'Hugo.

–Je ne peux pas m'en aller. Les reporters sont partout. Cela nuirait aux affaires d'Orlando, et mon père ne comprendrait pas.

–Dites à votre mari de venir à mon bureau aujourd'hui. J'ai des papiers importants à lui faire signer.

Marcia se leva et éjecta le DVD du lecteur.

–Vous me le confiez ?

Le doute et la peur se lisaient sur le visage de la femme de Cruz.

–Vous pensez qu'il a tué ces filles ? demanda-t-elle brutalement.

–Je suis son avocate. Même s'il est coupable mon devoir est de le défendre.

Rosalyn cacha son visage dans ses mains. Marcia passa un bras autour de ses épaules.

–Je suis de votre côté, dit-elle.

*

Préoccupée, Marcia faillit rater l'immeuble où se trouvait son cabinet.

Mettait-elle la vie de sa fille en danger en défendant Orlando Cruz ? Rien ne lui semblait plus important après ce qu'elle venait d'apprendre.

Quand elle ouvrit la porte de son bureau, sa secrétaire était en ligne avec sa mère. Marcia eut un soupir de soulagement.

–Je la prends dans mon bureau.

Elle sortit le DVD de son sac.

–Faites une copie s'il vous plaît. Sans visionner le contenu.

Elle ferma la porte et prit la communication. Elle eut beaucoup de mal à convaincre sa fille qui n'avait aucune envie de prolonger son séjour chez sa grand-mère. L'école posait un problème, mais la mère de Marcia promit de tout arranger. Elle l'inscrirait provisoirement dans une école du quartier.

–Une bonne école ne t'inquiète pas.

–N'oublie pas qu'elle doit se coucher au plus tard à 21 h 30, insista Marcia avant de raccrocher.

38

Hugo Vargas avait quitté le palais de justice en compagnie de Gillian Hall. Ils empruntèrent un ascenseur de service à l'arrière du building qui les mena droit au sous-sol où se trouvaient les parkings officiels.

Patterson, sonné par la décision du juge Green, s'était échappé après de brefs commentaires lancés aux journalistes.

> – Il faut être aveugle et sourd pour ne pas voir que Cruz est coupable, dit Gillian.

Elle détourna son attention du trafic vers Hugo, il lui parlait.

> – Ces images de la *Santa Muerte* que vous avez trouvées dans une de ses voitures ne prouvent rien.
> – Pourquoi ?
> – Vous auriez pu les placer.

Hall le foudroya du regard. Vargas alluma une cigarette.

> – Je ne mets pas votre parole en doute. Simplement, on ne peut pas être aussi méticuleux dans son souci de faire disparaître la moindre trace sur la scène des crimes et oublier un détail aussi grossier.

Hall se calma.

> – Tout criminel commet à un moment ou à un autre une erreur. C'est pour ça que nous arrivons à les coincer, répliqua-t-elle.
> – Peut-être pas.
> – Que voulez-vous dire ?

–Peut-être n'est-ce pas une erreur.

La remarque d'Hugo la laissa songeuse.

–Faites une liste des familles qui travaillent ou ont travaillé pour Cruz, dit Vargas, celles qui ont une fille entre quatorze et seize ans. Pourquoi a t'il choisi ces quatre-là et pas d'autres ?

Il y eut silence, puis Hall, la première, reprit la parole.

–Je comptais sur vous. Nous comptions sur vous pour nous dire tout ce que vous saviez.

–C'est ce que j'ai fait.

–Vous voulez, oui ou non, qu'il soit condamné ?

Vargas ne répondit pas.

Hall roulait sans but apparent. L'air s'engouffrait par les vitres ouvertes avec une senteur tropicale. Les palmiers alignés en bordure du boulevard défilaient. Une étoile avait surgi dans le ciel, c'était le milieu de l'après-midi. Vargas paraissait tendu.

–Vous cachez quelque chose, Vargas ?

Hugo jeta sa cigarette et s'éclaircit la gorge.

–C'est un peu plus compliqué que ça, détective.

39

−Entrez et asseyez-vous, Mr Cruz, dit Marcia.

Il s'était changé. Pantalon havane, chemise un ton plus clair, mocassins Gucci.

Archer, l'enquêteur de Marcia, referma la porte.

−Vous avez besoin d'un garde du corps ? dit Cruz examinant Archer avec attention.

−Scott est mon enquêteur. La confidentialité qui me lie à vous joue également pour lui.

−Je vous écoute, Connelly.

−J'ai quelque chose à vous montrer.

Elle eut un geste du menton vers l'écran de télévision. Au bout de deux minutes, Cruz se leva et arrêta le lecteur. Il ne paraissait éprouver ni gêne ni malaise.

−Inutile d'aller jusqu'au bout.

−Quelqu'un a déposé ce film dans la voiture de votre femme. Elle m'a aussi raconté la manière dont vous la traitiez, dit Marcia.

Cruz retourna s'asseoir. Il étendit ses jambes et eut un sourire.

−Vous ne m'impressionnez pas. Rosalyn est un bel objet avec rien sous le capot.

Il continua, irrité.

−Ma vie sexuelle et mes fantasmes ne regardent que moi.

Il pointa un doigt vers l'écran.

−Mes partenaires ne sont pas mineures, même si elles en ont l'air. Patterson me poursuit pour enlèvements et meurtres pas pour enfreindre la loi en payant des putes. Ça déborde du cadre de nos affaires.

–Oh non! Nous sommes en plein dedans. Je suis tenue de remettre une copie de cet enregistrement au district attorney, la loi m'y oblige. Patterson appellera votre femme à la barre, et vous êtes inculpé de kidnapping, de torture et de meurtre pas d'excès de vitesse! Si le jury est convaincu que vous représentez un danger pour la société, vous allez droit à la chaise électrique!

–Une seconde, Connelly...

–Non! C'est à vous de m'écouter! Vous n'êtes plus crédible. Vous n'avez pas cessé de me mentir depuis le premier jour. Je me désiste, je ne tiens plus à assumer votre défense. Demandez à l'avocat que vous choisirez de me contacter. Je lui transmettrai votre dossier.

Cruz eut un sourire forcé qui étira sa bouche en une ligne dure.

–Je pensais que nous avions un accord. Je croyais que vous me laisseriez tomber uniquement si vous aviez la certitude de ma culpabilité.

–Je l'ai.

–Non, vous ne l'avez pas! cria-t-il. Ce que vous avez, c'est ce film et les jérémiades de ma femme. Je n'ai ni enlevé ni tué ces gamines, Connelly. Ce film prouve que j'aime faire souffrir, dominer, être le maître. Ça ne fait pas de moi un assassin.

Marcia se leva.

–Pour moi, c'est terminé. J'en ai assez, dit-elle d'un ton froid.

–Je n'ai pas tué ces filles! explosa Cruz. Combien de fois dois-je le répéter! Si je suis reconnu coupable, vous serez responsable des meurtres qui suivront.

Cruz avait senti la fêlure dans la détermination de Marcia. Il se cala dans son fauteuil.

– Je ne toucherai plus à Rosalyn.

– Qu'entendez-vous par là ?

Marcia lui lança un regard méprisant.

– Ajoutez cette clause à votre contrat d'abandon et écoutez-moi.

Il se pencha et posa ses avant-bras sur le bureau.

– Quelqu'un essaye de m'incriminer, et il n'y a pas besoin de chercher bien loin pour comprendre qui c'est.

– Vous avez des preuves ? intervint Archer.

C'était la première fois qu'il prenait la parole. Il se tenait en retrait. Cruz ne daigna pas tourner la tête pour répondre.

– La logique. Qui essaye de me mouiller depuis le début ?

Marcia se rassit. Elle éprouvait des difficultés à faire la différence entre soupçons justifiés et paranoïa.

– C'est ridicule ! Celui à qui vous songez ne se trouvait pas là au moment des enlèvements.

– Qu'en savez-vous ?

Il la dévisagea.

– Il y a quelque temps un type à essayé de me faire chanter. Une tarlouze avec un tatouage sur les jointures, FUCK LIFE. Il prétendait savoir ce qui s'était passé à Mexico. Il n'a jamais repris contact avec moi. Remontez la piste ! Trouvez-le ! Découvrez qui l'a envoyé !

– Où étiez-vous ce fameux mercredi, le jour où les meurtres ont été commis ? demanda Marcia d'une voix ferme.

Cruz se leva. Il prit une enveloppe dans la poche de son pantalon et la posa sur le bureau.

– Payez-vous un verre, Connelly, et n'attendez pas qu'une autre victime fasse surface pour me croire innocent.

Il jeta un coup d'œil aux diplômes accrochés au mur.

–Vous en avez les moyens, lança-t-il en quittant la pièce.

*

Marcia regarda le chèque qu'Archer lui tendait, mais ne bougea pas.

–Laisser tomber, Scott. Je ne vais pas l'encaisser.

–Bien sûr que si. Vous allez l'encaisser.

–Et pourquoi ?

–Parce que Cruz a raison. Du moins, sur ce point. Il vous paye pour que vous assuriez sa défense, pas pour que vous soyez sa meilleure amie.

Les scrupules de Marcia cédèrent le pas à sa conscience professionnelle, elle partit d'un violent éclat de rire.

–Ok. Je vais l'encaisser et me payer un verre, mais je ne perds pas de vue la vérité.

–La vérité ? La vérité, c'est ce chèque de cinquante mille dollars ! Laissez le reste au jury, Marcia. L'État de Californie les paye pour ça.

40

Marcia ouvrit les yeux et fixa le mur. L'alcool l'avait plongée dans un sommeil sans rêves.

Quelqu'un sonnait à sa porte. Pieds nus, elle traversa le carrelage glacé en regardant la lumière du jour par les fenêtres. Elle avait dormi sur son canapé. De l'autre côté de la porte, son visiteur était calme et persistant. Elle se passa de l'eau sur le visage, enleva sa robe et mit un peignoir.

Dexter Dune se tenait sur le perron.

–Entrez, dit-elle.

Il la suivit dans la cuisine. Elle brancha la cafetière, vacilla, et s'appuya au dossier d'une chaise.

–Vous avez l'air d'avoir fêté la libération de votre client.

Elle eut un haussement d'épaules. Dune déploya un journal sur la table et posa un sachet en papier blanc.

–Je fournis le journal et les muffins. Vous, le café.

Après des hoquets de vapeur, l'eau cessa de s'écouler. Marcia servit deux tasses de café, se refusant à ouvrir le sachet de muffins.

Dexter déplia le journal et le tourna vers Marcia.

L'affaire Cruz, sous la signature de Dune, faisait la une : L'ACCUSATION AU TAPIS.

Au milieu de la page, une photo de Marcia Connelly s'étalait sur trois colonnes.

Le journaliste prit un muffin et mordit dedans. Une odeur de myrtilles se répandit dans la pièce. Marcia fixait le sachet de muffins. Il lui suffisait de tendre le bras pour...

La sonnerie de son portable stoppa le geste qu'elle s'apprêtait à faire.

Elle décrocha, écouta un moment.

—D'accord, j'arrive.

Elle raccrocha en frissonnant.

—Des problèmes?

Elle inclina la tête puis répondit en soupirant.

—J'ai laissé ma voiture sur Sunset. Vous pouvez me déposer? J'en ai pour cinq minutes, le temps de prendre une douche.

—Vous lirez mon article dans la voiture. J'aimerais savoir ce que vous en pensez, dit Dune en attaquant un deuxième muffin.

*

Le soleil frappait la façade de l'immeuble. Marcia se leva pour changer l'orientation des stores. Son estomac gargouillait, un trop plein de café. Avec la pile de dossiers qui s'accumulait, elle devait choisir entre la nourriture, le travail, la boisson, le sommeil, le sexe… Ce dernier mot paraissait choquant. Chasteté convenait mieux.

—On a identifié le corps? demanda-t-elle

—Pas encore. Il s'agit d'un type.

—Quel type?

—Celui dont Cruz nous a parlé hier soir. Le maître chanteur.

Marcia s'assit derrière son bureau. Ses idées étaient confuses. La veille avec Archer, elle était entrée dans un bar bruyant de Sunset avec une mission précise : se lancer à l'assaut d'une bouteille de Johnny Walker Blue.

—Hier soir, après vous avoir raccompagnée, j'ai fait la tournée des clubs, dit Archer. Le genre de type décrit par Cruz passe inaperçu dans Los Angeles. Il y en a des milliers. Heureusement, nous avons le tatouage et l'allure de tarlouze. J'ai eu de la chance. J'ai fini par dénicher dans une boîte un type qui m'a renseigné. J'ai terminé au Slammer, un bar gay sur Beverly Boulevard.

–Épargnez-moi les détails sordides, Archer.

Le Slammer était plongé dans la pénombre. Archer s'était installé au comptoir. Sur une estrade, des mecs s'embrassaient en oscillant langoureusement. Le barman, un culturiste en tank-top, avait renouvelé plusieurs fois la consommation d'Archer sans qu'il y touche. Intrigué, il avait fini par lui demander s'il attendait quelqu'un en particulier.

–J'ai joué le jeu et je lui ai filé cinquante dollars. Le type au tatouage est connu. Un privé minable du nom de Gary Thomson. Il vient lever au Slammer quand il a du fric en poche. J'ai obtenu son adresse et même la marque de sa voiture avec un autre billet de cinquante dollars.

–Comment savez-vous qu'il est mort? demanda Marcia.

Archer hésita.

–J'ai vu le corps.

Marcia sursauta.

–Rassurez-vous. Personne ne m'a repéré.

Archer raconta qu'il avait conduit jusqu'à un motel de South Los Angeles.

–J'ai garé ma voiture loin du halo miteux de l'enseigne et je me suis mis à observer les lieux.

Marcia était raide, figée. Archer se cala dans son fauteuil et allongea les jambes.

–J'ai repéré sa vieille Buick noire. Je suis descendu et je me suis dirigé vers la porte qui se trouvait en face de la Buick. La chambre 220. Il n'y avait aucune lumière, juste la lueur d'un poste de télé. Par la fenêtre, je n'ai vu qu'un verre vide posé sur une table. J'ai frappé, et comme personne ne répondait j'ai ouvert la porte.

Marcia détestait ce plan, mais le mal était fait.

–Thomson était affalé sur une chaise, le menton sur la poitrine. Il avait bouffé une pizza extra large et laissé quelques morceaux de croûte. J'ai cru qu'il était en train de digérer, mais il était mort. On l'avait étranglé. Le garrot était encore autour de son cou.

– Mort depuis longtemps ?

– À mon avis non. Quelques heures.

– La police va enquêter. Elle risque de remonter jusqu'à vous.

– Ils n'iront pas jusque-là.

– Pourquoi ?

Il sortit son calepin, déchira une feuille et la tendit à Marcia.

– J'ai relevé le numéro inscrit sur le morceau de papier qu'il tenait à la main. C'est le portable de Cruz. J'ai vérifié.

Marcia grimaça ; le café continuait à gargouiller dans son estomac.

– Un peu gros, non ?

– Ça dépend de la manière dont on voit les choses. Matériellement, depuis sa sortie de prison, Cruz a eu la possibilité de tuer Thomson. Il a aussi un motif : le type le faisait chanter. Embarrassant pour lui, étant donné les circonstances.

– S'il avait l'intention de le tuer, il ne nous en aurait pas parlé, fit remarquer Marcia. Pas dans sa situation. Vous avez trouvé autre chose ?

– Un tas de choses. Le cinéaste amateur, c'est peut-être lui. Il y avait une caméra vidéo sur le lit et un dossier plein de coupures de journaux sur l'affaire de Mexico.

Marcia lui adressa un sourire qui la rendit honteuse.

– Je suppose que vous avez fouillé sa chambre.

– Fallait bien. J'ai déniché une enveloppe avec plus de trois mille dollars en billets de cent.

– Apparemment, le vol n'est pas le mobile. Il avait un carnet d'adresses ?

–S'il en avait un, je ne l'ai pas trouvé, mais il avait une cassette audio dans sa poche.

Archer se leva et prit le magnétophone dont Marcia se servait pour dicter son courrier. Il éjecta la cassette qui s'y trouvait et en introduisit une autre, tirée de sa poche.

–Écoutez.

La voix de Cruz était reconnaissable. L'autre devait être celle de Gary Thomson.

–C'est l'entrevue où il menace Cruz de tout révéler s'il ne paye pas, remarqua Marcia.

–La suite est plus intéressante.

Un bruit de circulation bourdonnait dans le haut-parleur. Il y eut une sonnerie et quelqu'un décrocha. De nouveau la voix Gary Thomson.

- *C'est moi. Je vous écoute.*

- *....*

- *Il est d'accord pour payer. Je lui ai donné trois jours.*

- *....*

- *D'accord. Même endroit, même heure.*

Archer arrêta le magnétophone.

–Thomson a appelé d'une cabine publique. On entend sa voix, pas celle de son interlocuteur.

–Pourquoi ? fit Marcia

Archer haussa les épaules.

–Il a peut-être essayé de coller une ventouse sur l'écouteur et ça n'a pas marché.

Il appuya sur la touche lecture de l'appareil. Un grésillement, et puis :

–Vous vous foutez de moi ! hurlait Thomson. Cruz est en tôle, il ne pourra pas cracher.

- ...

–Qui me le garantit ?

- ...

–Si vous êtes sûr qu'il est coupable, je ne vois pas pourquoi les flics le relâcheraient !

- ...

- Il me faut une avance.

- ...

- Non. Quatre mille. Demain.

Marcia était désappointée et soulagée. La possibilité que Cruz soit victime d'un coup monté prenait consistance.

–Pas de quoi s'emballer, si ce n'est que le gars au bout du fil s'intéresse de près à Cruz, dit Archer avec une lenteur délibérée.

–À première vue pour lui soutirer de l'argent, mais je n'en suis pas si sûre, dit Marcia. Ce mystérieux interlocuteur fournit un deuxième suspect pour le meurtre de Thomson, mais on ne peut pas écarter Cruz. Dans combien de temps pensez-vous que le corps sera découvert ?

–Je ne sais pas.

Marcia fit le tour de son bureau et retira la cassette du magnétophone. Elle la tournait et la retournait entre ses doigts comme si elle ne savait pas quoi en faire.

La bande audio posait un problème. La communiquer à Patterson mettrait Archer dans l'embarras. Elle lui rendit la cassette.

–Essayez de la remettre en place. Je ne peux pas être complice de dissimulations de preuves. N'oubliez pas d'effacer les empreintes.

Archer éclata de rire.

–Vous me prenez pour qui ! C'est une copie. L'original est toujours dans la poche de Thomson.

Marcia secoua la tête en souriant.

–Vous êtes un vrai pro, Scott.

–C'est ce que vous attendez de moi, non ?

Il étouffa un bâillement. Elle lui demanda :

–Vous avez dormi ?

–Aussi surprenant que ça paraisse, oui. Qu'est-ce qu'on fait maintenant? On s'intéresse au mystérieux interlocuteur de Thomson?

Marcia soupira.

–Pas avant que la police ne découvre le corps de Thomson. Et si Patterson inculpe Cruz de ce meurtre, la cassette lui posera un problème pour l'autre inculpation, celle qui mobilise les médias.

Elle réfléchit un moment avant de reprendre.

–Quel est le point commun entre tous ces événements, Scott?

–Cruz.

–Exact. Qu'est-ce qui pousse ce type à sortir d'une torpeur de plus de dix années? Sa pulsion? Il semble avoir trouvé un moyen de l'assouvir. Nous avons le DVD que sa femme m'a confié. Mais pour les besoins du raisonnement, supposons qu'il ait tué ces quatre adolescentes. Il se livre à une boucherie sans laisser le moindre indice compromettant, et dès qu'il se retrouve en liberté provisoire, il perd les pédales, se précipite au motel et tue Thomson en abandonnant derrière lui des éléments qui pourraient l'incriminer.

–Peut-être est-il en train de manipuler tout le monde, répliqua Archer. Il engage Thomson au cas où les choses tourneraient mal et se fait filmer avec des prostituées. Les choses tournent mal, il est arrêté pour quatre meurtres. Remis en liberté provisoire, il dépose la bande vidéo dans la voiture de sa femme, convaincu qu'elle vous la montrera. Il tue ensuite Thomson, le soi-disant maître chanteur, et laisse un enregistrement audio trafiqué pour prouver qu'il est victime d'un coup monté, qu'il existe un mystérieux « deuxième homme. »

–Admettons. Cruz est un psychopathe et il a tué ces gamines. Il organise sa propre arrestation.

Il a dix coups d'avance sur tout le monde, y compris la certitude que je vais le sortir de là. Mais dans quel but se discrédite-t-il aux yeux de l'opinion publique ? Même acquitté, il est socialement mort. Quel est son mobile ?

–Reportez-vous au chapitre « cupidité », Maitre Connely. Les actions de son groupe ont enregistré une baisse de 16 % depuis son arrestation. Peut-être est-il en train de racheter des titres en douce. Un coup qui peut lui rapporter plusieurs centaines de millions de dollars quand tout sera tassé.

Marcia regardait Archer comme si elle doutait des capacités intellectuelles de son enquêteur après une nuit blanche.

–Le fric n'a rien à voir là-dedans, Scott. Cruz est un type fini ; ses amis vont lui tourner le dos si ce n'est pas déjà fait, et son beau-père n'a pas daigné assister à l'audience. Non, la véritable raison de ces corps éventrés et accrochés au mur comme des trophées n'est pas le fric. C'est autre chose. Quoi ? Je n'en sais rien, et je ne suis pas convaincue qu'il s'agisse de sexe.

*

Scott Archer parti, Marcia se mit à envisager l'affaire à la lumière des éléments qu'elle connaissait.

La défense n'avait aucune théorie à présenter concernant un possible coupable, ce n'était pas son rôle. Sa mission était simple : faire naître dans l'esprit du jury un doute suffisant pour obtenir un verdict « non coupable. »

« Non coupable ne veut pas dire innocent », aurait répliqué Archer.

Jusqu'à présent, le dossier de Cruz ne contenait rien d'accablant. Les chances de Marcia d'empêcher les mâchoires du système de se refermer sur lui étaient bonnes. Elle ne s'inquiétait pas trop de ce côté-là. Il l'avait choisie, persuadé qu'une présence féminine jouerait en sa faveur et lui donnerait un avantage sur le jury. Puis, elle avait obtenu sa mise en liberté provisoire, et son respect pour ses capacités professionnelles s'était accru.

Cruz savait qu'elle se battrait jusqu'au bout pour quelqu'un qu'elle estimait innocent.

Mais l'était-il vraiment ?

La réponse se trouvait dans la tête de son client, et peut-être aussi dans celle d'Hugo Vargas.

41

Une vraie soirée de liberté. Elle avait donné congé à la gouvernante et son fils dormait chez un ami.

Allongée dans son jacuzzi en marbre, Rosalyn Cruz regardait l'huile parfumée s'étirer en filaments dorés avant de disparaître dans le tourbillon des jets. Elle tendit la main pour prendre un verre rempli de glaçons et de vodka au citron.

Pour la première fois depuis longtemps, elle se sentait bien dans sa peau. C'était un acte courageux de s'être confiée à Marcia Connelly ; son mari était un sadique qui la battait et la violait quand il en avait envie.

Elle aurait aimé oublier jusqu'à son existence. Ce serait difficile. Elle ferma les yeux sous le double effet de la chaleur et de l'alcool.

Marcia Connelly avait mis Orlando en garde. Rosalyn l'avait deviné à l'expression de son visage , un masque glacé, méprisant.

Rosalyn se sentait rassurée. Orlando n'habitait plus la maison. Il occupait une suite au Regency. Il était venu chercher ses affaires sans lui adresser la parole.

Un flot de rage l'envahit au souvenir de sa soumission. Il l'avait salie, contaminée.

Par la baie vitrée, elle apercevait les silhouettes familières des arbres agitées par la brise, et l'éclat bleuté de la piscine qui se reflétait sur les troncs.

Elle avait dû s'endormir. Son front était couvert de sueur. Le verre de vodka était vide. Elle se rinça et enfila un peignoir.

Elle avait faim. Elle se prépara un sandwich, prit une bière et remonta dans sa chambre. Elle s'allongea sur son lit, lissa ses longs cheveux noirs derrière ses oreilles.

Elle avait fait le premier pas hors de sa prison. Sa maison, cette ville, Cruz, jusqu'à sa propre famille : elle s'en moquait. Seul son fils comptait. Hors de question de le laisser grandir sous la tutelle de son père.

*

Assise sur une chaise, Rosalyn Cruz se masturbait devant une glace. Son bas-ventre fut secoué de soubresauts, ses longues jambes se raidirent, ses orteils laqués de rouge se crispèrent.

Les yeux mi-clos, Rosalyn laissa aller contre le dossier de la chaise.

Elle tressaillit.

Quelqu'un se déplaçait dans le couloir.

Elle se retourna. La porte de sa chambre était entrouverte. Elle avait cru entrevoir...

Son imagination lui jouait des tours !

Elle écouta. Le silence. Et puis...

Qui s'approchait ?

Le couloir paraissait plus sombre ; une toile d'araignée où se ramassait quelque chose de malfaisant.

Non ! Pas lui !

PAS ENCORE LUI !

Une ombre cauchemardesque apparut à la frange du halo lumineux. La robe de moine noire, et sous la capuche une tête de mort.

La *Santa Muerte*.

L'homme était de la taille de son mari.

– Orlando ? dit-elle d'une voix apeurée.

Il était venu pour se venger. Il ne lui pardonnait pas d'avoir trahi son secret.

La lame crantée d'un couteau se posa sur sa poitrine, la pointe courut entre ses seins, piqua l'un des mamelons

Rosalyn courut se réfugier à l'autre bout de la pièce.

Il cherchait à l'effrayer, à lui donner une leçon. Il attendait qu'elle s'excuse, qu'elle s'abaisse. Il aimait la voir s'humilier.

Le couteau l'hypnotisait.

Il arriva sur elle sans qu'elle ait eu le temps d'esquisser un geste. Il l'attira à lui. Elle essaya sans succès de lui donner un coup de genou dans le bas-ventre. Elle manquait de recul.

–Por favor no me mates, voy a hacer lo que quieras[1]

Il lui brisa le nez avec le manche du couteau. Une vague blanche de douleur la fit s'écrouler. Le sang coulait dans sa gorge.

Au travers d'un brouillard rouge, elle vit la *Santa Muerte* s'agenouiller. Quelque chose de froid la pénétra. Une douleur atroce explosa dans son ventre.

La dernière chose qu'elle entendit ce fut :

–Puta ! Tu pensamiento y tu corazón son mío en nombre de la Santísima Muerte.[2]

---

[1] S'il te plaît ne me tue pas, je ferai ce que tu voudras.

[2] Putain ! Tes pensées et ton cœur m'appartiennent au nom de la Très Sainte Mort.

42

La voiture de patrouille P-808 fit demi-tour et le policier Ramos enclencha la sirène.

–Appel de détresse, disait la voix du dispatcheur ; 652 Sycamore, Pacific Palisades.

Ramos remonta en trombe Lincoln Boulevard, coupa San Vicente, et tourna à Entrada.

Le trajet lui avait pris sept minutes. La grille du portail était ouverte, il s'engagea dans l'allée, arrêta la sirène et se gara devant un porche. Aucune fenêtre éclairée.

Avec son partenaire, ils étaient les premiers sur les lieux. Il laissa tourner les gyrophares, coupa l'allumage et descendit. La porte d'entrée principale n'était pas fracturée. Ils se dirigèrent vers la piscine. L'une des baies coulissantes était ouverte. Ramos et son partenaire sortirent leurs armes et pénétrèrent dans la salle de séjour.

–Los Angeles police !

Le silence. Ramos trouva un interrupteur. Une rampe lumineuse s'éclaira. Les pièces du rez-de-chaussée qu'ils inspectèrent étaient en ordre. Pas de traces de luttes ni de taches de sang.

Le haut-parleur grésilla.

–Deux voitures en renfort dans trois minutes.

Ramos se pencha vers le micro fixé à sa bretelle.

–On est à l'intérieur. Pas de traces d'effraction. On grimpe au premier.

Ils montèrent, le dos collé au mur. Les chambres, les salles de bain. En ouvrant la porte de la dernière, une odeur d'urine et de matières fécales les suffoqua.

Ramos pénétra le premier dans la pièce, balayant l'espace de sa torche. L'autre officier trouva le commutateur.

–Madre de Dios, murmura Ramos

Les deux hommes s'adossèrent au mur. Ramos avait l'estomac dans la gorge.

–Nous avons un cadavre, dit-il dans son micro. Une femme. Mort violente.

Elle était nue, couchée sur le ventre au milieu d'une mare de sang. Un téléphone cellulaire dans la main.

Ramos écarta les cheveux et posa deux doigts sur une des carotides. Une pulsation, faible, imperceptible.

–Elle est encore en vie, hurla-t-il dans son micro. J'ai besoin d'une ambulance !

Ramos entendit les sirènes des voitures de renfort remonter l'allée. L'autre policier lui désigna le montant du lit. La femme avait écrit quelque chose.

–C'est le boulot de la criminelle, dit Ramos.

Lorsque les premiers secours arrivèrent, Rosalyn Cruz avait cessé de vivre.

43

Elle raccrocha. Archer venait de lui apprendre que le corps de Gary Thomson, le détective privé qui faisait chanter Orlando Cruz, avait été découvert dans la nuit.

Quand la sonnerie de son téléphone résonna à nouveau, Marcia ne manifesta aucune surprise : elle attendait cet appel.

Elle prit la communication sans enthousiasme.

– Marcia ?

Patterson, le district attorney !

Elle décida de condenser ses répliques.

– Oui.

– Patterson à l'appareil. Nous allons de nouveau arrêter votre client.

Ce n'était pas une surprise. Elle s'y attendait depuis qu'Archer lui avait annoncé la découverte du corps de Gary Thompson.

– Sur quelles bases ?

– Le meurtre de sa femme.

Marcia fut désarçonnée. C'était une avocate avisée, aux défenses éprouvées ; là, Patterson l'avait cueillie à froid.

– Mon Dieu ! Que s'est-il passé ?

– Votre client l'a étripée dans sa propre chambre à coucher.

– Oh, non !

Patterson répliqua d'un ton acide.

–Vous avez rendu un fameux service à cette femme en arrivant à convaincre le juge Green de libérer son mari sous caution.

Marcia eut l'impression d'avoir été giflée.

–Je connaissais Rosalyn Cruz, c'est un choc, répliqua-t-elle avec sècheresse. Alors ne libérez pas votre frustration sur moi s'il vous plait !

Cruz avait-il assassiné sa femme après la mise en garde qu'elle lui avait adressée ?

C'était invraisemblable !

–Comment en êtes-vous arrivé à cette conclusion ? s'enquit-elle.

Elle retint sa respiration, se demandant si Patterson allait répondre.

–Vous l'apprendrez de toute façon. Rosalyn Cruz a désigné son agresseur avant de mourir, en lettres de sang.

–Qui vous a prévenu ?

–Je ne peux pas vous le dire. Pas encore.

–Où est mon client ?

–Je ne sais pas. Je vous laisse jusqu'à 17 h pour le convaincre de se livrer à la police. Passé ce délai...

Patterson raccrocha. Il n'avait pas évoqué le meurtre de Gary Thompson.

Il garde ce meurtre dans sa manche, se dit-Marcia, mais l'acte d'accusation l'annoncera. Je n'ai aucun doute là-dessus.

Elle imagina le raisonnement que Patterson suivrait.

Cruz, dirait-il, avait assassiné sa femme parce qu'elle avait engagé un détective privé, Gary Thompson, pour le surveiller et le faire chanter en vue d'obtenir un divorce.

La caméra vidéo dans la chambre du motel, le DVD qui montrait Cruz en compagnie de jeunes prostituées que Marcia serait contrainte de remettre à Patterson, la cassette audio dans la poche de Gary Thomson : des traits d'union dont Patterson se servirait pour relier les deux meurtres et trouver un motif à l'assassinat de Rosalyn Cruz par son mari.

L'affaire s'élargissait en cercles concentriques, pareils aux ondes à la surface d'un lac quand on y jette une pierre.

Marcia nota sur un bloc les contradictions qui lui venaient à l'esprit

1) La personne qui avait engagé Thomson pour entrer en contact avec Cruz n'était pas identifiable.

2) Rosalyn n'avait aucune raison de faire chanter son mari si elle voulait divorcer. Elle avait peur de lui certes, mais elle était riche et son père était un homme puissant à la tête de la communauté mexicaine de Los Angeles.

3) Rien ne prouvait que Cruz ait assassiné Gary Thomson.

4) Pourquoi Orlando Cruz laissait-il traîner sur des scènes de crime une chaîne d'indices pointant dans sa direction ?

5) Cruz ne voulait pas d'autre avocat que Marcia pour le défendre, mais il avait quand même décidé de tuer sa femme après qu'elle l'ait mis en garde.

La théorie que Patterson présenterait ne collait pas ; Orlando Cruz paraissait être innocent des crimes dont on l'accusait.

Encore fallait-il mettre la main sur lui pour le convaincre de se rendre aux autorités.

44

Le même jour, à 18 h, Chief Beck, le chef de la police de Los Angeles, s'apprêtait à donner une conférence de presse.

Marcia avait cherché sans succès à entrer en contact avec Cruz durant la journée. Dans son bureau de Melrose Avenue, installée avec Archer devant l'écran de télévision, elle attendait le début de la conférence.

Une bonne douzaine d'officiels, certains en uniforme, se tenaient sur le podium.

La mort stimule les médias. Les rebondissements de cette affaire avaient rempli de journalistes la salle de presse de l'Hôtel de Police. On n'attendait plus que Chief Beck.

Ce dernier était plutôt mal à l'aise. D'une certaine façon, ils avaient un coupable, c'était déjà ça. Mais aussi deux cadavres de plus, dont celui de Rosalyn Cruz. Il s'agissait de la fille d'un des meilleurs amis du maire, le porte-parole de la communauté mexicaine de Los Angeles.

Antonio Villairagosa, le maire, aussi d'origine mexicaine, lui avait donné quarante-huit heures pour obtenir des résultats.

Beck jeta un dernier regard à son image dans le miroir et se tourna avec résignation vers la porte.

Il régnait dans la salle une atmosphère très Jurassique Parc. L'armistice ne durait jamais longtemps entre le public et la police ; elle en faisait trop ou pas assez. Ses chefs étaient des incapables ; ses officiers, des corrompus. La corporation des flics de L.A pratiquait une politique de silence ou d'information tronquée.

Beck, dans son uniforme noir à boutons dorés, se dirigea vers la console qui occupait le centre de l'estrade. Il sortit le papier qui contenait sa déclaration et le posa devant lui, et jeta un regard en coin à son état-major.

Heureusement, il y avait quelques journalistes favorables. Il prendrait leurs questions en dernier. Le public resterait sur une bonne impression.

Il leva la main pour obtenir le silence, tapota les micros, puis se mit à lire d'une voix autoritaire la déclaration tapée à la machine qu'il avait devant lui.

–Depuis 17 h ce jour, Orlando Cruz est un fugitif recherché activement par toutes les polices de l'État. Il est suspecté du meurtre de Rosalyn Mendoza, sa femme, meurtre survenu la nuit dernière à leur domicile de Pacific Palisades. L'État désire également interroger Mr Cruz sur un autre assassinat, celui d'un enquêteur privé, Gary Thomson.

Beck marqua un temps d'arrêt et reprit.

–Orlando Cruz est considéré comme armé et dangereux. Par ailleurs, des éléments nouveaux nous ont permis d'établir un parallèle entre ces deux crimes et la série de meurtres particulièrement atroces qui a affecté récemment notre communauté.

Il replia son papier, le mit dans sa poche en s'efforçant de prendre un air confiant.

–Des questions ? dit-il en promenant son bras tendu sur l'assemblée de journalistes, se donnant le temps de choisir les moins venimeux.

–Comment est morte Rosalyn Cruz ?

–Madame Cruz a été poignardée. Elle est décédée des suites de ses blessures.

–Où se trouve son mari ?

Beck ne se donna pas la peine de répondre.

–Quand comptez-vous l'arrêter ?

–Incessamment, répondit-il.

Les questions fusaient sans ordre, et se faisaient de plus en plus serrées. Les visages devenaient anonymes. Beck en oubliait sa stratégie.

–Pourquoi est-il soupçonné du meurtre de sa femme ?

–Cela relève du secret de l'enquête. Disons que nous avons de sérieuses présomptions.

–Qu'est-ce que c'est que cette histoire d'enquêteur privé ? lui demanda un chroniqueur du Herald.

Beck eut une grimace qui pouvait passer pour un sourire entendu.

–Désolé, Ron, mais je ne peux rien vous dire de plus.

–En quoi les meurtres sont-ils liés ?

Beck chercha le journaliste qui l'avait posée. Il reconnut Dexter Dune. Il pouvait lâcher un peu de lest sans trop s'avancer.

–Selon les premières expertises, Dexter, l'arme serait la même.

–Vous pouvez préciser ?

–C'est assez technique, mais en gros les blessures comportent des marques identiques, des indentations provoquées par le bord cranté d'une lame.

–Le crime de Redondo Beach la semaine dernière, c'était aussi Cruz, hurla un reporter du fond de la salle.

Une jeune femme avait été poignardée alors qu'elle se garait dans un parking. Le vol était apparemment le mobile.

–Nous ne rejetons aucune possibilité. C'est ce que nous sommes en train de faire au moment où je vous parle.

–Est-ce que la police a reçu l'ordre de tirer à vue ?

−Orlando Cruz est un fugitif soupçonné de plusieurs meurtres. La police applique les procédures habituelles dans ce genre d'affaires.

−Quelles sont-elles ?

Beck balaya la question d'un geste de la main.

−Six victimes et la police ne fait rien ! s'insurgea une jeune femme au premier rang.

Agacé, Beck ne se donna pas la peine de relever. Il balaya de son doigt la foule des reporters, ne s'arrêtant sur personne. Une stratégie pour susciter plusieurs questions à la fois et ne répondre à aucune.

−Avez-vous d'autres suspects ?

− Les éléments en notre possession pointent dans la direction d'une seule et unique personne : Orlando Cruz.

−On dit que Cruz est l'un des principaux donateurs de la campagne de réélection du maire ?

Beck reconnut le correspondant de CNN. Il se força à répondre.

−Nous ne sommes pas concernés par cet aspect, et personnellement je n'en sais rien. Mais si c'était le cas, cela ne place pas pour autant Mr Cruz au-dessus des lois.

Des questions sur le même sujet fusèrent. La conférence prenait une autre direction. Une brèche était ouverte, on oubliait les victimes. Rien n'était plus juteux que la crucifixion d'un politicien pris au filet.

Beck leva les bras.

−Ce sera tout pour aujourd'hui.

Beck salua, tourna le dos à l'assemblée et sortit de la salle, entouré par ses collaborateurs.

−Amenez-moi l'enregistrement vidéo de la conférence, glissa-t-il à l'oreille de son assistant.

Tout avait relativement bien marché. Encore mieux qu'il ne l'espérait. Il ne lui restait plus qu'à mettre la main sur Cruz, et sa propre réélection était dans la poche. Près de la moitié des officiers qui servaient dans la police de Los Angeles étaient Mexicains. Il pouvait compter sur leur acharnement pour mettre la main sur Orlando Cruz.

Beck aimait s'approprier le travail de ses subordonnés.

Mexico City, Palacio Nacional

45

Les deux hommes étaient assis dans un salon, séparés par une table ronde chargée de flacons et de verres.

Eduardo Medina répondit du même ton courtois qui était le sien depuis le début de la conversation.

–Oui, monsieur le président. Vargas est là-bas. Je l'appelle régulièrement.

–Où en sommes-nous exactement ?

C'était la manière dont le Président de la république demandait si la Loi du Silence avait été rompue.

–D'après ce que Hugo m'a dit, et d'après les informations que j'ai recueillies, il semble que Montoya soit introuvable.

Le Président hocha la tête. Il évaluait le poids des conséquences si les évènements prenaient une autre direction.

–Désires-tu boire quelque chose ? proposa-t-il

–Non, merci.

Les murs de plâtre blanc s'enjolivaient de moulures d'un bois sombre de la même couleur que le mobilier et le parquet.

–Que proposes-tu comme mesures au cas où ...

–Vargas ne parlera pas.

–Bien. Je crois comprendre que les archives de l'époque n'existent plus.

–Pour être franc, nous ne les avons pas détruites, répondit Medina.

Le Président considéra Medina avec attention.

–Elles sont toujours au Ministère de la Justice, classées sous une fausse référence.

Le Président eut soudain l'air de se demander quelle était l'étendue de la fidélité de Medina et s'il pouvait compter sur elle.

–Pourquoi cette demi-décision ?

–Nous pourrons toujours les modifier si nous sommes contraints de les communiquer.

Le Président secoua la tête.

–Est-ce mon jugement que tu mets en cause ou ma motivation ?

–Ni l'un ni l'autre. Vous étiez mon patron, je n'ai fait qu'appliquer votre décision.

Le Président acquiesça.

–Tu as raison. Je n'ai pas l'intention de te compliquer la tâche. Je sais que je peux compter sur toi... comme toujours

Le Président se leva, mais indiqua à Medina de demeurer assis. Il fit quelques pas dans la pièce et se retourna.

–Je vais te demander une faveur, Eduardo.

–Oui, monsieur le président.

–Je veux que tu fasses ton possible pour me laisser en dehors de cette histoire.

46

Certains sommeils sont pires qu'une insomnie.

Cette constatation frappa Marcia Connelly quand elle se réveilla sur l'un des fauteuils de son bureau, plus fatiguée qu'elle ne s'était couchée.

Il était 7 h. La pluie striait les vitres par rafales. Elle se remit à penser à la disparition de Cruz.

Une semaine s'était écoulée depuis la conférence de presse de Beck, et Cruz ne lui avait pas donné signe de vie.

Peut-être avait-il quitté le pays.

Cette perspective l'inquiétait. La disparition de son client serait prise comme un aveu de culpabilité, elle le figurait innocent.

Marcia était capable de contrer Patterson, de démolir le dossier de l'accusation, mais sans la présence de Cruz sa conviction ne servait à rien.

Sur les écrans de télévision, des citoyens interviewés réclamaient la peine de mort. Devant la mairie et l'Hôtel de Police, des associations brandissaient des pancartes. La presse écrite se déchaînait sur l'incapacité de la police ou le contraire. Des groupes de vigilantes en mal d'action menaçaient de faire justice eux-mêmes s'il mettait la main sur l'assassin de Rosalyn, la fille de Mendoza.

Une récompense était promise par Mendoza pour toute information menant à la capture de son gendre.

Les autorités s'efforçaient de semer dans l'esprit du public l'éventualité que le fugitif puisse être abattu au cours des recherches. On économiserait l'argent des contribuables, les quelques millions de dollars nécessaires à l'instruction du procès.

Sans parler les lettres anonymes de toutes sortes que Marcia recevait.

Elle passa dans le cabinet de toilette attenant à son bureau, s'aspergea le visage et se brossa les dents. Dans le miroir, elle découvrit sur son visage les plis d'un mauvais sommeil.

Elle prit un casier de glaçons dans le réfrigérateur, le vida dans le lavabo rempli d'eau. Elle plongea la tête, retenant sa respiration. Elle renouvela l'opération jusqu'à ce que la glace ne soit plus qu'une succession de petites choses blanchâtres qui ne refroidissaient plus rien.

Elle se sentait mieux. Elle s'essuya, passa une robe qu'elle gardait en réserve au bureau, se recoiffa, et déclara en haussant les épaules.

–C'est la vie !

Elle sortit, ferma à clef la porte de son bureau et prit l'ascenseur.

Le hall était vide. Brouillés par la pluie, les néons d'une cafétéria brillaient sur le trottoir d'en face.

Marcia attendit une accalmie, puis traversa la rue en courant. Elle pénétra dans l'établissement.

Il faisait froid, une buée épaisse recouvrait les vitres. Une odeur de café, de jus d'orange et d'oeuf frit emplissait la salle.

Elle attrapa le Los Angeles Times dans un distributeur, et alla s'asseoir à une table pour deux contre le mur.

Elle parcourut les titres. Le budget de l'État de Californie ; la campagne pour les élections présidentielles...

La serveuse interrompit sa lecture.

–Un café noir, un yaourt maigre et deux toasts de pain complet, dit Marcia.

Elle continua de feuilleter le journal.

–Je peux ?

Elle leva les yeux. Archer se tenait devant elle.

–Scott ! Asseyez-vous.

Elle jeta un regard à sa montre.

–Je ne vous attendais qu'à 8 h.

–J'ai l'habitude de prendre un café ici avant de monter chez vous.

–Qu'avez-vous appris ?

La serveuse arrivait. Marcia replia son journal. Archer commanda un café et un brownie. Il prit une poignée de serviettes en papier et épongea les rigoles le long de son cou.

–Comment va votre fille ?

–Elle passe son temps à se disputer avec ma mère, dit Marcia en souriant. Elle a hâte de revenir.

–Rien ne presse, conseilla-t-il.

Bientôt, toutes les tables furent occupées et leur conversation se perdit dans le brouhaha général.

–Pour l'enquête, dit Archer, ils sont toujours au point mort. Le tueur n'a laissé aucune trace. L'analyse des résidus trouvés dans le siphon de la douche à la California Power Utilities n'a rien donné. Les cheveux, les poils dans les cuvettes, appartiennent aux victimes et seulement aux victimes.

Marcia hocha la tête.

–Vous avez lu le rapport du légiste ? demanda-t-il.

–Oui, je l'ai feuilleté. Il a examiné les blessures de Rosalyn Cruz. Elles semblent identiques aux autres. Le même type d'arme, ou la même arme. Une similarité dans la manière de porter les coups.

–Ce n'est pas très bon.

Marcia le considéra en secouant la tête.

–C'est une supposition, pas un fait. Tout dépend du point de vue où l'on se place.

–Il y a autre chose, continua Archer, sortant un carnet de la poche arrière de son pantalon. Le FBI a procédé à une recherche dans leurs bases de données.

Il se pencha vers Marcia, lisant au fur et à mesure ce qu'il y avait d'inscrit sur la page du carnet.

–Une recherche limitée à l'État de Californie? s'enquit-elle.

–Ils ont commencé par-là, puis ils l'ont étendue à tout le pays, remontant jusqu'à dix ans en arrière.

–Comment arrivez-vous à savoir des choses pareilles? commenta Marcia à moitié étonnée.

Archer prit un air mystérieux.

–Vous connaissez les résultats?

Il eut un sourire. Marcia but une gorgée de son café. Il était froid. Elle fit signe à la serveuse de le lui changer. Secouant leurs ponchos mouillés deux policiers entrèrent. Ils promenèrent leur regard sur la salle avant de s'asseoir à une table voisine. L'un d'eux sortit un mouchoir et s'épongea le visage.

Marcia finissait ses toasts, attendant que la serveuse soit de retour.

Archer expliqua à voix basse.

–D'après mon contact, l'ordinateur a trouvé un recoupement.

–Un seul?

Archer jeta un coup d'œil par-dessus l'épaule de Marcia. Le café arrivait. Elle le goûta, esquissa un geste vers le sucrier puis se ravisa.

–Ils n'ont pas cherché à pousser les recherches, la police a déjà un coupable : votre client. Le recoupement, c'était il y a neuf ans près d'El Paso, un morceau de désert proche de la frontière du Mexique.

Il tendit à Marcia une photocopie pliée en quatre.

–C'est tout ce que j'ai pu trouver sur ces meurtres.

Marcia déplia la feuille. La troisième page d'un quotidien d'El Paso daté du 7 juillet 2007

Une famille mexicaine portée disparue avait été découverte par une patrouille de la Migra[1]. Le père et la mère exécutés d'une balle dans la tête ; le cadavre de leur fille, une adolescente de quinze ans, mutilé. Les seins manquaient, l'abdomen était ouvert et on l'avait violée.

–Ce quotidien n'existe plus, précisa Archer, anticipant la question que Marcia s'apprêtait à lui poser.

Les deux flics discutaient en jetant des coups d'œil dans leur direction. Marcia leur adressa un sourire, puis se tourna vers Archer.

–Cela ne m'aide pas beaucoup.

–Vous n'avez plus de client, Marcia. Pourquoi vous donnez tout ce mal.

Marcia ébaucha un sourire contraint. Elle cachait mal son embarras.

–Vous croyez à son innocence, c'est ça ?

–Oui. Je pense qu'il est innocent des crimes dont on l'accuse, même si Patterson affirme que Rosalyn Cruz avant de mourir a écrit « Orlando » en lettres de sang sur le montant en bois du lit.

–Alors, vous feriez bien de trouver un alibi à Cruz, dit-il en rigolant.

–Souvenez-vous du cas Mayer, Scott. On ne plaisante pas avec les meurtres et les suspects.

Archer battit en retraite, de l'air de quelqu'un qui n'a pas dit son dernier mot.

Tout le monde se souvenait du cas Mayer. Cinq années auparavant, une jeune femme avait été retrouvée étranglée dans sa maison de Brentwood, une communauté distante d'une centaine de kilomètres de San Francisco. À côté d'elle, dans son berceau, un nourrisson de huit mois était mort de soif et de faim.

Un double homicide.

---

[1] Police américaine en charge de l'immigration.

Huit jours après, sur la base de vagues indices trouvés sur les lieux, et sur l'existence d'une vieille condamnation pour voyeurisme, la police arrêtait un voisin. Le district attorney obtenait un verdict de culpabilité avec prison à vie. Quelques mois avant que n'éclate l'affaire Cruz, un inconnu s'était rendu dans les locaux de la police d'un autre État. Souffrant d'un cancer au stade terminal, les médecins ne lui donnaient plus que trois mois à vivre, il avouait le crime de Brentwood.

Payé par Paul Mayer, un promoteur immobilier qui s'était installé dans le Colorado, il avait assassiné sa femme. Mayer, en instance de divorce, avait préféré se débarrasser de ce fardeau dans la crainte de perdre la moitié de sa fortune. Dans sa volonté de livrer à l'opinion publique une tête, le district attorney de San Francisco avait ignoré les preuves innocentant le présumé coupable. Violé en prison, il était devenu séropositif.

> –Vous êtes mieux placée que moi. Que comptez-vous faire ?
> –Lancer un appel à la télévision, demander à Cruz de se rendre. Le convaincre que c'est son unique porte de sortie.

Archer hocha la tête.

> –J'espère qu'il vous écoutera.

Il réfléchit un instant.

> –Vous savez, dit-il, certaines coïncidences sont bizarres. De source tout à fait officieuse, Gary Thomson était à El Paso quand cette famille a été retrouvée dans le désert. Il travaillait comme enquêteur dans une agence privée.

*

Archer était reparti, un sourire de circonstance aux lèvres, pas vraiment convaincu de l'innocence de Cruz. Mais Archer était un sceptique, du genre de ceux qu'elle n'aurait pas aimé avoir dans un jury.

Marcia chercha dans le Rolodex posé sur son bureau le téléphone de Dexter Dune.

–Dexter, dit-elle après avoir patienté un moment, j'ai besoin que vous interveniez pour qu'on m'accorde un temps d'antenne sur la 7, ce soir ou demain, au journal télévisé de 19 h.

–Du nouveau?

–Pas vraiment. Je voudrais lancer un appel à Cruz pour qu'il se constitue prisonnier.

–Notre accord tient toujours?

Marcia mit quelques secondes à se souvenir.

–Euh... oui.

–Depuis la disparition de votre client, mes priorités ont été chamboulées, fit remarquer Dune. S'il entre en contact avec vous, s'il accepte de se rendre, ai-je l'assurance que je serai le premier informé?

–S'il se met à la disposition de la police, oui.

–Pour le temps d'antenne, je ne peux rien vous promettre. Je vais en parler au directeur du journal. La décision lui appartient.

Il ne raccrocha pas immédiatement.

–Oui Dexter?

–Après tout, vous aurez peut-être plus de chance que la police et le FBI. Je l'appelle tout de suite.

Marcia posa sur le bureau le texte qu'elle avait préparé. S'il regardait son intervention, Cruz l'écouterait-il?

47

La pendule sur le mur indiquait 22 h. Orlando Cruz alluma une cigarette et contempla la colonne de fumée qui montait. Une pile de journaux s'amoncelait au pied du lit. Après avoir été l'un des personnages populaires de cette ville, il en était aujourd'hui l'un des plus haïs.

Patterson mourait d'envie d'obtenir une condamnation impressionnante, et il l'avait pris pour cible.

Il se rappela le temps où les reporters adoraient le photographier en compagnie du maire ou d'un élu.

Il n'avait plus un seul ami en haut lieu, cela ne le chagrinait pas. L'idée de disparaître ne l'inquiétait pas non plus. Dans ce domaine, il était imbattable. Une grande partie de sa fortune reposait dans une banque des îles Cayman, sous un nom d'emprunt.

Les mains croisées derrière la nuque, il repensa à ce que son avocate avait déclaré à la télévision.

Il n'avait pas la moindre intention de se livrer. Ce serait à elle de se débrouiller avec ce qu'il lui fournirait, il l'avait payée pour ça.

Il régnait dans la pièce une chaleur suffocante. Il se leva et mit en route le ventilateur.

Dans l'ensemble, sa situation n'était pas intenable. Personne ne le découvrirait là où il était. Coincée entre des usines et des entrepôts désaffectés, la bâtisse comportait deux étages. Il n'y avait jamais amené qui que ce soit, comme s'il avait eu la prémonition de ce qui pourrait un jour arriver.

Les fenêtres étaient murées, hormis un vasistas qui s'ouvrait sur une cour intérieure invisible de la rue. Des provisions pour plusieurs mois s'entassaient dans les placards.

Il éteignit sa cigarette et se contempla dans un miroir. Ses cheveux n'étaient plus courts et noirs, mais longs et blonds, et sa moustache le rendait méconnaissable.

Il enfila un trench-coat, enfonça au ras des yeux une casquette à longue visière. Il souleva l'oreiller, prit le calibre 38 et le glissa dans sa ceinture.

L'escalier n'avait plus de rambarde. Une main contre le mur, se guidant dans l'obscurité, il descendit les marches et sortit dans la cour.

La Mercedes occupait tout l'espace. Il ne l'utiliserait que pour la visite qu'il préparait. Mais ce soir, pour ce coup de téléphone, il ne prendrait aucun risque.

Il courba les épaules et s'enfonça sous la pluie, évitant les cercles lumineux des réverbères. Il lui fallait trouver une cabine téléphonique plutôt éloignée.

*

Marcia repoussa la pile de courrier, l'amoncellement de dossiers, et le fatras de feuilles sur lesquelles elle avait noté des conclusions.

Son activité ne se résumait pas à l'affaire Cruz. Elle suivait d'autres dossiers ; des malchanceux, des criminels qui s'étaient trouvés au mauvais endroit au mauvais moment.

Le sénateur lui avait écrit. Il avait changé d'avis. Il ne souhaitait plus qu'elle le représente. Elle jeta sa lettre dans la corbeille à papiers en esquissant un geste d'adieu. Sa sénile et tardive passion pour ses qualités professionnelles s'était envolée.

Elle était arrivée aux studios de télévision vers 17 h, et avait enregistré son appel. Elle était ensuite tombée sur Dexter à sa sortie du plateau. Elle avait assisté en direct au journal. Elle s'était trouvée un peu nerveuse à l'écran.

Elle se leva et s'étira. Elle ressentait les courbatures de la nuit passée sur le fauteuil de son bureau. Elle était décidée à prendre un bain avant de se coucher, quand son portable se mit à vibrer.

Un numéro inconnu s'inscrivait à l'écran. Le cœur battant la chamade, elle s'assit sur le canapé, cherchant à définir la façon dont elle allait s'y prendre, l'attitude qu'elle adopterait. La sonnerie s'arrêta.

Elle composa le numéro qui venait de s'afficher.

–Connelly?

Elle avait réussi!

Cela lui fit un effet curieux. Elle n'aurait su dire lequel. Le mot qui lui vint à l'esprit fut : stupéfaction.

–Orlando?

–Oui.

–J'ai à vous parler...

–Vous me croyez à présent? Vous comprenez ce qui se passe?

–Où êtes-vous Orlando?

–Vous marchez avec moi?

–Je n'ai pas dit ça.

–Je n'ai tué personne. Ni ces gamines, ni ma femme ni ce gros tas pourri de Thomson. Trouvez qui est derrière tout ça et vous aurez la certitude que je suis innocent. Les photos, Connelly, examinez les photos.

–Lesquelles?

–Celles de la California Power Utilities.

–Orlando, si vous voulez que je vous sorte de là, il faut vous rendre. Je peux arranger ça.

–Pas question! Je vous ferai parvenir des informations la semaine prochaine. Si vous avez besoin d'argent, faites passer une annonce dans le Globe, le premier lundi du mois. Adieu Connelly.

–Orlando! cria-t-elle, tout en sachant qu'il avait déjà raccroché.

48

La disparition d'Orlando Cruz confirmée, Hugo Vargas avait quitté l'hôtel Miyako pour s'installer au Santa Monica Motel, à un bloc de la mer.

Il se levait tôt et marchait sur la plage. Les mouettes se disputaient férocement le contenu des vide-ordures ; les sans-abri, leur paquetage sur le dos, arpentaient la promenade et les trottoirs ; des camions de livraison tournaient au ralenti dans les ruelles, pendant que des hommes à l'air endormi déchargeaient des caisses et les empilaient sur le trottoir.

Hugo prenait un café sur une terrasse et fumait quelques cigarettes. L'après-midi, il regardait les tournois de volley-ball. La fille à colombe bleue tatouée sur l'aine, celle qui avait un look oriental, ne se montrait plus.

Un soir, Gillian Hall l'appela. Sa voix était lasse, désabusée. Elle avait le résultat de la recherche qu'il lui avait demandée. Parmi la quarantaine d'adolescentes dont les parents travaillaient ou avaient travaillé pour une des sociétés de Cruz, elle ignorait comment le tueur avait fait son « choix ». Les ordinateurs du Los Angeles Police Département n'avaient fourni aucune piste.

Vargas, lui, était pressé de rentrer à Mexico.

« Ce n'est pas complètement fini, lui avait dit Medina lorsqu'il avait manifesté le désir de revenir. Quel temps fait-il ? »

« Beau, Excellence. »

« Profite de ton séjour et ne t'inquiète pas pour ta note de frais. »

L'inaction pesait à Hugo. Tourner à vide le déprimait. Les jours s'écoulaient pareils aux gouttes d'un robinet qui fuit, avec une régularité qui pourrissait tout, comme un bout de métal enfoncé dans la terre se corrode insensiblement.

Plusieurs mois après la clôture de l'affaire de Mexico, Vargas avait eu des crises d'angoisses. Elles survenaient la nuit, en plein sommeil, et parfois au cinéma, dans l'escalier ou l'ascenseur. Hugo avait fini par consulter un psychiatre privé.

Il se souvenait de sa première visite. Un bureau avec des tons couleur feuille morte, et un étrange fauteuil à bascule qui grinçait chaque fois que la femme au visage austère déplaçait son poids.

Elle avait des intonations de prêtre donnant l'extrême-onction. Hugo s'était presque endormi. Il avait brusquement sursauté, réalisant que la psychiatre lui avait posé une question.

Elle n'avait pas paru étonnée du manque d'attention de Vargas.

– Je disais que j'étais surprise que vous m'ayez choisie. J'étais convaincue que la police possédait ses propres psychiatres.

– C'est exact, mais j'ai préféré m'adresser à vous.

– Pourquoi ?

– J'ai suffisamment de problèmes dans l'exercice de mon métier. Je n'ai pas envie de m'en créer davantage. Pas au sein du service où je travaille.

S'il devait sombrer dans la dépression, autant que ce soit à l'extérieur du service.

– Vous m'avez dit tout à l'heure que vous songiez à donner votre démission.

– Cela résoudrait le problème.

– Le vôtre ?

– Non, le leur.

–Cette idée de démissionner, comment la percevez-vous ?

–Elle me terrifie. Je ne saurais pas quoi faire de ma vie. Je n'en ai pas d'autre.

–Le mal vient peut-être de là. Vous accordez trop d'importance à votre travail.

–Quitter le service et avoir une petite amie ne résoudra pas ces angoisses.

–Je n'ai pas parlé de petite amie.

La psychiatre avait consulté ses notes.

–Pourquoi ne pas vous faire muter dans un département moins pénible ?

L'idée portait un parfum d'exil, de mise sur la touche, avait pensé Hugo.

–Mon job est d'arrêter les assassins, le système les laisse filer.

–Vous me parliez de sang-froid.

–J'ai peur de le perdre.

–Que pensez-vous qu'il se passerait si vous perdiez ce contrôle, Monsieur Vargas ?

–Je n'en sais rien.

–Cela vous effraie de ne pas savoir ?

–Oui.

–Avez-vous pensé à ce qui pourrait effacer cette peur, ces angoisses ?

–J'y ai songé.

–À quelles conclusions avez-vous abouti ?

–A aucune. Juste un abîme au bord duquel je me tiens. Résister au vertige ou tomber, avait répondu Hugo avec un sourire.

–Vous avez encore suffisamment d'humour pour en plaisanter, avait remarqué le psychiatre. Il y a autre chose à prendre en considération : votre âge.

–Je n'ai pas encore trente ans. C'est un peu tôt pour la middle life crisis, vous ne croyez pas ?

–Un stress permanent peut produire le même effet sur un homme plus jeune.

La psychiatre avait consulté sa montre.

–Le temps de visite est écoulé. Je suppose que vous n'avez pas l'intention de suivre une thérapie, et je ne vois vraiment pas ce que je peux faire, en dehors de vous donner un antidépresseur.

–Je ne veux pas une médication lourde. Je porte une arme. Le mélange n'est pas à conseiller.

–Je vois, dit le psychiatre en commençant à rédiger une ordonnance.

Elle ne voyait rien, excepté le regard inquiet avec lequel elle détaillait Hugo, se demandant où son arme était dissimulée.

–Un comprimé sous la langue au moment de la crise. Appelez-moi si vous en ressentez le besoin.

–Merci. Ça va aller.

–Revenez pour renouveler la prescription, lui avait rappelé la psychiatre alors qu'il sortait de son cabinet.

*

Au crépuscule, il se décida à faire un tour dans Santa Monica. Les rues étaient pleines de monde. Hugo se mit à marcher tout en réfléchissant. Il était trop perspicace pour ignorer les différences que présentaient les deux affaires, celle de Mexico et celle de Los Angeles.

À vrai dire, il était le seul qui fut à même d'établir cette comparaison.

C'étaient les similitudes qui présentaient des différences ; tout se tenait sans se tenir.

1) Deux femmes, au domicile du même homme, assassinées. La gouvernante de Montoya étranglée au Mexique, Rosalyn Cruz poignardée à Los Angeles.

2) Les victimes prises dans la même tranche d'âge, enlevées, sexuellement abusées et éventrées.

Quatre à Mexico, quatre à Los Angeles. À Mexico, elles vivaient dans le même quartier. Pas ici.

3) Chez Guzman, le sang et les matières fécales de Salma Belem avaient été utilisés pour écrire sur le mur *Santa Muerte*. Le massacre à la California Power Utilities avait des airs de sacrifice aztèque. La statue de la sainte, de taille humaine, avait été aspergée du sang des victimes.

4) Les images de la Santa Muerte laissées aux domiciles des victimes étaient similaires seulement dans le souvenir de Vargas. Impossible de les comparer.

MEXICO — LOS ANGELES

Deux ensembles pas entièrement superposables. Mais parfaits.

La perfection dans l'absence d'indices.

Vargas enfonça les mains dans les poches de son jean.

Il marchait plus vite, regardant de temps à autre derrière lui, s'arrêtant devant une vitrine éclairée pour repartir dans la direction d'où il venait. Il n'excluait pas l'éventualité d'être observé ; on avait cherché à le tuer alors qu'il tentait de retrouver la mystérieuse Martha Rodriguez.

Sa caravane était-elle surveillée ou avait-il fait l'objet d'une filature ? Depuis quand ? Dès sa sortie de l'hôtel Miyako ? À l'ancien domicile de Martha ?

Il s'adossa à un mur face à la mer et alluma une cigarette.

Pourquoi Manuel Montoya, alias Orlando Cruz, avait-il choisi de massacrer ces gamines dans des locaux qui lui appartenaient ?

Qui avait adressé à Vargas cette revue pour qu'il fasse le rapprochement entre les deux hommes ?

*

L'aube filtrait à travers les rideaux. Le vent soufflait en rafales. Dans la rue, la sirène d'une ambulance découpa le silence.

Hugo examinait pour la centième fois les photos de la *Santa Muerte* prises à la California Power Utilities.

La statue venait de Mexico City, d'une usine qui en fabriquait des centaines par semaine. Elle était couverte de sang que le tueur avait dû étaler, cherchant peut-être à personnaliser son offrande. Au bas de la statue, près d'un pli de la robe, les coulures s'entrecroisaient. Ça ressemblait à une gravure rupestre, un dessin primitif sans véritable signification.

Vargas avait l'impression d'avoir découvert un indice sans savoir exactement quoi. Il remit les clichés dans l'enveloppe brune marquée « Personnelle et confidentielle. »

Il se rasa, prit une douche, laissant l'eau froide calmer sa frustration.

Gillian Hall l'avait appelé la veille pour l'inviter à dîner. Elle passerait le chercher ce soir vers 19 h.

Il sentait qu'il lui plaisait, mais en l'invitant, Hall avait d'autres arrière-pensées que celle de coucher avec lui.

Il augmenta le volume d'air frais, s'étendit sur le lit et ferma les yeux.

Cette sensation qu'il avait eue un moment plus tôt revenait. Il se leva, fit quelques pas, reprit les photographies de la statue et se recoucha.

Ses yeux fixèrent le lacis de coulures jusqu'à ce qu'elles deviennent floues. Une image fugace lui traversa l'esprit

Il s'efforça de la fixer avant qu'elle ne s'évanouisse. Elle lui apparut alors avec une netteté parfaite.

Un souvenir. Un paysage, celui des étés de sa jeunesse. Une plage de Cozumel. Il avait quinze ans, marchait pieds nus sur la grève. Une adolescente, d'un an plus jeune, le dépassait en courant. Elle s'arrêtait, traçait quelque chose sur le sable humide, et recommençait son manège un peu plus loin.

Hugo suivait les signes qui s'estompaient. Les grains de sable roulaient les uns sur les autres, s'écartaient. L'eau s'infiltrait dans les petites dépressions faisant disparaître peu à peu le relief.

« Qu'est-ce que ce gribouillis a de si important, Marisa, pour que tu le refasses sans cesse ? »

Une ombre s'était interposée entre le soleil et lui. Marisa avait posé une main sur son épaule. Son visage reflétait une excitation passionnée.

« Ton nom, Hugo », avait-elle dit d'une voix essoufflée.

On frappa. Hugo vérifia que la chaise dont il se servait le soir pour bloquer la poignée de la porte était en place.

C'était l'employée de la réception.

–el café, señor Vargas.

Hugo glissa un billet de dix dollars sous la porte et attendit qu'elle s'éloigne.

Il repoussa la chaise, entrouvrit le battant et prit le plateau.

Il but une gorgée de café et alluma une cigarette, examinant les photos de la statue.

Son hypothèse lui parut absurde. Pourquoi cette étrange association avait-elle surgi dans son esprit ?

Les victimes expiraient dans d'atroces souffrances, tandis que le bourreau d'une main tremblante d'excitation signait son œuvre ?

Vargas s'allongea, ferma les yeux...

La nuit. Une fenêtre éclairée. Dans la pièce, la *Santa Muerte* ruisselante de sang...

Hugo la contemplait. Le temps s'écoulait. Rien ne se passait. Et puis, dans un éclair de conscience, de ceux qui transforment la perception en certitude, il comprenait : la statue contenait un message.

À qui était-il destiné ?

Vargas ouvrit les yeux, se demandant s'il n'avait pas rêvé.

49

Le vent s'était calmé, quelques étoiles brillaient, et ils avaient trouvé une place près de la Baja Cantina, un restaurant mexicain à Venice Beach.

Hugo regardait le patron circuler entre les tables, les bras encombrés d'assiettes. Il souriait d'un air plein de promesses. Les femmes, d'une élégance voyante, riaient et parlaient fort ; les hommes étaient bruns, avec de grosses bagues aux doigts.

Malgré les margaritas, Hugo se sentait loin de Hall. Trop de sous-entendus, de provocations derrière ses questions.

– Merci pour votre aide, répétait-elle.

Il laissa passer. Hall servirait de bouc émissaire. La pression se transmettait de haut en bas. Au-dessous de Hall, il y avait la masse anonyme des policiers en uniforme.

Elle l'observait. Ses cheveux bouclaient sur son front.

– À quel jeu jouez-vous, Vargas ?

– Je ne comprends pas.

– Qu'est-ce que vous faites encore à Los Angeles ? Vous devriez être rentré au Mexique depuis longtemps.

Elle remplit leurs verres d'un vin rouge chilien à la mode.

– Vous essayez de me saouler ? dit Hugo en souriant.

Elle ne répondit pas.

– Je suis comme vous, j'obéis aux ordres. On m'a demandé d'attendre, j'attends. Je suis désolé de ne pas pouvoir me rendre utile.

–Pourquoi est-ce que je vous croirais ?

–Rien ne vous y oblige.

Hall essaya une autre approche.

–Cruz semble avoir le don de disparaître sans laisser de trace. C'est bien ce qui s'est passé au Mexique, non ?

–Il n'a jamais été inculpé.

Gillian hocha la tête et but une gorgée de son verre.

–Vous ne mangez pas ? dit-elle.

–Je n'ai pas beaucoup d'appétit, mais c'est un très bon restaurant mexicain.

Il résista à l'envie de sortir pour allumer une cigarette.

–Moi aussi je n'ai pas faim, dit Hall, repoussant son assiette. Je pense à ces familles complètement détruites. Ma sœur a une fille que j'adore. Je comprends ce que les parents doivent ressentir. Vous avez des enfants ?

–Non

Elle haussa les épaules avec une amertume rageuse.

–On le tenait et le juge l'a laissé filer.

Elle continuait, s'en prenant aux victimes, comme on en veut à un enfant qui désobéit, ne se couvre pas et attrape froid.

–La première chose qu'on apprend aux gosses c'est à ne pas suivre un étranger. Comment a-t-il pu les enlever sans se faire remarquer !

–Peut-être lui ont-elles fait confiance, Hall. Il a une longue expérience dans ce domaine.

–Il a dû les menacer pour qu'elles montent avec lui.

Elle fixait Hugo dans les yeux.

–Et sa femme ? Une véritable boucherie.

–Je ne la connaissais pas.

–Une jolie femme. Dommage qu'elle ne soit plus en vie pour en profiter.

Vargas se pencha vers elle. En l'espace de vingt minutes, sautant d'un sujet à l'autre, Hall avait cherché à obtenir des informations. Elle avait un besoin vital d'informations.

–Pourquoi l'a-t-il tuée?

Elle le dévisagea, surprise.

–Il s'est vengé.

–De quoi?

–Elle le faisait chanter pour qu'il accepte de divorcer sans faire de vagues

–C'est votre théorie?

–Oui, et celle de Patterson.

Vargas secoua la tête.

–Peut-être s'est-il vengé, mais le motif ne colle pas.

–Qu'est-ce que vous faîtes de la bande vidéo, Vargas?

–Quelle bande vidéo?

Hall d'un geste demanda qu'on leur resserve des margaritas. Elle n'avait pas envie de s'étendre sur la question. Il n'insista pas.

Elle attendit que les boissons soient servies et demanda d'une voix où perçaient l'incrédulité et le sarcasme.

–Vous êtes d'accord avec moi sur le motif, une première!

–C'est une théorie, Hall. Il y en a d'autres.

Hall parut réfléchir pour savoir si ce qu'elle s'apprêtait à dire compromettait le secret de l'enquête.

–Rosalyn Cruz a eu un orgasme avant d'être tuée. Le labo est formel. Le mari passe une semaine en prison. Quoi de plus naturel qu'à sa sortie, il s'en paye une tranche avant de la liquider, elle, et l'enquêteur qu'elle a engagé.

Hugo était pétrifié. Durant cinq minutes, il dirigea la conversation vers des sujets sans importance, puis se leva avec un sourire gêné.

–Excusez-moi.

–Je vous en prie.

Il se fit indiquer la direction des toilettes. Le téléphone public était occupé par un homme aux cheveux noirs de jais. Il sourit à Vargas, lui indiquant qu'il n'en avait pas pour longtemps.

Vargas feuilleta l'annuaire et trouva le numéro qu'il cherchait. Il glissa quatre quarters et appuya sur les touches. La ligne était libre. On décrocha à la troisième sonnerie.

–Marcia Connelly? Hugo Vargas à l'appareil.

–Oui? répondit l'avocate, un soupçon de méfiance dans la voix.

Hugo décida de ne prendre aucun détour, d'entrer dans le vif du sujet.

–Le détective Hall est convaincu que Rosalyn Cruz faisait chanter son mari à propos d'un enregistrement vidéo en vue d'un possible divorce.

–Vous ne partagez pas son avis?

–Non. J'aimerais savoir ce qu'il y a sur ce film.

–C'est une habitude chez vous d'enquêter sur les faits et gestes des personnes quand vous n'avez pas qualité pour le faire.

–Oui, quand j'ai l'impression que quelque chose cloche.

–Quoi?

–Qu'y a-t-il sur cette bande, Marcia?

–Une seconde...

Elle revint en ligne.

–J'ai été impressionnée par l'obstination avec laquelle vous vous accrochiez à cette affaire. Je commence à me demander si cette obstination n'est pas fondée sur quelque chose de plus personnel qu'une simple conscience professionnelle.

–À vous de décider.

Marcia se souvenait du conseil de Vargas dans le parking de la Cour de Justice : tenir Sophia à l'écart.

Hugo attendait. Il n'avait rien à ajouter. C'était à l'avocate de parler.

> – Rosalyn Cruz a trouvé un DVD sur le siège avant de sa voiture. Elle m'en a parlé et nous l'avons visionné ensemble. J'en ai fait une copie et j'ai remis l'original à Patterson.

Hugo ne disait rien, encourageant Connelly à poursuivre.

> – Les ébats extraconjugaux de Cruz avec des filles jeunes. Des prostituées.
>
> – Mineures ?
>
> – Non.

Vargas se risqua à poser une autre question.

> – Comment se comportait-il ? Sexuellement, j'entends.
>
> – Comme un animal. Brutal, féroce.
>
> – Aucune de ses partenaires n'a été...
>
> – Tuée ? Pas à ma connaissance. Il a appelé cette gymnastique sa soupape de sûreté.
>
> – La police pense que Rosalyn Cruz a eu un orgasme provoqué par un rapport sexuel avec son mari juste avant qu'il ne la poignarde.
>
> – C'est ridicule. Pas besoin de mari pour en avoir un, constata Marcia exprimant tout haut la pensée d'Hugo. Et impossible ! Cruz ne faisait que violer sa femme, et je ne crois pas qu'il ait été responsable d'un seul de ses orgasmes. Elle était terrifiée par ces séances.

Hugo comprenait à quoi l'avocate faisait allusion.

Marcia continua.

> – Il est possible qu'elle ait été agressée par un désaxé de passage attiré par toute cette publicité.

C'était au tour de l'avocate d'aller à la pêche aux renseignements.

> – Les indices ne vont pas dans ce sens, Marcia.

Hugo raccrocha et se fraya un chemin jusqu'à la table où l'attendait Hall.

Elle reposa son verre et attendit qu'il se trouve de nouveau en face d'elle pour attaquer.

–Moi aussi j'ai fait ma petite enquête au moment où vous aviez les choses en main, à Mexico. Il y a plein de trucs bizarres.

–Vous avez dû vous donner beaucoup de mal.

–L'affaire Montoya ou Guzman terminée, votre force spéciale a été dissoute.

–C'est exact. Rien d'extraordinaire. C'est la même chose partout.

–Vos principaux collaborateurs ? Où sont-ils passés ?

–À la retraite.

–Trois mois après ? Étrange, non ?

–Qu'est-ce qui est étrange ? Qu'ils soient partis à la retraite ?

–Non, qu'ils aient disparu, qu'ils n'existent plus. Nulle part. Sécurité sociale, pensions, chômage. *Nada* !

Hugo haussa les épaules d'un air indifférent.

–C'est déprimant votre histoire.

Hall soupira et posa sa main sur celle d'Hugo.

–Vous jouissez d'une connerie de statut de flic fédéral qui vous oblige à ne rien partager sans une autorisation, Vargas. Que pouvez-vous me dire qui ne mette pas en jeu vos droits à la retraite ?

Il hésita, puis Hall vit sa tactique d'approche au ralenti se pulvériser.

–La piste d'Orlando Cruz est truffée d'un amas hétéroclite d'indices et de non-indices, dit-il en la regardant droit dans les yeux, retirant sa main avec une lenteur délibérée.

50

Au volant de sa Mercedes, Orlando Cruz vivait un instant exceptionnel. Bientôt, il serait totalement libre. Il alluma la radio, laissant la musique s'organiser en un fond sonore qui lui permettait de mieux réfléchir.

Il avait joué aux associations, et les réponses étaient apparues comme des molécules brillantes au travers d'un liquide sombre et épais.

Il se sentait lui-même. Il redevenait Manuel Montoya, il retrouvait la maîtrise de la situation.

Il tira une dernière bouffée de sa cigarette, puis la laissa tomber par la vitre ouverte, suivant dans le rétroviseur la gerbe d'étincelles.

Dans ce quartier d'El Segundo proche de l'aéroport les avenues étaient désertes, mais il prenait garde de ne pas dépasser la vitesse autorisée.

22 h. La bonne heure. Il y aurait moins de patrouilles dans le quartier où il se rendait. Une voiture le doubla et tourna au coin d'une rue. Il n'y prêta pas attention.

Il avait changé les plaques d'immatriculation de la Mercedes ; il possédait un permis de conduire au nom de Freeman, Don Freeman.

Un signe du destin[3].

Les lumières qui balisaient les pistes apparurent. Il baissa la vitre. L'air sentait le kérosène. Il constata avec soulagement que le véhicule derrière lui avait disparu.

---

[3] Freeman: homme libre

Comment n'avait-il pas compris plus tôt qui était à l'origine de ce qui lui arrivait !

La haine le transperça. Emporté par ses visions de vengeance, il s'aperçut dans un éveil automatique qu'il venait de bruler un panneau STOP planté au bord de la chaussée.

*

Avachi sur le siège de sa moto garée tous feux éteints, le flic vit la Mercedes disparaître derrière le bloc. La cinquième infraction de la soirée. C'était un bon emplacement. Le panneau était à peine visible, surtout de nuit.

Il posa le gobelet de polystyrène qui contenait son café, le regard rivé sur le cadran phosphorescent de sa montre. 10 h 12. Son service était terminé.

Il caressa le badge plaqué sur sa poitrine. Il pouvait s'en faire encore un sur le chemin du retour. Il tourna la clef de contact et démarra.

Les feux arrière de la Mercedes étaient visibles. Le conducteur respectait la limitation de vitesse.

Il accéléra, gagnant du terrain. Il se rapprocha pour lire le numéro de la plaque minéralogique et lança une demande d'identification. Autant savoir à qui on avait affaire avant de donner le spectacle son et lumière.

Le numéro collait avec la marque, mais l'année et le modèle différaient.

Il vérifia que le Beretta sortait de son étui, enclencha ses feux tournants et donna un coup de sirène.

La Mercedes ne fit aucune difficulté, elle se rangea sur le côté. Il se gara derrière, à une quinzaine de mètres et inspecta les environs. Le coin était désert. Des bâtiments obscurs, qu'interrompait parfois l'échappée d'une rue mal éclairée.

Il sortit sa lampe de poche et descendit sur le macadam. Au-dessus du Pacifique, un carrousel d'avions s'étageait en paliers.

51

Le bruissement des vagues venait mourir sur la plage. Hall posa sa veste sur le sable. Hugo avait décidé de la laisser jouer jusqu'au bout sa petite comédie sentimentale.

Gillian enleva ses sandales et retroussa son pantalon. Vargas l'imita. Ils se tenaient au bord de la frange de sable humide qui luisait comme un miroir.

– Méfiez-vous, il y a des requins, dit Hall en plaisantant.

Les crêtes pâles des rouleaux arrivaient sur eux, se brisant dans un tourbillonnement phosphorescent. Derrière, la promenade de Venice Beach était animée.

Hugo attendait. La magie sournoise de la nuit et du ressac le mettait mal à l'aise. Il sentait que Hall le désirait, mais il n'envisageait pas de faire le premier pas. Il n'était plus habitué aux scènes romantiques, il manquait de pratique dans ce genre de situation.

C'est avec un parfait détachement que Hall se tourna et pressa son corps contre le sien. Ses lèvres cherchèrent sa bouche. Tandis que leurs baisers devenaient plus ardents, Hugo cessa de réfléchir. Un soulagement presque douloureux. Ils se laissèrent glisser derrière une coulée de sable.

Hall était allongée. Elle respirait doucement, la bouche entrouverte. Elle lui sourit, prit sa main et l'attira vers son corps.

La sonnerie d'un téléphone stoppa net son geste.

– Mon portable, bredouilla-t-elle.

Elle roula sur le côté et revint avec sa veste. Hugo fixait les étoiles. D'abord, ce fut une voix lointaine, un murmure. Il fit un effort comprenant que Hall lui parlait.

–Venez, dit-elle. Je crois que Cruz est sorti de sa tanière.

Tandis qu'ils se dirigeaient vers la voiture, Hall le mit au courant.

–Un motard a stoppé une Mercedes noire près de l'aéroport. Le type s'est enfui au moment où le flic arrivait à sa hauteur.

Hugo approuva d'un signe de tête.

Hall s'installa au volant, amorça un demi-tour et prit Lincoln Avenue.

Ils roulaient à plus 100 km/h. L'éclat rouge et bleuté des gyrophares signalait un véhicule banalisé de la police.

Après avoir enfilé ses tennis, Hugo demanda :

–Ma présence pose un problème ?

–Aucun.

Le haut-parleur de la radio grésilla. Hall saisit le combiné.

–Détective Hall. Je suis sur Lincoln. Je longe l'aéroport.

–Code 3. Prenez Sepulveda vers El Segundo. Le contact avec le suspect n'est pas encore établi.

La circulation était fluide. Hall restait sur la même voie. Les lumières de l'aéroport brillaient d'une dureté éclatante. Elles semblaient voguer à la dérive dans le halo des projecteurs à iode.

–Mettez votre ceinture, dit Hall.

Le bout de sa cigarette éclairait les doigts d'Hugo dans la pénombre.

Ils tournèrent sur Sepulveda laissant l'aéroport derrière eux.

Des terrains vides clôturés de grillages. Puis des bars, des clubs sordides. Une aire de parking violemment éclairée, des noirs jouant au basket-ball. Les paniers n'avaient plus de filet. Plus loin, trois silhouettes vautrées sur une banquette de voiture. Hall enclenchait la sirène avant chaque intersection, ralentissant à peine, forçant les automobilistes à ralentir ou à s'arrêter.

Elle s'empara du combiné radio.

–Vous savez où se trouve la Mercedes ?

–Pas encore, crachota la voix dans le haut-parleur.

Hall raccrocha et appuya sur l'accélérateur.

Le sang battait lourdement dans les tempes de Vargas, sa respiration était courte, haletante. Il venait d'avoir une intuition lugubre, une de celles qui précèdent un inévitable désastre.

Hall, elle, voyait la fin du tunnel. Elle allait coincer Cruz. Sa blouse était humide, du sable collait encore à sa joue.

Ils traversaient un quartier fantôme. Des maisons vides, le silence, une pesanteur au-dessus des pelouses abandonnées.

Hall ralentit et se gara. Devant, gyrophares allumés, garées en épi, des voitures de police fermaient le passage.

*

Cruz regarda le flic descendre de sa moto. Il l'imagina spéculant déjà sur la médaille qu'on lui décernerait. Il s'approcherait par l'arrière, l'éclairerait avec sa lampe en lui demandant de garder ses mains bien en évidence sur le volant. Ensuite, Il le ferait descendre de la voiture, lui ordonnerait de se coucher sur le capot et le fouillerait avant de lui passer les menottes.

Cruz ferma les yeux. Il voulait vivre en imagination la scène. Sa scène. Au lieu de lui tendre ses papiers, il prendrait le pistolet posé sur ses genoux et allumerait ce flic en pleine gueule ; plusieurs balles, jusqu'à ce qu'il n'y ait qu'un trou béant rempli de débris de cervelle.

Il rouvrit les yeux. Dans le rétroviseur extérieur, Cruz voyait l'avertissement gravé : les objets aperçus dans ce miroir sont plus près qu'ils ne paraissent l'être.

Il enclencha le levier de la boîte automatique en marche arrière et écrasa l'accélérateur en braquant le volant sur la droite. La Mercedes recula brutalement, heurta l'officier et le projeta au sol.

Cruz repassa en marche avant. Une seconde plus tard, ses feux arrière s'amenuisaient dans les ténèbres.

Ce n'était pas la débâcle, mais le prix à payer pour régler ses comptes. Cela faisait des jours qu'il préparait cette expédition. Elle ne devait rien à l'inspiration du moment. Son unique chance maintenant était d'abandonner la Mercedes et de regagner sa planque par des chemins détournés.

Cruz décida de se rapprocher de quelques blocs de la mer avant de quitter son véhicule.

Deux taches lumineuses apparurent dans son rétroviseur. Elles évoluaient bizarrement, se rapprochant et s'écartant. Des motards !

Il tourna au premier croisement, éteignit ses feux de position et accéléra.

Hugo fut le premier à repérer la masse noire qui dévalait le boulevard de l'autre côté du barrage. La voiture passait d'une flaque de lumière à l'autre comme une torpille.

Brusquement, ses phares s'allumèrent, aveuglant les flics qui attendaient. Évitant le barrage, la Mercedes traversa un terre-plein, passa à proximité des panneaux de signalisation et tourna à droite, accélérant encore.

Hall sortit de sa paralysie et démarra. Elle n'avait aucune chance de rattraper la Mercedes, mais d'autres barrages avaient dû être mis en place et un hélicoptère était nécessairement en route.

Elle ne perdit pas son temps à lancer des appels radio. Hugo se retourna. Ils avaient quelques centaines de mètres d'avance sur les autres voitures de police qui suivaient.

–Vous avez pu voir le conducteur ? demanda Hall.

Ils roulaient vite, sans que Hall prenne des risques inutiles.

–Une silhouette au moment où il virait. J'étais ébloui par ses phares.

–C'est sa voiture, affirma Hall.

Ils faisaient route vers l'est. Penché en avant, Hugo tentait de repérer la Mercedes.

–Il y a un passage à niveau devant, annonça-t-il.

Elle ralentit. Une vieille draisine tirant une file de wagons rouillés roulait sur cette voie désaffectée.

–Où est-il passé ? s'inquiéta Gillian.

–Là ! cria Hugo. De ce côté de la voie.

La Mercedes longeait la voie ferrée.

–Il veut couper avant le passage de cette putain de draisine, lança Hall d'une voix altérée.

La route était cahoteuse. Devant eux, la Mercedes remontait les wagons. Hall faisait de son mieux pour lui coller au train sans se laisser distancer.

–Il va y arriver, dit Hugo. Plus vite.

La Ford bondissait dans les ornières.

–Il passe ! hurla-t-elle.

La Mercedes se glissa entre les deux bras clignotants qui descendaient, faisant voler en éclats les extrémités.

Hall braqua à fond et accéléra. La Ford dérapa sur plusieurs mètres, se redressa, accéléra encore, et franchit le passage à niveau.

Le bruit torturé d'une sirène et le grondement de la draisine, s'éloignèrent.

Ils étaient passés.

*

Gustavo Gutiérrez termina sa cerveza, histoire de noyer les tacos, le chili et l'assiette de piments qu'il avait avalés.

Il régla l'addition et sortit de la Cantina Mexicana. L'air était brûlant et il moulina des bras pour respirer à fond.

La nourriture n'était pas mauvaise, mais ces cuisiniers ne l'avaient pas abusé ; ils n'avaient rien de Mexicains, c'étaient des Colombiens.

Il grimpa dans son semi-remorque Mack noir et chrome immatriculé au Texas.

Gutiérrez avait chargé des écrans plasma arrivés de Séoul par avion-cargo. Il fit tourner le moteur et enclencha la climatisation. Il alluma un cigare bon marché. Une longue route l'attendait.

–Vamonos, dit-il.

Il entreprit de sortir en marche arrière du parking, coupant sans hésiter la rue qui bordait la Cantina Mexicana.

Hugo vit la Mercedes éviter le semi-remorque. Elle monta sur le trottoir, les pneus avant éclatèrent, puis elle disparut derrière la masse noire et luisante qui continuait de reculer.

Hall écrasa la pédale de frein dans un effort désespéré pour stopper. Elle se ravisa et accéléra à fond pour passer avant le semi.

Elle n'y parvint pas. La Ford heurta le camion et fut déportée sur la droite où elle heurta un pylône qui la renvoya comme une boule de billard. Elle se coucha sur le côté, puis, son centre de gravité déséquilibré, elle capota plusieurs fois avant de s'immobiliser dans un fracas de tôles froissées et de vitres pulvérisées.

La Ford reposait sur le toit. Hugo n'avait pas perdu connaissance. Il avait la tête en feu. Sa vue était brouillée. Il s'essuya les yeux et regarda sa main. Du sang. À côté de lui, une forme d'allure grotesque obstruait la fenêtre du conducteur.

Une barre douloureuse lui écrasait la poitrine ; chaque fois qu'il tentait de respirer, une douleur aiguë bloquait sa cage thoracique.

Les airbags étaient crevés. Vargas défit sa ceinture et s'extirpa par l'ouverture béante du pare-brise.

Hall était morte. Elle avait la nuque brisée. Sa tête formait un angle droit avec le reste de son corps. Elle était couverte de sang. Un éclat de métal lui avait sectionné les artères du cou. Hugo distinguait des filaments blanchâtres à l'intérieur de la plaie.

Il s'appuya à la carrosserie. Quelque chose craqua dans sa poitrine, mais il parvint à se mettre debout.

Il devait allumer une cigarette. Il voulut plonger la main dans sa poche, il n'y parvint pas. Elle tremblait de manière incontrôlée. Et puis, il aperçut la Mercedes. Plus basse que la Ford, elle ne s'était pas retournée. Un poteau en béton avait arrêté sa course une dizaine de mètres plus loin.

Vargas se traîna jusqu'à elle, s'appuyant sur la jambe qui le faisait le moins souffrir.

Il ne reconnut pas Orlando Cruz dans le type aux cheveux blonds, la lèvre barrée d'une moustache qui se tenait derrière le volant.

Cruz, lui, le reconnut. Il tentait de se dégager de l'airbag qui le maintenait coincé au fond de son siège.

–Sortez-moi de là, Vargas !

Hugo le dévisagea. Il ne voyait pas Cruz, mais Montoya, comme dans une machine à remonter le temps.

–Crevez ce sac en vitesse, Vargas, que je puisse sortir.

Montoya avait hurlé, mais Vargas paraissait ne pas l'avoir entendu.

Le sang obscurcissait la vision d'Hugo. Il s'essuya les yeux. Montoya braquait sur lui un pistolet.

–Crevez ce putain de sac et je vous dirai ce que je sais.

Hugo détourna la tête. Il ne lui restait plus beaucoup de temps. Sa soudaine indifférence pour les règles enseignées le laissa de marbre ; il ne se souciait plus de savoir qui il était.

Son estomac se contracta.

–Donnez-moi cette arme, dit-il, tendant la main à l'intérieur du véhicule.

Il perçut un cliquetis. Le chien qu'on armait ?

Il ne bougea pas.

–Tenez, dit Montoya d'une voix exaspérée.

Hugo mit le revolver dans sa poche. Il se souvenait de son objectif de tout à l'heure, allumer une cigarette. Il sortit son paquet et une pochette d'allumettes.

Une odeur d'essence s'échappait de l'habitacle de la Mercedes. Le réservoir était crevé.

Vargas jeta un regard autour de lui. Les premières voitures de police seraient là dans moins d'une minute.

Il tourna le dos à la chaussée, craqua une allumette en protégeant la flamme de sa main.

–Vargas, éteignez ça et aidez-moi à me dégager… por el amor de la Santisima Virgen.

Hugo se pencha. L'allumette lui brûlait les doigts. Il l'approcha des petits bouts soufrés. Il y eut un éclat orange quand la pochette entière s'enflamma.

–No Montoya, por le amor de la Santisima Muerte.

Il balança la pochette sur la banquette arrière. Il y eut un brusque appel d'air suivi d'une lueur bleutée.

Vargas recula. La voiture était la proie des flammes.

Il entendit sortant du brasier un hurlement de rage et de souffrance.

–Yo no maté a estas chicas, Vargas[1] !

La Mercedes explosa. Le souffle projeta Hugo sur la chaussée.

–Lo sé[2], dit-il, luttant pour ne pas perdre connaissance.

---

[1] Je n'ai pas tué ces filles Vargas !
[2] Je sais.

52

Hugo Vargas se réveilla sans se souvenir de ses rêves. Au-delà de sa propre souffrance physique, la tristesse tournoyait comme un essaim de papillons noirs.

L'enterrement de Gillian Hall avait lieu ce matin.

Vargas était couvert de bleus, de teinture d'iode, de pansements, mais il avait refusé de rester à l'hôpital plus d'une journée, signant décharge après décharge pour qu'on le laisse sortir.

En proie au vertige, il attendit que le désordre s'apaise avant de se diriger vers la salle de bains.

L'image d'un inconnu dans le miroir. Un type lugubre aux yeux vides. Un carré de gaze recouvrait sa blessure au cuir chevelu. Les agrafes lui tiraient la peau.

Il avala une poignée de pilules contre la douleur que le médecin lui avait remises.

Il perdit dix minutes pour passer un pantalon, boutonna maladroitement sa chemise de la main gauche. Sa main droite pendait, enflée, douloureuse. Inutilisable. Ses deux côtes cassées lui donnaient l'impression d'avoir reçu une balle en pleine poitrine. Il enfila la paire de tongs qu'il avait achetée et quitta sa chambre.

Dix minutes de marche. Une banquette à l'intérieur d'un café désert. Il commanda un muffin aux myrtilles et un expresso. Il vivait un instant suspendu, un chaînon entre ce qui était accompli et ce qui restait à faire.

La cérémonie aurait lieu à 11 h, dans une petite église de South Los Angeles.

Il avait le temps.

Personne ne lui avait posé de question. L'incendie de la Mercedes se justifiait. Un réservoir crevé, une étincelle...

Son geste était passé inaperçu.

Le district attorney Patterson était venu à l'hôpital. Vargas n'était pas sûr d'avoir compris ce qu'il lui racontait. Il n'avait retenu que les dernières phrases :

-Le cadavre dans la Mercedes a reçu une identification positive. Il s'agit d'Orlando Cruz.

Et Patterson avait ajouté.

-Le dossier est clos.

*

Un soleil ardent éblouit Vargas au sortir du taxi. Devant l'église, le parking était comble.

Hugo pénétra dans la pénombre de la chapelle. Les rites qui accompagnaient l'arrivée du cercueil étaient achevés. La haie d'honneur composée de policiers en uniforme avait quitté les marches.

Une foule se pressait sur les bancs. L'orgue jouait en sourdine. Hugo s'arrêta dans l'allée centrale, hésitant à s'approcher du cercueil exposé au pied de l'autel. Il se décida enfin. Gillian Hall avait l'air paisible, les mains jointes, la tête reposant sur un coussin de soie crème.

Hugo esquissa un signe de croix, puis contourna le cercueil et reprit l'allée en sens inverse. Les premiers rangs étaient occupés par la famille et les dignitaires de la police.

Il trouva une place près de la sortie. Le prêtre monta en chaire. Le silence se fit. La cérémonie se déroula sur un fond de musique d'orgue, dans une succession de chants et de prières. Le chef de la police termina son éloge funèbre, l'orgue se remit à jouer, le prêtre récita un psaume. Six de policiers refermèrent le cercueil, le couvrirent du drapeau américain, puis le soulevèrent.

Hugo quitta l'église sans attendre que le prêtre conduise la procession jusqu'au parvis. Les véhicules du cortège attendaient. Hugo aperçut à l'écart une silhouette vaguement familière se diriger vers lui. Une femme aux cheveux courts, vêtue d'un tailleur blanc.

Marcia Connelly enleva ses lunettes de soleil.

–C'était une belle cérémonie.

Hugo hocha la tête.

–Vous allez au cimetière ? demanda Marcia.

Les gens regagnaient leurs véhicules. Précédé d'une escorte de motards, le cortège s'était mis en route.

–Non. Je ne me sens pas très bien, avoua Hugo.

L'avocate le prit par le bras.

–Venez. Je suis garée en face.

Ils marchèrent côte à côte, comme deux pèlerins allant dans la même direction, ce qu'en fin de compte ils étaient.

53

Marcia Connelly habitait une maison de style espagnol dans le quartier d'Echo Park. Une allée en carreaux de terre cuite, des hibiscus aux fleurs éclatantes, une pelouse vert sombre. Et puis le salon, avec ses murs blancs, son parquet en lattes et ses meubles de bois ciré.

Hugo se laissa tomber dans un profond canapé.

–Allongez-vous, dit Marcia.

Le silence et la fraîcheur l'enveloppaient. Hugo ferma les yeux et se réveilla une heure plus tard.

Marcia reposa le dossier qu'elle tenait.

–Je suppose que vous avez faim, dit-elle avec un sourire.

Elle revint de la cuisine avec un plateau.

–Sandwiches au fromage et bière.

Chacun épiait l'autre. Et puis, des signaux invisibles s'échangèrent, des signaux de reconnaissance. Hugo but une gorgée de sa bière et hocha la tête, Connelly eut un sourire, l'invitant à franchir le no man's land dont il s'était entouré jusqu'à présent.

–Que s'est-il passé après que Medina ait annoncé officiellement la clôture de l'enquête à Mexico ? demanda l'avocate.

Hugo parla. Il avait décidé de faire confiance à Marcia Connelly.

54

J'ai quitté mon bureau vers 18 h 30 pour aller au club de gym. En ressortant, j'ai aperçu Montoya accoudé à ma voiture. J'espérais qu'il serait là.

- J'ai écouté la conférence de votre patron Medina, Vargas. Vous ne vous étiez pas trompé sur Guzman.

- Vous devez vous sentir un peu soulagé maintenant que l'assassin de votre fille est mort.

Je sortis mon portefeuille et lui tendis la photo de sa fille qu'il m'avait confiée.

- Je vous la rends. À un moment, vous étiez mon suspect numéro un.

Montoya parut choqué.

- Pourquoi ?

- Une intuition. Votre force physique et puis des détails... Votre blessure à la tête, le fait que vous n'ayez pas vu votre agresseur...

- Vous plaisantez ?

- Non. Vous pouvez me décrire le type qui vous a assommé ?

- Sur le moment, non. Maintenant, avec le recul...

Il marqua un temps d'arrêt.

- Vous m'interrogez ! Suis-je toujours suspect ?

- L'affaire est terminée. Vous avez entendu Medina.

- Mais vous n'êtes pas d'accord ! Vous pensez que j'ai...

- Ce que je pense n'a aucun intérêt, Mr Montoya.

- Pour moi si. J'ai de l'admiration pour vous, pour ce que vous faites. J'ai rencontré dans ma vie peu de personnes qui m'ont autant impressionné. Vous pensez que je suis capable de commettre des horreurs, comme celles qu'a subies cette enfant chez Guzman.

Montoya semblait ailleurs, il revivait une séquence de son passé.

Je m'efforçais de garder mon calme. Le rapport d'autopsie de Salma Belen, les photos, l'état du cadavre, n'avaient été communiqués à personne. Je m'en étais assuré personnellement.

- J'ai dit « vous étiez ». Vous ne l'êtes plus. Tout est fini. Efforcez-vous de reprendre une vie normale, Mr Montoya.

Montoya hocha la tête.

- Je suis fatigué, lui dis-je. Si vous voulez bien m'excuser, je dois rentrer.

Il s'obligea à sourire.

- Je vous téléphonerai. N'oubliez pas votre promesse de dîner ensemble, me rappela-t-il.

- Je n'oublierai pas, lui assurai-je en démarrant.

–Pour tout le monde, l'affaire s'arrêta là, dit Hugo à Marcia.

Il termina de boire sa bière et reprit.

« Je retournai voir Medina. Il m'attendait dans son bureau.

- Comment a t'il réagi ? me demanda-t-il.

Il guettait ma réaction.

– Montoya va chercher à me tuer.

– Tu penses que cela se produira chez toi ?

– Oui. J'en suis certain.

« Nous attendions la visite de Montoya pour le soir même, poursuivit Hugo. Ce ne fut pas le cas. Ni la nuit suivante, ni celle d'après. Dans l'immeuble où j'habitais, nous avions pris possession de trois appartements dont un sur mon palier, et nous avions relogé les locataires dans un hôtel à l'autre bout de la ville.

Des officiers de la brigade d'assaut s'y étaient installés, deux par appartement. Un interphone leur permettait d'entendre et d'enregistrer ce qui passait chez moi. L'entrée de service de l'immeuble avait été condamnée. En dehors de ceux qui prenaient part directement à l'opération, personne n'était au courant. J'avais laissé Esposito et Diaz dans l'ignorance.

J'étais à peu près certain que Montoya n'utiliserait pas d'arme à feu. Nous avions chronométré le temps d'intervention des officiers de l'appartement voisin : sept secondes. Sept secondes pour ouvrir avec un double la porte de mon appartement et y pénétrer. C'était de ce laps de temps dont je disposais pour ne pas me faire tuer, à partir du moment où il aurait décidé de passer à l'action. Les autres policiers étaient dans des appartements au rez-de-chaussée et au dernier étage pour empêcher Montoya de s'échapper au cas où les choses auraient mal tourné. »

–Pourquoi prendre un tel risque ? interrompit Marcia.

Hugo sortit son paquet de cigarettes. Marcia hocha la tête. Il en alluma une.

–J'avais vingt-neuf ans. J'étais le point de mire du service. Medina m'avait accordé sa confiance, mais aux yeux des autres flics je n'étais qu'un étudiant sans expérience. Prouver la culpabilité de Montoya était la seule chose qui m'importait. J'étais indifférent à ce qui pouvait m'arriver d'autre.

–Au prix de votre vie ?

Marcia secouait la tête, incrédule.

–C'était ma dernière chance, et j'avais une totale confiance dans Guido, l'un des officiers de la brigade d'assaut. Il était dans l'appartement voisin. Je savais que je pouvais compter sur lui.

–Pourquoi soupçonniez-vous Montoya ?

–Je ne sais pas. Ma conviction ne s'appuyait pas sur des indices concrets ; des contours se superposaient, finissant par construire un personnage à la limite de la réalité et de la fiction. Montoya éveillait une curieuse réaction en moi. Je ne saurais pas la décrire avec précision, mais c'était lui l'assassin.

La sonnerie du téléphone les fit sursauter. Marcia laissa le répondeur prendre la communication.

« C'est Dexter, Marcia. Votre portable est coupé, je vous appelle à la maison. Je vous ai aperçu ce matin à l'enterrement de Hall, malheureusement j'étais occupé à faire une interview et je n'ai pas eu le temps de vous parler.

Il y eut quelques instants de silence, puis la voix reprit.

« J'ai un agent et un éditeur. Un bouquin sur Orlando Cruz, signé de nos deux noms. Nous pouvons l'écrire en deux semaines. Ce sera encore chaud. Rappelez-moi. »

Hugo observait Marcia avec un sourire. Cette dernière ne paraissait éprouver aucune gêne.

– Je ne suis pas disposée à cosigner un livre qui ferait de Cruz une sorte de héros.

Hugo se renversa au fond du canapé et éteignit sa cigarette. Il continua avec une certaine réticence à parler de lui-même.

« Je passais mes nuits sur le canapé du salon. Une image refusait de quitter mon esprit ; les yeux ouverts, je la voyais flotter dans le noir. Une ombre se penchait au-dessus de moi et s'effaçait, laissant un vide. Un soir, l'ombre ne s'effaça pas.

Je n'avais rien entendu. Il portait une combinaison et une cagoule de ski. Il était sur moi, m'écrasait, me serrait à la gorge. La pointe de son couteau était posée sous ma paupière. Malgré ma préparation, j'étais à deux doigts de succomber à la panique. Il me fallait garder mon sang-froid si je voulais rester en vie.

– Vous vous en doutiez, Hugo. J'ai beaucoup de sympathie pour vous, mais je ne peux pas me permettre de vous laisser derrière moi. Qui sait, peut-être déciderez-vous un jour de rouvrir le dossier.

Il avait retiré sa cagoule. Il attendait ma réponse.

– Je ne vois pas de quoi vous parlez, Mr Montoya.

– Vous ne me laissez pas le choix. Vous êtes très intelligent, vous avez compris que Guzman était innocent. Vous pourriez fouiller, trouver des preuves, convaincre un jury.

Il me piqua avec la pointe de son couteau et m'appliqua sur les narines un tampon de chloroforme, le temps de réduire mes défenses à zéro.

–Levez-vous.

J'étais groggy, mais je parvins à me mettre debout. Mes jambes supportaient à peine mon poids. Il se tenait derrière moi, la lame de son couteau posée sur ma gorge. Je me souvins à cet instant d'une remarque du psychiatre Jorge Rios à propos du tueur : « il n'a pas commencé hier. »

Je compris que sous ses apparences de financier prospère, de mari plein de compassion pour sa femme malade, Montoya était un tueur. Un vrai. Un assassin professionnel qui avait commencé très tôt.

 – Je veux qu'on croie à un cambriolage, Hugo. Je vais vous attacher et la police vous trouvera mort, étouffé par un bâillon trop serré au milieu de tiroirs renversés, de fauteuils étripés et de papiers au sol.

Le plan que nous avions établi était d'obtenir de Montoya une confession totale, sans équivoque. Je m'efforçai de concentrer le peu de lucidité qui me restait et lui demandai.

–Comment avez-vous pu tuer votre fille ?

Rios, qui avait établi le portrait psychologique du tueur, avait conclu : « Pour cet homme, ce serait quelque chose d'inespéré de pouvoir jouer son rôle en toute impunité devant ceux qui le traquent. Si un jour vous vous retrouvez en face de lui, il est indispensable de prendre le risque de le provoquer. »

J'attendais sa réaction. J'avais une chance sur deux. Son souffle était plus court. D'un coup, il se retrouva en face de moi. Je n'osais pas le regarder dans les yeux. Pour m'obliger à relever la tête, il me piqua sous le menton avec la pointe de son couteau. Il souriait.

– Vous ne pensez pas que c'était prémédité, Hugo. J'aimais cette gamine. Mais en rentrant chez moi ce soir-là, mon bureau avait été fouillé et les images de la *Santa Muerte* que je conservais avaient disparu. Le regard de Maria, ma gouvernante, la trahissait. Elle avait fouillé mon bureau pour je ne sais quelle raison et elle les avait prises. La presse n'en avait pas parlé, mais pas question de laisser Maria en vie. Je suis ressorti pour revenir un moment plus tard.

– Et votre fille ?

– Sa mort m'innocentait. J'ai dû forcer la dose pour qu'on pense à une quatrième victime. Je n'avais pas le choix.

Je savais qu'il mentait. J'avais vu ce qu'il avait fait subir à sa « fille » avant de la tuer.

Je ne disposais plus de beaucoup de temps. Je continuai sur un autre terrain.

– Revenons à Guzman. C'était vraiment brillant.

– Pas de ça, Vargas !

La pointe du couteau s'était enfoncée d'un cran. L'adrénaline rendit mes idées plus claires.

– J'ai besoin de savoir. Vous ferez ce que vous voudrez après.

Montoya comprenait mon besoin de gagner du temps, mais son habileté à tromper tout le monde exigeait une reconnaissance historique avant qu'il ne grave une nouvelle entaille sur le manche de son poignard.

Il mit du temps. Son sourire devint condescendant. Il m'offrait un verre de rhum avant de m'exécuter.

– C'est vous qui m'avez suggéré Guzman. J'utilisais une Rover de couleur foncée parce que c'était la voiture la plus courante dans le quartier, mais je ne pouvais pas prévoir que le propre fils de Guzman se méprendrait. Je faisais d'une pierre deux coups. Je vous fournissais un enchaînement qui conduisait à la solution logique de l'affaire, et j'annulais ce que vous aviez pu trouver à mon sujet.

–Ce que je ne comprends pas c'est que c'était bien la voix de Guzman dans cet appel suicidaire au téléphone.

–Il n'était pas en mesure de refuser. Je venais de tuer sa femme, et je lui avais promis d'épargner son fils.

–Et Salma Belen?

Salma comptait parmi les trois disparues ; la dernière à avoir été enlevée. C'est elle qu'on avait retrouvée au domicile de Guzman.

–Je m'en suis servi pour vous convaincre de la culpabilité de Guzman.

Il m'avait saisi, et sa main libre comprimait les artères de mon cou étouffant une nouvelle question.

Sa technique était au point. Il ne me laissait pas la possibilité de me défendre. J'étouffais, et je ne comprenais pas pourquoi personne n'arrivait pour le neutraliser. Nous avions enregistré ce que nous voulions savoir.

Je comptais jusqu'à sept. Je sentis mes genoux fléchirent. J'allais perdre connaissance, quand mon bipeur sonna.

Montoya se figea.

J'entendis le fracas étouffé d'une porte qui se brisait, puis un bruit de lutte.

On me giflait. Quelqu'un avait placé un masque sur mon visage, l'oxygène me brûlait la gorge. Penché sur moi, un homme avec une balafre sur la joue : mon ami Guido.

Je parvins à m'adosser au canapé. Guido expulsa, avec un soulagement visible, l'air qu'il retenait dans ses poumons

–Où est Montoya? demandai-je en enlevant le masque.

J'avais la bouche pâteuse, les idées confuses, mais l'effet du chloroforme se dissipait.

Montoya était maintenu à terre par l'autre officier qui appuyait le canon de son revolver sur sa nuque.

–J'ai coupé l'interphone dans l'appartement, dit Guido.

Il débrancha son micro et fit signe à son collègue de l'imiter.

–Plus personne ne nous entend, maintenant. Descends cette merde, Miguel! ordonna t'il.

Guido continua d'une voix sèche.

–Il a essayé de récupérer son arme et tu lui as tiré dessus. Vite, les autres vont arriver.

–Ce n'est pas... protesta Miguel

Guido s'était tourné vers moi.

–Cette merde avait placé une barre d'acier pour bloquer la porte et coupé les fils du téléphone. Heureusement, nous avons pensé à ton bipeur.

–Personne ne saura la vérité, Miguel. Guido a raison. Tue-le!

C'était ma voix.

–Vous êtes des flics, bon dieu. Vous allez le tuer de sang-froid. C'est un meurtre!

Miguel semblait dépassé par notre détermination.

J'ajoutai.

–Son avocat plaidera la folie et convaincra le jury. Dans quelques années, il sortira et recommencera à découper des gamines en morceaux.

J'étais à bout de souffle, comme après une violente crise d'asthme.

Guido poussa du pied le couteau. Le manche effleura les doigts de Montoya.

–Va dans la chambre. Tu n'as rien vu, ordonna-t-il à Miguel.

Il se pencha, passa une menotte à Montoya, laissant le deuxième bracelet ouvert. Son arme était à une vingtaine de centimètres du crâne de Montoya.

Je compris qu'il allait tirer. Montoya tourna la tête.

Sa voix s'éleva dans la pièce.

–Vous ne pouvez pas me tuer.

Il demeurait immobile, la respiration égale. Un filet de sang coulait de sa bouche.

–Ferme-la ! dit Guido.

Le bruit dans les étages se rapprochait. Nous ne disposions que de quelques secondes.

Je vis le chien de l'arme de Guido se relever.

–Les deux autres filles ne sont pas mortes, lança Montoya.

Elles étaient trois à avoir été enlevées.

Salma Belen : 16 ans, tuée par Montoya au domicile de Guzman

Bianca Lopez : 16 ans, présumée morte

Julina Hierra : 17 ans, présumée morte

*

Les paupières d'Hugo se fermèrent, comme s'il venait de tourner une page sur ses souvenirs.

Marcia hocha la tête, donnant l'impression qu'elle connaissait la suite.

–Vous n'aviez pas le choix ?

Hugo acquiesça.

–Nous recherchions ces deux gamines depuis des semaines. Sans Montoya, nous n'avions ni le temps ni les moyens de les retrouver vivantes. Il le savait.

Le bruit de la rue s'était éteint. Hugo parlait à voix basse, un murmure.

« Medina arriva à mon appartement. Il n'y avait plus que nous trois dans la pièce. Montoya était enchaîné au radiateur. Il était à son aise, comme si nous nous étions retrouvés pour échanger de vieux souvenirs sur son invitation.

–Je n'ai pas l'intention d'aller en prison, Medina, et vous allez arranger ça.

Medina s'était assis sur le canapé, le téléphone à portée de main. La ligne avait été rétablie.

–Je ne crois pas que ce soit possible.

Montoya, avec un mauvais sourire, demanda.

−Dans ce cas, pourquoi êtes-vous venu ?

−Pour que vous me disiez où se trouvent les deux filles.

−Alors, je crains de ne pouvoir vous répondre.

−Vous les laisseriez mourir ?

Montoya eut un geste.

−Une, trois, quatre ou cinq, quelle différence ! Je ne vous envie pas, Medina. D'ici peu, elles seront mortes de faim et de soif.

Medina revint à la charge.

−Nous pouvons intercéder pour que votre bonne volonté soit prise en compte. Votre peine sera atténuée. Vous avez ma parole.

−Pas de prison, pas un jour de prison.

Après un moment de réflexion, Medina parut comprendre l'essence même du message. Il composa un numéro de téléphone, puis, ayant obtenu son correspondant, il brancha le speaker et se tourna vers Montoya.

−Quelle est votre proposition ?

−Je veux un document écrit et signé par des autorités supérieures à la vôtre, politiques et judiciaires, garantissant qu'aucune poursuite directe ou indirecte ne pourra être engagée contre moi, ici ou ailleurs.

Montoya regardait Medina droit dans les yeux. Puis d'une voix forte pour être entendu à l'autre bout de la ligne, il affirma.

−Ce n'est pas la première fois que votre gouvernement pratique ce genre d'amnistie. Combien de narcotrafiquants avez-vous laissé partir en échange d'argent ou d'informations ?

Medina resta muet.

−Je vous conseille de vous dépêcher, conseilla Montoya.

*

Hugo essaya d'allumer une cigarette. Quand la flamme crachota en s'éteignant entre ses doigts, il laissa tomber l'allumette dans le cendrier et garda la cigarette à la bouche.

—Ça va ? demanda Marcia.

Hugo décela de la sollicitude ou de l'inquiétude dans la question de l'avocate.

—Je voudrais faire quelques pas.

Marcia lui tendit la main pour l'aider à se relever. Quand Hugo réussit à se mettre debout, ses os lui faisaient mal. Il se mit à marcher dans la pièce.

—Je voulais le torturer, le faire parler, mais j'étais faible et Medina s'y serait opposé.

—Pourquoi l'avez-vous laissé partir ?

- Comment pensez-vous que le public aurait réagi en apprenant que nous avions délibérément condamné ces deux gamines ? Nous ne pouvions plus rien pour Salma Belen, la gouvernante et la fille de Montoya, mais les vies de Bianca Lopez et de Julina Hierra justifiaient notre décision.

Hugo avait dans les yeux regard cette froideur glacée qui avait surpris Marcia quand elle l'avait croisé la première fois.

« C'était une nuit lugubre. La pluie, les rafales, les feuilles arrachées aux arbres semblaient mettre une frontière entre les victimes et nous. Nous avions deux ambulances équipées comme un hôpital de campagne. Je me trouvais dans la voiture de tête, assis sur la banquette arrière à côté de l'avocat de Montoya. Les documents réclamés lui avaient été remis. Dans la seconde voiture se trouvait Medina. Une troisième voiture fermait le convoi. Le voyage dura quarante-cinq minutes. Montoya avait communiqué un plan à l'avocat. Au bout d'un chemin désertique en cul-de-sac, nous vîmes dans les phares un toit en tuiles. Un cottage. Nous étions arrivés. Je pénétrais en premier. Lorsque j'ouvris la porte, je fus saisi par une odeur d'urine et d'excréments. Deux ombres couvertes de bleus et de meurtrissures étaient étendues sur des grabats. Le troisième grabat était vide. Ce devait être celui de Salma Belen, dont nous avions retrouvé le corps chez Guzman.

Les victimes étaient nues, enchaînées, leurs côtes saillaient. Leur immobilité me glaçait. Je n'osais pas vérifier par moi-même. Des capuches masquaient leurs visages. À la limite des longes, une écuelle d'eau et des trognons de pains. Je m'écartai pour laisser l'équipe médicale faire son travail. Au bout d'une dizaine de secondes, l'un des médecins manifesta son émotion.

–L'une d'elles est encore vivante.

Nous avions sauvé Julina Hierra, mais Bianca Lopez était morte.

Dans le garage, je trouvai la Blazer. Les papiers étaient encore au nom de l'ancien propriétaire, Montoya n'avait pas fait la mutation.

Cet acte d'accusation sorti du passé, ces colonnes dans les journaux qui suivaient la fin d'Orlando Cruz, donnèrent le frisson à Marcia.

Elle regardait les choses différemment. Elle s'était trompée sur l'innocence de son client. Elle refoula ses remords.

–Pourquoi ne pas avoir rendu l'affaire publique ?

–Nous étions liés par les termes du pardon.

–Quand les victimes ont été retrouvées, pourquoi ne pas avoir quand même rendu l'affaire publique ! Vous ne risquiez plus rien. De surcroît, l'une d'elles était morte.

–Nous avions peur. Montoya avait menacé de recommencer si l'engagement était rompu.

Marcia laissa cette dernière phrase flotter dans l'air, puis répondit avec une certaine colère.

–Pourtant, c'est bien ce qui s'est produit, Hugo. Vous avez préféré le silence et causé la mort de quatre adolescentes, sans parler de Rosalyn et de ce détective privé. Six morts !

Pour la première fois depuis qu'il était entré chez Connelly, Hugo ressentit l'hostilité de l'avocate.

Il se rassit, chercha le regard de Marcia et leva la
main pour mettre les choses au point.

    –Orlando Cruz n'est pour rien dans ce qui s'est
      passé ici.

55

Hugo arriva à l'aéroport de Mexico à 9 h. Il n'avait prévenu personne de son retour. Il prit un taxi et se fit conduire à Condesa.

Il était de retour chez lui. Enfin ! Un trois-pièces situé dans un immeuble de briques rouges. Les prix dans ce quartier étaient exorbitants, mais il bénéficiait d'un loyer contrôlé.

Il avait acheté les meubles et les bibelots au marché aux puces. Pas de souvenirs sur les murs, ni d'ancrage le reliant au passé. Des étagères chargées de livres, un divan, des chaises regroupées autour d'une table qui n'avait connu ni l'animation d'un dîner ni les éclats de rire d'une atmosphère surchauffée.

L'une des deux chambres servait de pièce de travail. Là aussi, des livres, un ordinateur. Un couloir conduisait à la cuisine et à la salle de bains.

L'appartement sentait le renfermé. Teresa, sa voisine, avait oublié d'arroser les plantes et de vider le réfrigérateur. Hugo s'y attendait. Teresa était aveuglée par le désir de pêcher un mari dans un flot ininterrompu de boy-friends.

Vargas feuilleta son courrier. Des factures, des prospectus publicitaires, pas de lettres personnelles.

Il fit le tour des pièces, ouvrit les fenêtres. Dans la salle de bains, il défit la bande qui enserrait ses côtes. Il se lava par morceaux, là où ses pansements le lui permettaient, puis s'essuya face au miroir.

Il avait maigri. Ses bleus viraient au jaune. Il haussa les épaules, retourna dans le salon et sortit sur le balcon. Pareilles à des étoiles, les fleurs blanches des magnolias constellaient le vert sombre des feuillages.

Il referma les persiennes, s'allongea sur le divan. Il n'éprouvait ni regrets ni remords au souvenir de ce qu'il avait fait. Il avait attendu cet instant et le destin le lui avait offert.

Vargas revoyait Gillian Hall comme un chaînon qui s'étire à travers le temps, le ramenant à son premier baiser avec Marisa sur la plage de Cozumel. Marisa était une gamine de quatorze ans que personne ne prenait au sérieux. Les baisers de Gillian avaient pour Hugo la même musique lointaine.

Le sommeil finit par s'emparer de sa vigilance. Il n'y eut plus qu'un bleu éclatant comme la surface d'un lac vers le fond duquel il glissa.

*

Il dormit vingt heures. La sonnerie du téléphone le réveilla.

Quelles que soient l'heure et les circonstances, Eduardo Medina s'exprimait toujours avec une extrême courtoisie.

Inutile de chercher à savoir qui l'a prévenu, pensa Vargas.

–Désolé de te tirer du lit, Hugo.

Vargas eut droit à un discours emperlé. Il avait traversé des épreuves, triomphé du méchant, et rejoint la famille en gardant le silence.

Medina l'assurait de son amitié et de son affection.

–Excellence ?

–Hugo ?

–Je voudrais avoir accès au dossier Montoya.

Après un silence étonné, Medina répondit.

–Malheureusement, c'est impossible. Nous l'avons détruit. Tu éprouves encore de l'intérêt pour cette affaire ?

–Un reste de curiosité, Excellence.

–Hugo, tu as besoin de repos. Nous te devons bien ça. Va voir le médecin, il te mettra en congé de maladie. Je t'ai aussi attribué une nouvelle voiture. Je pense qu'elle te plaira. À ton retour, je signerai ta promotion.

*

Vargas avala un expresso au comptoir d'un café et se rendit au parking de la police. Une BMW X6 noire immatriculée au Texas l'attendait. Elle avait été saisie au cours d'un raid sur une bande de racketteurs. Sièges en cuir, compact disque stéréo, climatisation, GPS, vitres fumées ; aucune option ne manquait.

Vargas eut des difficultés à conduire. Tourner rapidement le volant lui coupait le souffle, et sa main droite n'était pas vraiment fonctionnelle.

Au centre médical et social de la police, il patienta une heure avant d'être reçu.

Après avoir examiné ses plaies, le médecin retira les agrafes et prit plusieurs radios.

–On ne vous a pas trop mal soigné. Vos côtes se ressoudent normalement et vous pourrez changer vous-même vos pansements.

Il se mit à remplir des formulaires.

–Une semaine d'indisponibilité suffira, dit Vargas.

Le médecin leva la tête.

–Vous avez eu un terrible accident de voiture dans l'exercice de vos fonctions. Je vous mets en congé de maladie pour trois mois.

–Trois mois ! Vous venez de me dire que mes côtes...

–Monsieur Vargas, à votre avis qui est le médecin dans cette pièce ?

–Je suppose que c'est vous, conclut Hugo pensivement.

56

Vargas se frayait un passage au milieu de la circulation de cette fin d'après-midi, se dirigeant vers l'entrée principale de l'Universidad Nacional Autónoma de México.

Attendant que le feu ne passe au vert, il jeta un regard au dossier posé sur le siège passager. Il contenait des éléments de l'enquête sur les quatre meurtres de la California Power Utilities, et ce que Marcia Connelly lui avait remis : la fiche de Gary Thomson, la cassette audio où ce dernier amorçait sa tentative de chantage, l'article sur cette famille retrouvée dans le désert près d'El Paso, et une copie du rapport d'autopsie de Rosalyn Cruz.

Le feu changea de couleur. Hugo redémarra. Il franchit les grilles du parc jusqu'à l'extrémité sud-ouest du campus, naviguant au milieu des rues et des courbes étroites qui encerclaient un chapelet de bâtiments décorés de fresques d'inspiration aztèque.

Vargas se gara sur un emplacement marqué « Administration », et prit l'enveloppe.

« J'espère que tu en tireras quelque chose », marmonna-t-il en descendant de la BMW.

*

Jorge Rios avait grossi. Le psychiatre portait une blouse blanche avec à hauteur d'épaule une pièce rapportée et cousue. Il ressemblait à un ornithologue spécialisé dans l'étude des oiseaux de proie.

–Bonsoir Jorge, dit Hugo en refermant la porte.

Rios se retourna, baissa la tête par-dessus ses lunettes et reconnut l'intrus. Il indiqua d'un geste le fauteuil réservé à ses visiteurs.

Les murs de son bureau étaient couverts de rayonnages. Deux fenêtres ouvraient sur le parc du campus, éclairant une longue table où s'alignaient des dossiers. Tous portaient un nom de code. Dans un coin de la pièce, des clubs de golf s'échappaient d'un sac.

–Vous avez l'air de plus en plus terrible à chacune de nos rencontres, dit Rios. La justice en marche.

Il s'assit, recula sa chaise et posa ses pieds sur le bureau. Il était chaussé d'une paire de Docksides au cuir fatigué.

Il fixait l'enveloppe qu'Hugo tenait à la main.

–Je suppose que ce que vous m'apportez n'a rien à voir avec une semaine de vacances tous frais payés dans un club de golf de mon choix.

–Pas vraiment.

Il eut un sourire.

–Encore un ?

–Quatre, à Los Angeles.

Hugo ouvrit l'enveloppe et lui tendit un jeu d'épreuves. Rios examina les clichés pendant dizaine de minutes, puis il repoussa sa chaise, ouvrit un tiroir et prit une boîte d'épingles à tête plastique. Il fixa les photographies sur un panneau en liège et retourna à son bureau.

–Racontez-moi, dit-il, prenant un bloc et un stylo.

Quand Vargas termina de parler, Rios alla se chauffer une tasse de thé dans un four à micro-ondes.

–Est-ce que le FBI a travaillé sur le profil ?

–Pas à ma connaissance. La police de Los Angeles avait déjà un coupable. Voilà la copie de l'acte d'accusation.

Rios hocha la tête et parcourut rapidement le document.

–À l'évidence, vous n'êtes pas d'accord avec les conclusions de vos collègues américains concernant cet Orlando Cruz, sinon vous ne seriez pas là.

–Exact, dit Hugo.

Il marqua un temps d'arrêt.

–Vous vous souvenez du cas Guzman ?

–Très bien, sauf qu'à mon avis vous n'aviez pas le bon coupable, répondit le psychiatre.

Hugo alluma une cigarette, l'air songeur.

–Je voudrais savoir ce que vous en pensez : Los Angeles et la petite au domicile de Guzman, c'est le même homme ?

Rios le fixait, imperturbable. Il se décida à défaire la sangle d'un épais dossier cartonné. Debout au milieu de la pièce, il regarda tour à tour les photos épinglées au panneau et les clichés sortis du dossier.

Il ôta ses lunettes.

–Ça y ressemble, mais ce n'est pas le même homme.

–Pourquoi ?

–Un détail capital. Souvenez-vous ! Dans le garage de Guzman, le corps de la petite se trouvait dissimulé entre le mur du garage et la voiture. Les victimes de Los Angeles, elles, sont exposées en trophées. Ce type veut laisser croire que le tueur de Mexico a récidivé, et donc que la police s'est trompée avec Guzman.

–Laisser croire à qui ?

–À vous, à tous ceux qui ont été mêlés à l'affaire.

–Pourquoi essaye t'il de faire porter le chapeau à un autre ? demanda Vargas

–Je ne sais pas. Cependant...

–Cependant quoi, Rios ?

–Si je me souviens bien, vous n'avez jamais divulgué, même après la mort de Guzman, la nature des images laissées au domicile des victimes.

–Jamais !

–Le principal trait commun entre les deux séries de crimes semble être la *Santa Muerte*.

–Le détective étranglé dans le motel et la femme de Cruz poignardée : comment les classez-vous ?

–Des ruses destinées à remettre la meute sur la piste qu'il a préparée.

Rios se gratta le cuir chevelu.

–Mon sentiment est que cette mise en scène dépasse le cadre de ce que vous avez perçu, à savoir faire accuser Cruz de crimes odieux qu'il n'a pas commis. Au-delà, la scène révèle que le tueur de Los Angeles est un boucher, un monstre pour qui la vie humaine ne compte pas. Il n'en est pas à son coup d'essai. Il ne laisse aucune trace, ne perd pas son sang-froid et la part d'improvisation est inexistante. C'est un professionnel du meurtre ; une caractéristique qu'il partage avec votre tueur de Mexico. Ils sont différents, et dans le même temps ils se ressemblent. Même violence, même absence de pitié, même professionnalisme. Et même message, la *Santa Muerte.*

–Deux types sortis d'un même moule ?

–Ou de la même école. Le meurtre, le sang, le viol et la mutilation des victimes, ils ont grandi dedans. Ce sont des psychopathes...

Rios parut chercher la comparaison qui convenait.

–... de métier.

Vargas se redressa.

–Votre profil sur le tueur de Mexico parlait d'un homme normal, d'un type qui aurait pu être assis parmi nous sans éveiller le moindre soupçon. Comment intégrer ça à l'image d'un tueur professionnel, d'un psychopathe de métier ?

–Rien de plus facile. Un soldat sur le front apprend à tuer. Certains, une minorité grâce à Dieu, y prennent goût. Vous êtes bien placé pour savoir que des policiers et des militaires ont été arrêtés pour meurtre. Ces gens chargés de défendre la loi sont devenus des psychopathes dans leur métier. Vous ne semblez pas convaincu, Hugo ?

Vargas soupira.

–Un peu tiré par les cheveux.

–Absolument pas, rétorqua le psychiatre. Comparez ça au paludisme. Vous l'attrapez, mais dans certains cas, malgré le traitement, le parasite ne disparaît pas. Les crises surviennent sporadiquement. Ces types ont été infectés par un parasite d'une autre nature.

–Si je suis votre raisonnement, la mort de Cruz ne va pas calmer le tueur de Los Angeles.

–Je ne crois pas. Dans le futur, il fera disparaître les corps pour éviter un rapprochement.

Vargas se leva.

–Je voudrais que vous examiniez cette photo de la statue de la *Santa Muerte*, dit-il, posant le doigt sur une des épreuves épinglées au tableau.

*

La nuit tombait. Hugo s'était assoupi. Rios le secoua.

–Venez voir, dit-il.

Vargas prit la loupe qu'il lui tendait.

On y vient. Je ne me suis pas trompé, pensa-t-il.

Rios indiquait le lacis de coulures qui avait déclenché chez Hugo une association d'idées au Santa Monica Motel.

Les victimes expiraient dans d'atroces souffrances, tandis que le bourreau d'une main tremblante d'excitation signait son œuvre.

–C'est une marque noyée dans un barbouillage de sang, dit Rios.

–Une signature ?

–En quelque sorte.

–Vous pensez qu'elle était destinée à Cruz ?

–Bonne question, Vargas.

Rios plaça un demi-cercle en métal blanc avec un trou factice surmonté d'un drapeau, prit un club de golf et des balles, et s'essaya à quelques putts.

Il parlait à voix basse, comme s'il avait craint de réveiller un démon endormi.

-Cette créature n'a qu'une apparence humaine. Son cerveau utilise des connexions qui nous sont inconnues. Rien ne l'impressionne. Il a des bases scientifiques et une bonne connaissance des enquêtes policières. Il n'est jamais que lui-même, aucune voix ne l'appelle à la raison. Il est convivial, et en même temps secret. Il a franchi une étape difficile, celle de commettre des crimes en faisant accuser un autre homme. Ces meurtres ne constituent pas une première, c'est dans le passé de Cruz que vous trouverez vos réponses.

-Dans le passé de Cruz !

Hugo se voyait mal reprendre contact avec le district attorney Patterson et lui demander de réexaminer l'affaire. Quant au dossier Montoya, chercher à savoir si on l'avait détruit équivalait à un suicide professionnel. Medina ne le raterait pas.

Rios regardait par la fenêtre.

-Cette marque, cette signature, vous l'avez identifiée ? demanda Vargas.

-Les Américains ont leur coupable : Orlando Cruz. En quoi êtes-vous concerné, Hugo ? répliqua le psychiatre.

Déconcerté, Vargas demeura silencieux. Rios se retourna.

-Vous n'avez pas répondu à ma question. En quoi êtes-vous concerné ?

Hugo le regarda dans les yeux.

-En premier, vous m'avez dit qu'il n'allait pas s'arrêter.

-Et en second ?

-En second, j'essaye de retrouver ce que j'ai perdu il y a treize ans.

Rios prit sa loupe. Il examina le cliché de la statue, remuant les lèvres.

Vingt minutes plus tard, il se tourna vers Vargas.

–Cette signature ne s'adresse pas à la police mais à un initié. Je ne peux donc que spéculer sur sa véritable signification. Ne prenez pas ça pour argent comptant.

Rios posa sa loupe, écrivit sur son bloc, déchira la page et la tendit à Vargas qui lut :

El Garrobo[1]

Hugo remercia Rios, récupéra ses photos et son dossier et se dirigea vers la porte.

Il n'avait rien dit au psychiatre de l'écho que le massacre de la California Power Utilities avait provoqué en lui. Il voulait que Rios lui donne un avis sans interférences, mais Rios n'avait rien dit.

Il tourna la poignée de la porte.

–Vargas !

Hugo se retourna.

–Pour moi, ce sont des narcotrafiquants.

Vargas avait la confirmation qu'il était venu chercher.

*

Cette nuit-là, Hugo dîna d'une soupe de légumes. Il se versa un verre de vin et s'installa dans le divan. De l'appartement voisin s'échappaient des bouffées de décibels. Teresa donnait une soirée en l'honneur d'un nouveau boy-friend.

Impossible d'avancer en terrain découvert dans l'affaire Montoya ; il lui fallait une taupe capable d'obtenir des informations. Un flic discret, efficace, qui ne le balancerait pas pour obtenir de l'avancement.

Medina réorganisait les services, les ambitions s'aiguisaient. Il fallait se montrer prudent.

Vargas étira ses muscles engourdis. La pièce était dans l'obscurité. Dehors montait la clarté des lampadaires. Il se leva, appuya son front contre la

---

[1] L'iguane

vitre, sans savoir ce qu'il espérait découvrir à l'extérieur.

Il réfléchissait à cette succession d'événements qui avaient changé sa vie. Jusqu'à cette fameuse nuit, où il avait abandonné la neutralité de la loi.

Vargas était un rouage de l'autorité établie. Avoir tué Montoya le mettait en quelque sorte à l'abri de sa conscience ; il avait coupé le lien moral qui le reliait à sa profession.

El Garrobo cherchait à se venger de Montoya, Hugo l'avait coiffé au poteau.

57

Dans le sous-sol de sa villa, étendu dans le noir, El Garrobo revoyait les bandes vidéo qu'il avait tournées à la California Power Utilities.

Il avait retrouvé Montoya par hasard, au cours d'une réception. Montoya ne l'avait pas reconnu, mais lui l'avait identifié au premier regard.

Montoya tirait son pouvoir de la cruauté, de la terreur et du sang, mais le prédateur était mort. Montoya était un type fini, un animal domestique. Ça se lisait dans ses yeux. Son heure avait sonné.

El Garrobo avait réfléchi. Il ferait d'une pierre deux coups. Lui aussi tirait sa force de la soumission, de la souffrance, du meurtre.

C'était simple de les attirer. Elles étaient jeunes, sans imagination. À la California Power Utilities, il les avait défoncées une à une sous le regard de la *Santisima Muerte*.

La mort, le sang : ses compagnons de toujours.

Mi droga... Mi fuerza... Mi poder

Gary Thomson lui fournissait des victimes. Il l'avait fait venir à Los Angeles. Thomson avait toujours besoin de fric pour se payer de jeunes mecs. Ce maricon[1] s'était amusé à faire chanter Cruz, El Garrobo s'en était débarrassé le moment voulu.

Peu à peu, les images à l'écran s'effacèrent et il entra dans un état second. Sa vision le transportait dans un sanctuaire où il ne conservait que quelques souvenirs. Les nuages étaient bleus, le désert ocre, et

---

[1] pédé

le sable portait des traces. Certaines fraîches, d'autres anciennes.

El Garrobo les suivait.

Il reconnut celles d'Hermano Comba, un tueur qui se faisait appeler Los Virtuoso, le vertueux.

Il vit aussi les traces du chiot au poil noir que Comba lui avait donné. « Occupe-t'en comme je m'occupe de toi, disait Comba, lui aussi a besoin d'un ami. »

Quelques semaines plus tard, au début du printemps, alors qu'El Garrobo s'amusait avec son chien à poursuivre de grosses libellules aux ailes jaunes, Los Virtuoso s'était approché d'eux. Ramassant une pierre, il la lui avait tendue en désignant l'animal.

« Tue-le ou c'est moi qui te tue ! »

Comba était fort, et lui n'avait que onze ans. Il avait obéi. Cinq ans plus tard, dans le désert, El Garrobo avait éclaté à coups de pierre le crâne de Comba. Il n'avait plus jamais tué un animal après le chien.

Dans le sanctuaire, les traces de Comba disparurent.

El Perro, l'éboulis en forme de tête de chien apparut. El Garrobo s'assit près d'une flaque de sang. C'est là qu'on avait trouvé le corps meurtri et ensanglanté de Valeria.

Toutes ces années, El Garrobo avait écrit sur le sable : venganza.

Maintenant, il écrivait : lo hice (je l'ai fait).

Manuel Montoya devenu Orlando Cruz pissait dans son froc. Les coups venaient de partout ; les gamines torturées dans ses locaux, Thomson étranglé, sa femme poignardée...

La police avait eu Cruz.

La seule déception d'El Garrobo, c'était de ne pas avoir pu tuer le fis de Cruz et Rosalyn ; le gamin était chez son grand-père, trop dangereux de s'y risquer.

Il avait dû se contenter de Rosalyn, sa mère, la femme de Cruz. Elle se branlait quand il avait entrouvert la porte de sa chambre.

58

À l'heure du déjeuner, Hugo Vargas rencontra Ricardo Ortiz à la Lona Verde, un restaurant de poissons sur Pedro Baranda. Ortiz était déjà installé quand il arriva. Il s'assit sur la chaise libre en face de lui.

Ortiz aurait paru plus jeune sans une moustache jaunie de nicotine et une chevelure clairsemée. La montre bon marché, le costume de confection, le fait de ne jamais manger dans les restaurants au-dessus de ses moyens conféraient à Ortiz une réputation de flic honnête.

Ils commandèrent des filets de poisson al ajillo. Ortiz noya les siens de sauce piquante, et avala coup sur coup plusieurs verres de vin blanc pour noyer l'incendie qu'il avait allumé dans son palais. Il fit signe au garçon et commanda une nouvelle bouteille.

Ortiz était un Federale affecté à la lutte contre les cartels. Hugo arrivait les mains vides. Ortiz exigerait une contrepartie, mais Vargas était sûr de pouvoir compter sur sa discrétion.

–Quelque chose d'important pour que tu te sois dérangé en personne, dit Ortiz.

Hugo s'abstint de commenter. Quand il estima l'estomac d'Ortiz rempli, il lui demanda avec une sympathie complice.

–J'ai besoin de ton aide.

–Pourquoi moi ?

Il était méfiant.

–Je t'écoute, Vargas.

–J'ai besoin d'informations sur un réseau.

–Envoie-moi le dossier, je m'en occuperai.

–Il me faut quelqu'un de discret, capable d'aller en profondeur et fouiller dans les archives sans se faire remarquer.

–Arrête tes conneries, Vargas, explosa Ortiz, qu'est-ce que tu crois que nous foutons dans mon service? Bouffer de la pizza et parler football!

–Je pense que le groupe a un informateur dans la police. Je ne veux pas qu'ils soient prévenus.

–La police, hein? Quel service?

–Le mien, le tien, je n'en sais rien.

Ortiz acquiesça. Les arrestations de flics véreux faisaient la une des quotidiens.

– Tu sais qui c'est ?

–Je n'ai pas assez d'éléments. Mais c'est secondaire. Il s'agit d'un réseau de narcotrafiquants.

–Tu t'occupes de narcos maintenant?

Ortiz dissimulait mal sa surprise.

–Non. Mais mon enquête recoupe la piste d'un cartel. Tu as quelqu'un, Ricardo?

Ortiz se versa un verre de vin

–Ça dépend.

Vargas le toisa avec l'assurance du flic habitué à voir un ami exaucer ses demandes.

–Alors?

Ortiz but son verre à petites gorgées. Il prenait son temps.

–Elle s'appelle Moira Cardenas.

–Qu'est-ce qu'elle fait?

–On a des antennes camouflées pour éparpiller les risques. Elle s'occupe de l'une d'elles.

–Qu'est-ce que tu sais sur cette Cardenas?

–Doctorat en informatique. Un emploi fixe de chef de rayon dans un grand magasin comme couverture. Célibataire, parents décédés.

–Pourquoi elle ?

–Tu verras pourquoi.

Vargas se demanda si Ortiz n'était pas en train de lui refiler un canard boiteux. Impossible de le savoir avant d'avoir testé Cardenas.

Ortiz termina la bouteille de vin et commanda un cognac qu'il avala d'un trait. Il consulta sa montre.

–Pas le temps d'en boire un autre.

Il se leva et enfila sa veste.

–Je lui fais passer un message dans l'après-midi.

Il restait planté le long de la table, un bras ballant le long du corps, l'autre tapotant le nœud de sa cravate.

–À charge de revanche, Vargas. Si tu tombes sur un truc intéressant, c'est pour moi.

Hugo acquiesça.

*

À peine rentré chez lui, Hugo consulta les messages sur son répondeur. Trois de son bureau, et un de ses parents qui vivaient à sept cents kilomètres de Mexico. Ils habitaient Monterey, au pied de la Sierra Madre.

Quelques secondes plus tard, Hugo avait sa mère en ligne.

–Vous avez reçu mes cartes de Los Angeles ?

–Oui. Quand es-tu rentré ?

–Il n'y a pas longtemps

–Pourquoi tu ne viens pas nous voir ce week-end. La météo prévoit du soleil.

–Je ne peux pas, maman. Je suis vraiment désolé.

–Tu travailles toujours autant ? Ton père dit qu'il n'a jamais vu quelqu'un travailler autant que toi. Tu viendras quand ?

–Je ne sais pas encore. Papa est là ?

–Non. Il fait sa promenade. Le docteur dit que c'est indispensable.

–Comment va-t-il ?

–Beaucoup mieux. Il est au régime et ne fume plus. Il a très envie de te voir. Enfin, j'espère que tu pourras venir.

Il y eut un silence, et Hugo se rendit compte que sa mère était sur le point de pleurer.

–Je viendrai, maman. Je te le promets.

–Hugo ?

–Oui, maman.

–Nourris-toi d'autre chose que de cigarettes et de cafés

59

Hugo imaginait Cardenas comme une femme de taille moyenne à l'air revêche, une quarantaine d'années, des cheveux bruns, un regard dur derrière des lunettes à grosse monture.

Le physique d'une federale camouflée en chef de rayon ! Il ne se trompait pas.

–Moira Cardenas ? Je suis Hugo Vargas.

–Entrez, je vous en prie.

Une salle. Des chaises et des tables basses réparties çà et là. Un comptoir, des tabourets.

–C'est l'ancien restaurant de mes parents, dit Cardenas, remarquant le coup d'œil surpris de Vargas.

Il s'installa sur un tabouret. Cardenas déposa deux verres de tequila, une soucoupe avec une petite salière et des tranches de citron vert.

–Qu'est-ce que je peux faire pour vous, Vargas ?

Hugo prit un air grave, protocolaire, attendant de la jauger avant de satisfaire complètement sa curiosité.

Il sortit son badge, sa carte du ministère de l'Intérieur et les posa sur le comptoir de chêne poli.

–Je sais qui vous êtes et à quoi vous ressemblez. J'ai vérifié, dit-elle d'un ton amusé.

Vargas hocha la tête. Un bon début, pensa-t-il. Elle est prudente.

–Vous êtes en vacances, non ? ajouta Cardenas.

–C'est à peu près ça.

–Pourquoi désirez-vous me voir ?

–Vous me plaisez.

Cardenas se contenta d'une grimace. Hugo la regarda, pensif.

–Vous n'êtes pas irrésistible, bien que...

Cardenas restait bouche bée, complètement perdue.

–C'est ce que vous faites qui me plaît, dit Hugo en éclatant de rire. J'ai besoin d'informations sur un cartel, sur un ou deux hommes en particulier.

Il avait prononcé sa dernière phrase avec plus de sérieux. Cardenas siffla son verre. Elle l'observait, vaguement déconcertée.

Vargas se décida.

–Je ne peux pas agir officiellement. Il s'agit d'une affaire dont je ne suis plus censé m'occuper et j'ai besoin que vous m'aidiez. Ça peut vous coûter votre place s'ils établissent un lien entre nous. À vous de décider.

Valeria soupira.

–Ce que je ne comprends pas, c'est pourquoi vous faites appel à moi ?

–Ortiz m'a donné votre nom et j'ai confiance en lui.

Vargas leva la tête

–Vous avez quelque chose sur le feu ? Ça sent le poulet frit.

Elle sursauta, regarda sa montre. Hugo descendit de son tabouret.

–Réfléchissez. Je reviendrai demain.

–Restez dîner. Nous parlerons. J'ai déjà décidé.

*

Dissimulé par un panneau pivotant, le « cirque », comme l'appelait Cardenas, ressemblait plus à l'habitacle d'une navette spatiale qu'à une piste pour clowns.

Une batterie de computers Dell, des scanners, des streamers, des imprimantes, et un système perfectionné d'écoutes étaient disposés sur une plate-forme en demi-lune.

Un pan de mur était occupé par une console d'enregistrement numérique.

Le coin-cuisine avec sa machine à expresso fut la première cible d'Hugo. Il prépara deux cafés, trouva un cendrier, prit ses cigarettes et vint s'installer à côté de Cardenas, sur l'une des deux chaises à dos inclinable.

–Bien, soupira t'elle. Il me faut un point de départ.

Hugo hocha la tête. Il ouvrit l'enveloppe qu'il avait apportée, et étala les clichés pris par la police de Los Angeles à la California Power Utilities.

Cardenas les examina un à un sans manifester la moindre émotion.

–Tu as autre chose ? demanda-t-elle en levant les yeux.

Il lui tendit l'article de journal trouvé dans la roulotte de Martha Rodriguez.

Le cartel des narcotrafiquants de Juarez était dirigé de 1985 à 1994 par Amado Carrillo.

Dirigée par Luis Fratello, la Linea, un gang des rues affilié au cartel, était responsable des exécutions. Connus pour leur férocité, les membres de la Linea décapitaient et mutilaient leurs rivaux, jetant leurs cadavres sur la place publique pour distiller la peur parmi la population et les forces de police. La Linea se livrait aussi à des meurtres « sacrificiels » dédiés à la *Santa Muerte* pour triompher des ennemis du cartel, terroriser la population et les forces de police

*

–Tu as quoi sur les meurtres de la Linea qu'on pourrait recouper avec ce massacre à Los Angeles ? demanda Hugo.

Cardenas prit son temps pour réfléchir avant de commencer à pianoter sur son clavier.

–J'accède au fichier central, dit-elle. Il y a quelque chose sur Luis Fratello qui pourrait se rapprocher de ce que tu m'as montré.

–Des photos?

–Non, un enregistrement vidéo que la DEA a reçu. Ils nous ont envoyé une copie.

–Comment se fait-il que tu t'en souviennes?

–Difficile d'oublier. Tu verras.

Tout en parlant, Cardenas continuait de taper sur son clavier.

–Au début des années 90, pour stopper les cartels mexicains, les renvoyer blanchir leur argent ailleurs qu'aux États-Unis, les Américains ont lancé l'opération Scarecrow. Remonter les filières des sociétés-écrans, c'était coûteux et inefficace, mais battre l'ennemi à son propre jeu, mettre la main sur son argent, c'était frapper là où ça faisait mal. En quelques secondes, plusieurs milliards de dollars pouvaient tomber dans les caisses de l'État fédéral. C'est l'un des avantages de la monnaie électronique. On la transfère avec un clic de souris. Il fallait faire pression sur les banquiers mouillés avec les cartels, obtenir numéros de compte et mots de passe. En échange, le gouvernement américain leur offrait l'immunité et une nouvelle existence. Amado Carillo, le chef du cartel de Ciudad Juarez, a dû entendre parler de la manœuvre, et il a chargé la Linea de faire un exemple pour que les Américains se calment.

Sur l'écran de l'ordinateur, un téléchargement s'amorçait. Trois minutes plus tard, Vargas visionnait la vidéo.

–Il n'y a pas de son, précisa Cardenas.

L'écran d'une caméra vidéo.

Un salon. Des paquets-cadeaux disposés sur le tapis. Des ballons en forme d'animaux sont collés au plafond. Une fillette s'apprête à souffler les six bougies d'un gâteau d'anniversaire. Sur le gâteau, on lit : « Happy Birthday Melissa ». À côté de la fillette, une femme.

> –La famille, c'est celle de John Bruner, l'un des vice-présidents de la Frost National, une banque de San Antonio soupçonnée de blanchiment. C'est Bruner qui filme, précisa Cardenas.

L'écran d'une seconde caméra vidéo.

L'extérieur de la maison. Une silhouette devant la porte d'entrée.

Première caméra vidéo.

La fillette souffle les bougies. La femme applaudit. La fillette se précipite pour ouvrir la porte d'entrée.

Seconde caméra vidéo

L'extérieur de la maison. La porte s'ouvre et le visage de la fillette apparaît. Elle sourit. La silhouette avance. Elle pose une main gantée sur la tête de la fillette. Quelque chose brille dans son autre main. Un geste. La fillette s'écroule, la gorge tranchée. Deux ou trois gouttes de sang éclaboussent l'objectif. Le tueur est dans le salon. Bruner est figé sur place. Sa femme pousse un cri. Le tueur frappe encore. Le banquier s'affaisse, une main sur sa gorge. Un flot de sang gicle à travers ses doigts. La femme cherche à s'enfuir, trébuche, s'écroule. Le tueur lui saisit les cheveux, la remet debout. Il plonge sa lame ensanglantée dans le ventre de la femme. Il cisaille horizontalement, puis retire sa lame dans un mouvement circulaire. Par la plaie béante, une masse jaunâtre s'échappe. La femme est au sol. Ses jambes se raidissent. Un spasme.

Le tueur prend un morceau de gâteau, l'offre à l'homme qui filme.

Dernière image : une paire de sneakers noirs à motifs fluo tachés de sang.

Dans l'estomac de Vargas, le café avait la consistance du plomb.

> –Comment sait-on que c'est Luis Fratello ? demanda-t-il.

–Il dirigeait la Linea, et tous ses tueurs portaient des sneakers noirs à bande fluo. Quand ils entraient quelque part, les gens savaient à qui ils avaient affaire.

Vargas réfléchissait. Il essayait d'assembler des éléments disparates pour former une hypothèse de travail sur laquelle Cardenas et lui pourraient travailler.

–À quoi penses-tu ?

–À un type qui s'est livré à ce genre de tuerie à Mexico il y a treize ans, répondit Vargas.

–Il y a treize ans je sortais de l'université. Les narcotrafiquants n'étaient pas ma tasse de thé. Ce type ressemblait à quoi ? Nous l'avons peut-être dans nos fichiers.

–Non. Son dossier était vierge. C'était un financier marié à la fille du principal actionnaire de la Bancomer, un type éduqué qui n'avait rien d'un soldado. Le profil établi par le psychiatre à l'époque parlait d'un psychopathe de métier, d'un type qui avait grandi dans le meurtre, la terreur et le sang.

–Tu te demandes comment un tueur a pu quitter la cave et se retrouver au penthouse ?

–Oui, dit Vargas. Ce n'est pas son habileté à découper les gens qui a fait de lui le gendre du propriétaire de la plus grosse banque mexicaine.

–Peut-être était-il plus intelligent que les autres et le cartel a vu en lui une carte à jouer. Ils ont placé un type à eux dans le système.

–L'idée qu'il blanchissait l'argent d'un cartel ne m'avait pas effleuré à l'époque. Maintenant, si.

–C'est lui qui a massacré les quatre filles de Los Angeles ? demanda Cardenas.

–Non, mais le type de Los Angeles laissait lui aussi des images de la Santa Muerte chez ses victimes, comme le gars de Mexico.

–La *Santa Muerte* était la vierge d'Amado Carillo. Tes deux assassins appartenaient peut-être à son cartel.

–Peut-être, admit Vargas.

–Le type de Los Angeles a le même profil que celui de Mexico?

Vargas hocha la tête.

–Alors, on peut penser qu'il a lui aussi été placé par le cartel. Et si c'est le cas, il est toujours en relation avec eux, dit Cardenas.

–Comment intercepter une de leurs communications? Ils ont évolué. Plus de portables parce que la DEA est à l'écoute, et pas de courrier. Ils n'ont confiance dans personne. Mais tu sais déjà ça.

–Les jeux?

–Les jeux. Il y en a des milliers sur Internet, Vargas. Les Américains pensent qu'ils utilisent des jeux de stratégie dans lequel chacun des internautes choisit un rôle[1]. Je ne peux pas t'en dire plus parce qu'ils ne nous transmettent rien.

Vargas alluma une cigarette. À sa connaissance, aucun service n'avait encore coincé des narcotrafiquants en explorant cette voie. D'un autre côté, ce n'était pas le genre d'information qu'on diffusait, surtout au sein de la police mexicaine où la corruption prenait des allures de gangrène. Le succès de ce genre d'opérations exigeait le secret absolu. Il comprenait le silence des Américains.

Cardenas était songeuse.

–Les amateurs qui tombent par hasard sur un de ces jeux ne vont pas plus loin. Pour eux, c'est une destination parmi des dizaines de milliers d'autres qui existent sur le Net, et pour eux le jeu n'a qu'un seul niveau. Flics, gangsters, victimes, un peu moins graphique qu'une minisérie à la télé. Les flics donnent des

---

[1] Authentique

indications, les amoureux vengent leurs petites amies. Rien de suspect. Les jeux qu'utilisent les narcos comportent des écrans impossibles à percer. Des trappes d'accès conduisent à une autre dimension, un niveau supérieur où les informations s'échangent : chargements, paiements, exécutions, etc. Ils ne possèdent pas d'ordinateur, ils vont dans des cyber cafés et téléchargent un logiciel qui masque les détails des connexions.

Cardenas se leva, se passa un peu d'eau sur le visage et resta accoudée au mur.

–Ne t'attends pas à un miracle, Vargas. Si ton type de Los Angeles et ses copains du cartel utilisent un jeu pour échanger des informations, le mieux que je puisse faire, c'est d'essayer de l'isoler. On n'ira pas plus loin. Je ne peux pas percer les écrans de sécurité, je n'ai qu'un gusano.

Elle retourna à la console.

–Le gusano, c'est un virus ? demanda Hugo.

–Non. Les virus sont des programmes destinés à détruire des systèmes. Le gusano sélectionne et collecte des données. J'ai travaillé dessus quand j'étais au Cal Tech.

–Tu étais au Cal Tech ? demanda Hugo interloqué.

–Quatre années. Mon gusano voyage, recueille ce qui correspond à sa programmation et rentre à la maison.

–Et personne ne le détecte ?

–Peu de chances. Si c'est le cas, il se transforme en robot de moteur de recherche et lance des contre-mesures pour qu'on ne remonte pas jusqu'à moi.

–Et tu collectes quel type d'information ?

–Ce qui est dans des banques de données. Mais le gusano fait autre chose et nous allons nous en servir ce soir. Ton type se trouve dans la région de Los Angeles, ce qui ne veut pas dire que physiquement le serveur qui héberge le jeu se trouve là-bas. Mais pour émettre ou recevoir des informations, il est obligé d'utiliser un réseau de fibres optiques, le T5, qui connecte les villes les plus importantes des USA et le Mexique. Il existe zéro chance pour que ton type et ses amis soient en mesure d'éviter de passer par un relais. On va se poster à chacun de ces relais, et voir si parmi les paquets d'information qui passent, il y en a un qui correspond à nos critères de sélection. Il me faut au minimum une information pour utiliser le gusano. Qu'est-ce que tu as ?

Hugo lui tendit une feuille de carnet.

–El Garrobo ?

–D'après un psychiatre, c'est sa signature. Juste une spéculation.

–On s'en contentera.

Cardenas chargea un programme et se mit à modifier des paramètres. Au bout d'une heure, elle appela.

–Vargas ?

Il battit des paupières. Il s'était endormi.

–Appuie sur la touche « entrée », dit Cardenas.

Hugo s'exécuta.

–Le gusano est parti. On n'a plus qu'à attendre, annonça Moira.

60

La lumière grise qui filtrait dans la pièce le réveilla. Non sans peine, Vargas fixa les yeux sur ce qui l'entourait. Un bar, des chaises, des tables, l'ancienne salle de restaurant des parents de Cardenas.

Il se leva, s'aspergea le visage, pressa une noix de dentifrice sur son index et se frotta les dents.

Moira était devant sa console quand il ouvrit la porte du « cirque ».

–J'allais te secouer. Le gusano est rentré, dit-elle.

Lorsqu'il fut certain de contrôler sa voix, Hugo demanda.

–Les mains vides ?

Moira secoua la tête.

Le jeu s'affichait à l'écran. Le graphisme était d'une netteté parfaite. Ils étaient deux naufragés sur un radeau, poussés par les courants. Ils se rapprochaient de la plage, et Hugo distinguait des silhouettes aux yeux verts à la lisière des éboulis rocheux.

–Une variante de l'Île au Trésor, dit Cardenas.

–Pourquoi le gusano nous a t'il guidés jusqu'à ce jeu ?

–Parce que dans les lignes de code de ce jeu, il a trouvé le mot El Garrobo. Ça ne signifie pas qu'il s'agisse de ton El Garrobo.

–Comment le programme se protège-t-il des intrus ?

–Si nous cherchons les trappes et commençons à les ouvrir sans hésiter, il comprend que nous sommes autorisés à pénétrer. Si nous les cherchons en tâtonnant, les niveaux supérieurs s'effacent automatiquement. À la première erreur.

–Qu'est-ce qu'on fait?

–On joue, mais on ne pourra pas aller plus loin que ce niveau. Je t'ai prévenu.

Sur l'écran, au bord de la grève, la mer s'était retirée. Des squelettes jouaient avec des ossements qui préfiguraient les corps d'autres naufragés. Des oiseaux noir et blanc tournoyaient au-dessus du charnier.

–Nous descendons du canot?

–Oui. C'est ce que ferait un joueur. Il prendrait les armes et les provisions et partirait à l'aventure.

Ils descendirent et marchèrent jusqu'à une muraille rocheuse.

Hugo paraissait captivé par ce qui se passait. Soudain, la falaise disparut. Ils se retrouvèrent dans une grotte.

Ils progressaient dans une galerie. Des chauves-souris s'enfuyaient dans un bruissement d'ailes. Leurs pas résonnaient sous la voûte. Bientôt, ils distinguèrent une lueur bleutée. Au milieu du passage, un abysse s'ouvrait, ne laissant qu'un étroit chemin de chaque côté.

–Lequel prenons-nous? demanda Hugo.

Moira réfléchissait. Elle notait sur un carnet une suite de chiffres et de lettres sans signification apparente. Le café était encore dans leurs tasses.

Hugo alluma une cigarette. La fumée était âcre, il l'écrasa aussitôt.

–Aucun des deux. Nous sautons.

Les parois lisses défilèrent devant leurs yeux. Ils atterrirent dans une rivière. Des charognes dérivaient au fil du courant. Une embarcation était amarrée à une saillie rocheuse.

Cardenas examinait attentivement le graphisme, penchant la tête, examinant les parois.

– Qu'est-ce que tu cherches ?

– Ça !

Sur la paroi, un jeu d'ombres prenait l'aspect d'un emblème à tête de mort, celui des pirates. Moira cliqua sur l'emblème. Une nouvelle dimension apparut. Le sol était jonché de cadavres. Des poitrines saillaient des lances, des poignards. Des têtes étaient fichées au bout de piquets.

Soudain, l'un des moribonds se redressa et se transforma en un moine encapuchonné dont la main droite, dressée en l'air, indiquait une direction.

Un autre paysage s'afficha. Sous un ciel bas, ils montaient le long d'un chemin tortueux vers des tours grises d'une église. Sur les vantaux était gravé :

La iglesia de la Santisima Muerte

Cardenas éteignit l'ordinateur.

– Inutile de continuer. Nous n'avons accès qu'au jeu, dit-elle.

Hugo masquait mal sa déception. Il était revenu à son point de départ. Cardenas, elle, ne s'avouait pas vaincue.

– Je vais laisser le gusano en observation. Si des joueurs se connectent, il relèvera leur adresse IP[1]. Celles des narcotrafiquants sont masquées. Ici, je n'ai pas le matériel qu'il faut, mais j'ai un ami au centre de la DEA de Houston qui tracera les vraies adresses et leur localisation. Si j'en ai une à Los Angeles, je t'envoie l'information.

---

[1] Numéro d'identification attribué à chaque ordinateur connecté à un réseau utilisant le protocole Internet

61

Deux jours plus tard, Hugo Vargas au volant d'une voiture de location franchissait la frontière à Ciudad Juarez et entrait dans l'État du Texas. Gary Thomson, le privé miteux qu'on avait retrouvé étranglé dans la chambre d'un motel de Los Angeles, avait travaillé comme enquêteur dans une agence d'El Paso.

En les appelant, Vargas obtint le numéro d'un de ses collègues à la retraite, un certain Robert Harris.

Harris décrocha à la première sonnerie.

–Monsieur Harris, je m'appelle José Hermano et je suis journaliste à La Prensa, un quotidien de Mexico City. C'est Edith Jacobsen qui m'a parlé de vous.

–Qui?

Vargas venait d'inventer le nom.

–Jacobsen, Edith. Elle a utilisé vos services il y a quelques années. Elle se souvient de vous.

–En quoi puis-je vous être utile, monsieur Hermano?

–Je préfère ne pas en parler au téléphone. Quand pourrions-nous nous rencontrer?

Il y eut un silence.

–Ce soir. J'ai un moment.

–Où peut-on se voir?

–À l'Agave Azul, sur Zaragoza Nord.

Vargas regarda sa montre.

–Vers 20 h. Comment se reconnaît-on?

—Ayez L'El Paso News à la main, je vous ferai signe, répondit Harris.

*

Harris avait le visage constellé de taches brunes et semblait souffrir de la chaleur malgré la climatisation qui tournait à fond.

—Je peux voir votre carte de presse ? demanda-t-il à Vargas après que celui-ci se soit installé.

Le garçon apporta la bière que l'ancien enquêteur avait commandée.

—Même chose, dit Vargas.

Harris attendit que le garçon s'éloigne pour examiner la carte qu'Hugo avait posée sur la table. Il hocha la tête, puis savoura une gorgée de sa bière. Du revers de la main, il essuya la mousse sur ses lèvres, et s'enfonça dans la banquette en dévisageant Vargas.

—C'est quoi votre spécialité ?

—Expositions, pièces de théâtre, cinéma… Je m'occupe de la rubrique « sorties ».

Harris paraissait froid.

—Voilà, dit Vargas, j'aimerais savoir si vous vous souvenez d'une série de meurtres dans le coin en 2002-2003.

Harris sembla méditer sur la question.

—Pourquoi en 2003 ?

Vargas lui tendit la coupure de journal que Marcia lui avait remise.

—La Migra a retrouvé cette famille, la gamine était découpée en morceaux.

Harris jeta un coup d'œil à l'article.

—Vous êtes un parent ?

Harris avait dit ça avec méfiance. Hugo avait préparé sa réponse. Il y avait réfléchi dans la voiture en venant au rendez-vous.

—Je suis en train d'écrire un roman policier qui se passe à cette époque. L'action se situe à El Paso et j'ai besoin de matériel authentique. Je n'ai pas beaucoup de temps pour effectuer moi-même les recherches, j'ai pensé que vous pourriez m'aider.

Harris hocha la tête.

–Je peux. Je n'étais pas encore à la retraite en 2003.

Il eut un rire sec, dépourvu d'humour.

–Quel genre de crimes vous intéresse ?

Vargas eut un geste vague.

–Ceux que les lecteurs aiment. Des trucs sanglants, des morts suspectes, des familles qui disparaissent...

Le garçon était revenu avec la bière de Vargas. Il la buvait à petites gorgées en observant Harris. De ses doigts osseux, l'enquêteur se grattait la tempe. Hugo risqua une ouverture plus dangereuse.

–Edith Jacobsen m'a aussi parlé d'un collègue à vous, Gary Thomson...

Harris vida son verre. Son regard parcourut la salle comme s'il était à la recherche d'un visage connu. Quand ses yeux revinrent sur Vargas, il paraissait perplexe.

–C'est drôle que vous me parliez de Thomson.

Pour ne pas montrer son excitation, Vargas appela le garçon et commanda deux autres bières.

–Bon Dieu, cette histoire... c'était peut-être en 2003, ou alors l'année d'après.

Il avait parlé à voix basse comme s'il craignait qu'un autre que Vargas ne soit à l'écoute.

–Vous vous souvenez des détails ?

–Le gars était fou. C'est ce qu'à l'époque on racontait.

–Ça a l'air de vous remuer, rien que d'y repenser, constata Hugo.

–Oui, hein. Les souvenirs...

–On peut commander à manger si vous avez faim et vous me raconterez.

–Bonne idée. Les tacos ne sont pas mauvais ici.

62

−Alors, Harris, parlez-moi de ce meurtre.

−Ces meurtres… deux… je m'en souviens très bien.

L'enquêteur se gratta un sourcil.

−La femme, je ne sais pas ce qu'elle avait fait, mais d'après les flics chargés de l'affaire, ce n'était pas beau à voir. On l'avait ouverte en deux.

Comme la femme du banquier John Bruner étripée par un tueur de la Linea, dans la vidéo que j'ai vue chez Cardenas, pensa Vargas,

−L'assassin a été arrêté ? demanda Hugo.

−C'était le mari. Un type sans problème, serviable, bon voisin. Il a tué sa femme, puis il s'est suicidé en s'ouvrant le ventre.

−Pas d'enfant ?

−Si, une gamine de quatorze ans. Il a dû faire disparaître le corps parce qu'on ne l'a jamais retrouvé.

Vargas termina sa bière, réfléchissant à ce qu'il pouvait tirer de l'information. Il en savait trop peu pour se faire une idée précise. Il fallait creuser, trouver davantage de recoupements.

−On sait pourquoi il les a tuées ?

−Je ne me rappelle pas qu'on ait trouvé une explication, répondit Harris. On a dû faire les recherches habituelles, amants, maîtresses, cartes de crédit, relevés bancaires, détournements. Le bazar. Mais bon, le gars avait pété un plomb, ça arrive. Comme journaliste vous êtes bien placé, non ?

Vargas eut un vague geste.

–Ce sont les seuls crimes dont vous vous rappelez ?

–Ça ne vous suffit pas ?

Hugo hocha la tête.

–Vous vous êtes souvenu de ces meurtres quand je vous ai parlé de Thomson. Pourquoi ?

–Parce qu'un privé de Los Angeles m'a appelé il y a deux ou trois mois. Il se renseignait sur Gary Thomson. Je lui ai dit que Thomson avait quitté l'agence juste après cette affaire. Il disait qu'il en avait marre du Texas et qu'une proposition intéressante l'attendait dans un autre état.

–Le nom de ce privé ?

–Archer, Scott Archer.

L'enquêteur de Marcia Connelly !

–De quoi Thomson s'occupait-il à l'agence ?

–Des personnes disparues. Il y en a un paquet dans le coin.

Vargas se pencha.

–Vous pouvez m'obtenir une copie du dossier du gars qui s'est fait hara-kiri ?

–Faut le demander aux flics, Hermano.

Il toisait Vargas avec la méfiance du type habitué aux embrouilles.

–Je n'aime pas payer les flics, Harris.

Hugo sortit de son portefeuille cinq coupures de cent dollars et les posa devant l'enquêteur.

–Edith Jacobsen m'a dit qu'on pouvait vous faire confiance. Je suis au Camino Real, déposez une enveloppe à la réception.

63

L'affaire n'avait pas généré une masse de documents : transcriptions du rapport des officiers en uniforme arrivés sur les lieux, des détectives de la brigade criminelle, du médecin légiste.

Vargas s'attendait à un dossier plus gros, plus lourd, comme si l'épaisseur reflétait l'importance qu'on donnait aux morts.

Allongé dans sa chambre d'hôtel, il parcourait le rapport des deux policiers en uniforme qui avaient découvert le corps de la femme.

« … La porte de la chambre à coucher était fermée. Le policier Lewis s'est placé sur le côté ; il a saisi le bouton de la porte et l'a tourné jusqu'à ce que le pêne soit complètement dégagé de la gâche. Il y a eu un craquement. Il a poussé la porte et s'est replié pour se mettre à l'abri d'un éventuel assaut.

Lewis a pénétré le premier en balayant de sa torche l'espace devant lui. J'ai trouvé le commutateur et j'ai allumé. La victime, de sexe féminin, reposait sur le ventre. J'ai envoyé aussitôt un appel radio au Q.G et demandé une ambulance. Une traînée sanglante laissait supposer que la victime avait rampé jusqu'au téléphone pour appeler à l'aide. L'appareil était à côté d'elle, hors de son support. En écartant ses cheveux, j'ai constaté que son nez était écrasé, plusieurs dents étaient cassées. Elle avait été poignardée, pratiquement éventrée. La blessure allait du bas-ventre au haut de l'estomac…

Lorsque Vargas alluma une cigarette, sa main tremblait. C'était à quelques détails près la scène du meurtre de Rosalyn Cruz.

Le couple avait une fille de quinze ans, Shioban. Elle avait été portée officiellement disparue après une année de recherches. Les détectives supposaient qu'elle avait été victime de l'accès de folie de son père qui, dans un réflexe de honte, avait fait disparaître le corps. Pourtant, ni ses voisins ni ses collègues ne s'étaient aperçus des perturbations psychologiques que ce type était censé traverser.

Les gens glissaient dans des baignoires, tombaient dans les escaliers, se faisaient écraser en traversant la rue. Par déformation professionnelle, les policiers cherchaient le détail infirmant la thèse de l'accident. Là, l'hypothèse d'une mise en scène n'avait jamais été envisagée. Ou les détectives qui s'occupaient de l'affaire étaient des incapables, ou on les avait payés pour qu'ils regardent dans une autre direction.

Hugo éteignit sa cigarette et reprit le compte-rendu de la perquisition effectuée au domicile des victimes. Il parcourut la liste jusqu'à trouver ce qu'il cherchait :

Dans le placard de la chambre à coucher : 1 fusil à pompe de calibre 12 et une boite contenant 8 cartouches de gros plomb.

Pourquoi le mari n'avait-il pas utilisé cette arme pour tuer sa femme et mettre fin à ses jours ? Pourquoi s'être servi d'un couteau de chasse ?

Et l'étui ? Nulle part, il n'était fait mention de l'étui du couteau.

Le dossier indiquait aussi que le centre d'urgences de la police avait reçu un appel du mari les avertissant qu'il venait de tuer sa femme et qu'il allait se suicider.

À la Guzman !

Vargas enferma le dossier dans le coffre et quitta sa chambre.

Au bar de l'hôtel, devant une Dos Equis, il tenta d'établir des passerelles.

Montoya et El Garrobo se connaissaient. El Garrobo avait un compte à régler avec Montoya, un compte personnel.

L'état des victimes de Mexico City et de Los Angeles pointait vers des tueurs ayant appartenu à la Linea, deux hommes de Luis Fratello, repérés peut-être par le patron du cartel, Amado Carrillo.

Formés pour être « au-dessus de tout soupçon », ils avaient conservé les pulsions meurtrières de leur passé de soldados ; le parasite auquel le psychiatre Jorge Rios avait fait allusion.

Vargas abandonna ses réflexions. Un chasseur appelait son nom.

–On vous demande au téléphone, monsieur Hermano. Vous pouvez prendre la communication au bar, si vous voulez.

Sûrement Harris. Il était le seul à savoir où Vargas était descendu.

Hugo décrocha l'appareil. La standardiste lui passa la communication. Ce n'était pas la voix de Harris.

–Je suis désolé de vous déranger, dit l'homme au téléphone, mais Harris vous a confié des éléments concernant une certaine affaire…

Il s'était tu, attendant que Vargas prenne le relais. Mais ce dernier gardait le silence.

–Je comprends, reprit l'homme. Si ça vous intéresse, j'ai des informations qui ne figurent pas dans le dossier.

–Qui êtes-vous ?

–L'un des détectives chargés à l'époque de l'enquête.

Mal à l'aise, Hugo s'éclaircit la gorge.

–Venez au bar de l'hôtel.

–Ce serait une mauvaise idée, monsieur Hermano. El Paso est une petite ville et je préfère qu'on ne nous voie pas ensemble.

–Je vous retrouve où alors ? demanda Hugo après une seconde d'hésitation.

64

Le tonnerre rugissait depuis que Vargas avait quitté le Camino Real et le paysage prenait des airs d'apocalypse. Des bâtiments obscurs, des entrepôts désaffectés rouillant au milieu des jachères, le chantier d'une usine en construction, une rangée de pavillons aux contours fantomatiques ; un quartier nord où il avait tourné en rond, cherchant son chemin.

Il roulait au pas, tentant de déchiffrer les numéros. Des phares se reflétèrent derrière lui, une camionnette le doubla. Il n'y prêta pas attention.

Vargas se rangea contre le trottoir et coupa le moteur. La maison en bordure d'un bosquet, la dernière de la rue, le 1177 avait précisé le type.

De l'autre côté d'une grille aux barreaux oxydés, parmi les rafales de vent, d'eau et de feuilles arrachées aux arbres, Vargas entrevit une bâtisse lugubre qui semblait échouée là par hasard. Sur la clôture, un écriteau de bois pourri indiquait : A Vendre

Hugo crispa ses mains sur le volant avec la sensation d'un danger impalpable. Les essuie-glaces balayaient le pare-brise, le halo des lampadaires se reflétait sur le bitume. La rue semblait déserte. Vargas s'apprêtait à repartir quand son attention fut attirée par une série d'éclats lumineux en provenance du bosquet.

Un signal ?

Figé, il attendit. Un éclair illumina le bosquet. Une silhouette se montra puis disparut.

Vargas baissa sa vitre. L'eau ruisselait sur son visage. Les nerfs à vif, il fouillait des yeux le bosquet, incapable de voir ce qui s'y tramait.

C'est alors qu'il la vit. Une forme jaillie du néant.

Vargas crut voir les ténèbres se déchirer. L'ombre glissa, des serres le saisirent à la gorge. La portière s'ouvrit, et il fut projeté sur l'asphalte. Une lame le piqua au niveau du sternum, paralysant les muscles de ses bras. Son agresseur le traîna derrière le véhicule. Le faisceau d'une torche l'aveugla. L'homme palpait ses vêtements. Il s'empara de son portefeuille, examina le contenu. Un éclair de métal lacéra sa chemise. La lame d'un poignard se posa sur sa gorge.

Une voix souffla avec un accent mexicain :

– Harris t'a remis un dossier. Où est-il, puto ?

– Écarte ton couteau, réussit à murmurer Hugo. Je te répondrai.

La lame s'écarta d'un centimètre. Un instant, Vargas distingua le visage émacié, les yeux inexpressifs. Un soldado. Un tueur.

– Dans le coffre de ma chambre, dit-il d'une voix étranglée.

Il y eut un frôlement, la lame glissa sur le cou de Vargas. Un revers de main projeta sa tête contre la bordure du trottoir. L'homme le frappa encore, puis Vargas entendit la portière de sa voiture s'ouvrir. L'inconnu le remit debout et le balança à l'intérieur comme un sac.

– Mets-toi au volant, on va le récupérer.

Étourdi, Vargas acquiesça. Il respira profondément, serra les dents, se forçant à compter les battements de son cœur. Sa chemise était déchirée. Il arracha une bande de tissu, l'enroula autour de l'entaille qu'il avait au cou, nouant l'étoffe tant bien que mal en la maintenant avec ses dents.

L'homme s'installa sur le siège passager, referma la portière. Vargas boucla sa ceinture de sécurité et démarra. L'inconnu demeurait silencieux. Hugo ne lui jeta pas un regard.

En approchant du chantier de l'usine en construction, il repéra dans ses phares le tas de sable entrevu un quart d'heure plus tôt.

C'était le moment.

Il accéléra. La voiture fonçait à plus de 80 km/h quand il écrasa la pédale de frein avant de percuter la pyramide de sable.

Son agresseur fut projeté contre le tableau de bord. Se libérant de sa ceinture de sécurité, Vargas l'empoigna par le cou. Il le souleva de son siège, sa main droite fila vers le couteau. Il se saisit du poignet, détourna la lame, repoussa l'homme contre la portière en pesant de tout son poids. Dans un effort démesuré, le soldado dégagea sa main droite et frappa Vargas à la tempe. La manchette ébranla Hugo. Il riposta rageusement par un coup de tête. Un choc sourd. L'arcade sourcilière de son assaillant avait éclatée. Aveuglé par le sang, le type ouvrit la portière et se laissa basculer en arrière. Déséquilibré, Vargas lâcha le bras qui tenait le couteau. Avec la vitesse d'un reptile qui attaque, le tueur frappa de bas en haut. La lame effleura le visage de Vargas, déchira le dossier du siège. Accroché à son arme, l'homme perdit l'équilibre et roula au sol. Vargas enclencha la marche arrière, appuya sur l'accélérateur, priant pour que la voiture se dégage sans caler. Les roues patinèrent, puis le véhicule recula brutalement.

L'œil collé au rétroviseur, Vargas s'éloignait. En débouchant dans une avenue éclairée, il repéra un drugstore ouvert. Il se gara et descendit de voiture.

L'orage se déplaçait. À travers les nuages, des étoiles apparurent. Le son d'une sirène s'éleva puis se perdit dans le lointain.

Vargas sentit la vie revenir comme une bouffée d'oxygène pur. Il s'appuya à la carrosserie, reprenant son souffle.

*

Dans le miroir de la salle de bains, il se trouva une allure de bandido. Il désinfecta sa blessure au cou avec la solution d'eau oxygénée achetée au drugstore, ferma la plaie à l'aide de Séri-Strips, puis la recouvrit d'un pansement cicatrisant imperméable à l'eau.

Sous le jet de la douche, la tête appuyée contre des carreaux aussi blancs qu'un revêtement de morgue, Vargas remercia le ciel. Il s'en était sorti, mais en demandant à Harris de lui fournir la copie d'un dossier, il avait signé l'arrêt de mort de l'enquêteur.

Ce dossier, qui ne contenait rien, était sous surveillance. Gary Thomson avait quitté El Paso après la tuerie, et Gary Thomson était lié à l'affaire Cruz.

Vargas eut l'intuition que derrière ce triple meurtre une ombre se profilait, celle du mystérieux interlocuteur de Thomson dont la voix n'avait pas été enregistrée.

El Garrobo ?

Dans l'affaire Cruz, chaque source d'information était tarie avant d'être utilisable.

À quel niveau le cartel avait-il placé El Garrobo pour protéger implacablement sa couverture ?

Une serviette autour des reins, Hugo alluma une cigarette et s'assit sur son lit.

Il lui fallait quitter El Paso. Il avait laissé son arme au poste frontière, et ceux qui voulaient sa peau ne resteraient pas sur un échec.

Son portable mexicain vibra. Un message.

À l'écran, une adresse.

Rumor Mill café

1834 Barrington Avenue

Los Angeles

Buena suerte[1]

Le gusano de Cardenas avait capturé l'adresse masquée d'un joueur. Les ordinateurs de la DEA avaient fait le reste.

Une piste menant peut-être à El Garrobo se matérialisait.

*

---

[1] Bonne chance

Vargas conduisit en passant son temps à dresser des plans d'action. En raison des orages, d'énormes camions avançaient au ralenti et il avait du mal à garder une vitesse constante sur l'autoroute. Sentant le sommeil le gagner, il s'arrêta pour boire et manger un morceau. Méfiant, il resta la nuque posée sur l'appui-tête, les yeux rougis par la fatigue, à observer qui pénétrait à sa suite dans le parking. Au bout de dix minutes, rassuré, il descendit de voiture.

D'une cabine, il appela Scott Archer, mais le privé était sur répondeur. Vargas laissa un message, l'avertissant d'être sur ses gardes. Il s'installa sur une banquette en face des baies vitrées. Une serveuse au décolleté anémique prit sa commande : café, jus d'orange, et deux œufs sur le plat. Un silence particulier régnait dans la salle. Surveillant du coin de l'œil les clients qui entraient, Hugo termina rapidement son repas, paya et regagna sa voiture.

Dans trois heures, il serait à Dallas. Il laisserait son véhicule à l'aéroport et prendrait le premier vol pour Los Angeles.

65

Après avoir coupé son téléphone portable, Scott Archer éteignit sa lampe de chevet. Dix minutes plus tard, il dormait d'un sommeil sans rêves. Plus bas dans la rue, quatre hommes installés dans une Cherokee attendaient.

L'obèse portait des lunettes de soleil, une veste ornée de galons et des boots en serpent. Nu, avec les bijoux en or 24 carats qu'il n'enlevait jamais, il pesait cent soixante kilos et avait tatoué sur le corps Sureño, le nom du gang auquel il appartenait.

Il termina son hamburger. Le sixième de la journée. Il les préférait avec des cornichons et des tomates, mais sans fromage.

Il regarda à l'intérieur du sachet en papier marron. Il restait un cornet de frites froides. Il n'y toucha pas. Il s'essuya les mains et aspira bruyamment le reste de son coca.

Il était temps. Pas question de déplaire à ses protecteurs.

–Vamonos, ordonna-t-il.

Il enleva ses lunettes. Ses yeux avaient la profondeur de grains de raisin écrasés. La Cherokee démarra et se présenta à l'entrée du parking d'un immeuble. Le conducteur baissa la vitre, tendit le bras, et composa la combinaison à quatre chiffres qui déclenchait l'ouverture de la porte. Ils descendirent au deuxième sous-sol. L'obèse sortit de la voiture s'aidant d'une canne en ébène dont le pommeau d'ivoire représentait un masque aztèque. Debout, il paraissait moins pesant qu'assis.

−N'oublie pas coño, pas de sang ! dit-il à l'homme qui l'accompagnait.

L'autre haussa les épaules.

−Pourquoi ces précautions ?

−Ferme-la et fais ce que je te dis.

Arrivé devant l'appartement, l'un d'eux se servit d'une clé pour ouvrir en silence la porte. Il y avait de la lumière dans la chambre et le bruit régulier d'une respiration. Immobiles, ils attendirent deux minutes avant d'entrer dans la pièce. Pris d'une inspiration, l'obèse s'effondra de tout son poids sur lui.

Archer se débattait. Il étouffait sans comprendre ce qui lui arrivait. Il cherchait à se débarrasser de la masse qui pesait sur son visage et ses épaules, qui l'empêchait de respirer. L'air lui manquait. D'un seul coup, quelque chose se déchira dans sa poitrine et un voile noir remonta jusqu'à sa conscience. Son corps fut agité de soubresauts. Ses jambes se raidirent, s'immobilisèrent, puis se raidirent à nouveau. Juste avant de mourir, il urina.

Le tueur se remit debout. Son cœur battait fort. Il venait d'éprouver une excitation quasi sexuelle. Son compagnon chargea le cadavre sur ses épaules et prit l'ascenseur. L'obèse demeura dans l'appartement, examinant une à une les pièces de ses yeux fureteurs. Il quitta les lieux et ferma la porte à clé derrière lui.

À l'aube, tassé dans une baignoire en fonte récupérée dans un immeuble en ruines et lestée de cent kilos de ciment à prise rapide, Scott Archer s'enfonçait dans les eaux noires du Pacifique.

66

Cela faisait cinq jours qu'Hugo Vargas planquait devant le Rumor Mill café, utilisant le Canon qu'il avait acheté pour prendre en photo les types qui entraient. Les clichés étaient transmis à Cardenas. La police mexicaine et la DEA n'offraient jusqu'à présent aucun recoupement.

À chacune de ses communications avec le cartel, El Garrobo avait la possibilité de choisir un cyber café différent. Le Rumor Mill était une ligne à la mer dans un océan où ne nageait qu'un seul poisson.

Vargas était à l'Holiday Inn, distant de quatre blocs du Rumor Mill. Il ne s'était pas inscrit sous son vrai nom, avait payé en liquide une semaine d'avance, et n'était pas mécontent de disposer d'un escalier extérieur qui pourrait servir en cas de fuite précipitée.

Il se coucha tôt ce soir-là, réfléchissant dans le noir à l'affaire Cruz, à ce qu'il en tirerait s'il l'examinait sous un angle différent. Bientôt, il en eut assez de spéculer dans le vide et il se résigna à dormir.

Au milieu de la nuit, il eut l'impression d'être allongé sur le pont d'un bateau. Il percevait les vibrations du moteur, sans rien entendre. Le silence régnait. La côte avait disparu. Il était seul, une brume fantomatique l'entourait. Il se penchait au-dessus de la lisse pour regarder l'eau glisser contre la coque. D'une certaine manière, elle l'attirait : elle était noire. Soudain, il constatait un changement dans sa couleur : remontant des grands fonds, une tache plus claire se matérialisait.

Le noyé ressemblait à un squelette, mais Vargas savait qui c'était. Il crevait la surface. Un visage calciné, des orbites vides, les dents figées dans un sourire hideux.

Vargas se sentait envahi d'un sentiment qui contrastait avec l'horreur du spectacle.

La nuit où Cruz avait brûlé dans sa Mercedes, rien n'indiquait qu'il s'apprêtait à quitter le pays. Pourquoi prenait-il le risque d'utiliser sa voiture? Cruz était prêt à parler, mais aveuglé par sa haine, Vargas ne l'avait pas écouté. Où allait-il ce soir-là? Retrouver El Garrobo, se venger à son tour?

Comme si Vargas répondait à sa propre question, le cadavre s'enfonçait sous les flots... La trépidation augmentait. Elle semblait provenir de profondeurs de l'océan.

Vargas ouvrit les yeux.

Il n'était pas sur le pont d'un bateau, et durant quelques secondes, il eut l'impression de s'être réveillé dans un de ces vieux motels où pour cinquante cents le lit se mettait à vibrer pour faciliter le sommeil.

Il alluma la lampe de chevet. 3 h.

La trépidation cessa, puis reprit. Les vitres tremblaient dans leur châssis. Les fenêtres, les cadres, le poste de télévision oscillaient. L'immeuble tanguait, prêt à se décrocher, à partir à la dérive, entraîné par un courant d'une force irrésistible.

Un tremblement de terre!

Sans réfléchir, Hugo sauta à bas du lit, enfila ses jeans et ses chaussures, rafla son sac et se précipita dans le couloir. Le sol se balançait sous ses pieds, les murs ondulaient comme s'il souffrait du mal de mer. Il délaissa l'ascenseur et l'escalier principal, fila au fond du couloir. Il ouvrit la porte-coupe-feu, et dévala les onze étages en priant pour que la tour ne lui dégringole pas sur la tête.

Le hall de l'hôtel était vide. Il s'approcha du comptoir. Le veilleur de nuit, qui suivait les évènements sur une télévision miniature, leva les yeux.

    –Qu'est-ce qui passe? demanda Hugo

    –Des secousses dans le désert du Mojave.

Vargas était seul. Aucun autre client n'avait quitté sa chambre.

    –À part moi, personne n'est descendu?

Le veilleur de nuit secoua la tête en souriant.

    - On voit que vous n'êtes pas du coin.

    –Qu'est-ce qu'on est supposé faire dans un cas pareil?

    –Se recoucher. Attendez-vous à quelques contrecoups.

Vargas sortit un tee-shirt de son sac et l'enfila.

    –Je peux prendre l'ascenseur?

    –À votre place, c'est ce que je ferais. À moins que vous n'ayez envie de vous taper onze étages à pied.

    –Je crois que je vais me saouler, dit Vargas, en se dirigeant vers l'ascenseur.

*

Il restait une poignée de glaçons dans le seau. Hugo les utilisa avec trois mini bouteilles de vodka et deux de gin. Il étendit le mélange d'une giclée de soda. Assis sur le bord du lit, il zappait d'une chaîne à l'autre — l'évènement faisait la une de toutes les stations —, écoutant des spécialistes aux yeux crottés de sommeil donner des conseils sur ce qu'il fallait faire ou ne pas faire en cas de séisme.

Ce n'est qu'au bout d'une heure que l'alcool dénoua le nœud qui lui serrait l'estomac. La chambre était glaciale. L'air conditionné tournait à fond. Vargas le coupa et retourna se coucher.

*

Le téléphone sonnait. Hugo ouvrit les yeux. Ce n'était ni l'appareil posé sur la table de nuit ni son portable. La sonnerie provenait de son sac, du « burner » dont il s'était servi pour parler avec

Eduardo Medina lors de son précédent voyage à Los Angeles.

Il se leva, prit l'appareil. La sonnerie s'arrêta. L'écran affichait un numéro de Los Angeles.

Il posa le « burner » sur le lit et fila à la salle de bains. Les sonneries reprirent. À la septième, Vargas revint prendre l'appel.

Une voix de femme à l'accent hispanique lui demanda :

–Vous êtes Vincente Gomez de la compagnie d'assurances Metlife.

Vincente Gomez ? La compagnie d'assurances Metlife ?

Les idées de Vargas s'emmêlaient. Il se souvenait du tremblement de terre, de son rêve, du cadavre de Cruz...

–Vincente Gomez ? répéta la femme.

Vargas mit une dizaine de secondes à se souvenir ; il avait donné ce nom et le numéro du « burner » au gardien de L'île bleue, le parc de caravanes où les chiens l'avaient attaqué.

–Lui-même. Et vous qui êtes-vous ?

–On m'a dit que vous vous occupiez du dossier de Martha Rodriguez.

Le pouls de Vargas se mit à battre à toute vitesse.

Martha Rodriguez !

Quelques semaines plus tôt, Hugo avait appelé Medina en sortant de sa réunion avec le district attorney Patterson et le ministre lui avait donné ce nom.

Martha Rodriguez était supposée détenir des éléments sur le passé de Montoya avant qu'il ne débarque à Mexico pour épouser la fille d'un des banquiers les plus importants du pays.

Vargas jeta un coup d'œil à sa montre 9 h 05

–C'est exact. Vous ne m'avez toujours pas dit qui vous étiez.

–Carmen Escalante.

Hugo ouvrit les rideaux. La luminosité le fit cligner des yeux. La vue n'avait pas changé, ça le rassura. Il nota le nom qu'elle venait de lui donner.

–Qu'est-ce que je peux faire pour vous ce matin, Carmen ? dit Hugo avec une jovialité commerciale.

–On m'a dit que vous aviez un chèque pour Martha ?

–J'en ai un. Comment va-t-elle ?

–Ça peut aller.

–Savez-vous où je peux la joindre ?

Vargas retenait son souffle.

–Martha est au Mexique.

–Vous avez son adresse ?

La femme eut une hésitation.

–Elle m'a chargée de régler ses affaires ici.

À l'autre bout de la ligne, il entendait une respiration haletante.

–Dans ce cas, on peut se rencontrer et en discuter, Carmen.

–Quand ?

Vargas était totalement réveillé. Le téléphone collé à l'oreille, il faisait les cent pas sur la moquette.

–Quand vous voudrez. La compagnie veut classer ce dossier.

–Le chèque, de combien est-il ?

Carmen Escalante avait du mal à conserver son calme.

–Dans l'intérêt de nos clients, la compagnie nous interdit de divulguer ce genre de renseignements au téléphone. Je vous montrerai le chèque quand nous nous verrons.

*

Hugo se brossa les dents, prit une douche et s'habilla. Il appela l'ascenseur et monta au dernier étage prendre son petit-déjeuner.

Les buildings de Century City semblaient irréels, tel un mirage miroitant dans la chaleur. À la télévision, le tremblement de terre avait cédé la une au congrès du parti républicain.

Vargas pensa que ce terremoto, qui atteignait 5,1 sur l'échelle de Richter, avait définitivement secoué les choses.

67

L'adresse donnée par Carmen Escalante se trouvait à East LA. Un poteau placé près de l'entrée de l'immeuble indiquait : Résidence Las Estrellas.

L'immeuble faisait partie d'un complexe commercial, motel, laverie, magasin d'accessoires automobile et restaurant crasseux.

De loin, les appartements avaient l'air plutôt neufs, mais de près on remarquait les signes d'abandon et de délabrement : façades lézardées, peinture des portes écaillée, pelouse en friche. Les voitures rangées dans le parking avaient connu des jours meilleurs.

Vargas gara la sienne et descendit. Un vent sec chargé de relents d'oignon frit soufflait. Hugo repéra un type en tricot de peau appuyé à la portière d'une vieille Chevrolet Cutlass. Mains dans les poches, visage en lame de couteau, allure louche. Vargas décida d'ignorer sa présence, le type était là avant lui.

On ne l'avait pas suivi. En quittant l'Holiday Inn, il avait pris Sunset, et une fois sur Beverly Drive, il était entré dans un parking à deux sorties. Un moyen de s'assurer qu'aucune voiture ne lui collait au train.

Rassuré, il s'était perdu dans la circulation. À West Hollywood, il avait retiré deux mille dollars dans une succursale de sa banque. La somme servirait à payer son hôtel et à encourager Carmen Escalante à lui en dire plus sur Martha Rodriguez.

Il repéra le bâtiment et monta au premier étage. La galerie extérieure desservait cinq appartements.

Il frappa à la dernière porte.

–Quien es ? demanda une voix étouffée.

–Carmen Escalante ?

–Si.

–Vincente Gomez, l'agent de la compagnie d'assurances. Nous avons parlé au téléphone.

La femme qui ouvrit devait avoir une cinquantaine d'années. Elle portait un peignoir à fleurs et des tongs. Elle fit entrer Hugo presque à contrecœur dans une pièce enfumée. Elle traînait la jambe droite, et après avoir coupé le son de la télévision, elle se tourna vers lui.

–De combien est le chèque que vous avez pour Martha ? demanda-t-elle.

–Il faudra d'abord qu'elle me signe des papiers, répondit Vargas.

Carmen Escalante maugréa et lui désigna une chaise branlante avant d'aller s'asseoir dans canapé délabré. Ses cheveux avaient besoin d'une teinture et son vernis à ongles n'était qu'un souvenir.

Elle sortit une cigarette d'un paquet de Marlboro Lights et l'alluma. Sur l'accoudoir, un cendrier débordait de mégots.

–C'est quoi ces papiers ? Des problèmes ?

Vargas jeta un coup d'œil autour de lui et sentit son cœur s'emballer. Contre le mur, une assiette contenait des restes d'une pâtée pour chat ; sur une table, à côté d'un ventilateur qui brassait péniblement l'air de la pièce, il y avait deux cartons de pizza. La toile d'un vieux fauteuil portait des marques de griffes.

Hugo secoua la tête.

–Non, aucune raison de vous inquiéter, Carmen.

–Le chèque, il est de combien ?

Carmen Escalante tira longuement sur sa cigarette. Son visage s'était durci.

Vargas se pencha et la regarda droit dans les yeux.

–Je m'appelle Hermano. Je suis journaliste à La Prensa et vous êtes Martha Rodriguez !

Elle le dévisagea comme si elle était victime d'une mauvaise plaisanterie. À cet instant, une clé tourna dans la porte et l'homme au visage en lame de couteau entra dans la pièce.

Martha Rodriguez, elle, s'était levée d'un bond pour s'écarter du divan. Elle se mit à parler très vite avec le type.

Vargas ne bougeait pas, s'efforçant de garder un sourire confiant. L'homme marcha sur lui. Moustache taillée de manière géométrique, lame dissimulée le long du poignet. Cran d'arrêt ou rasoir. Vargas ne distinguait pas.

Le type l'apostropha. Les mains bien en évidence Vargas se tourna vers Martha.

–Vous n'avez pas à vous inquiéter, je ne suis pas venu vous faire des ennuis. Moi aussi, j'ai été attaqué par le chien qui vous a mordu. Je l'ai tué.

Inutile de préciser qu'il y en avait deux.

Il espérait l'avoir convaincue. Elle le regardait d'un air soupçonneux, et le type n'attendait qu'un mot d'elle.

Hugo leur envoya un signal d'apaisement.

–Si je vous ai trouvée, c'est que les autres aussi peuvent remonter jusqu'à vous. Vous avez besoin d'argent et j'ai besoin d'informations. Il y a une prime.

Au mot « argent », le type se détendit. Il adressa un sourire crispé à Vargas et rangea son arme en gardant la main dans sa poche.

–Quanto ? demanda-t-il.

Vargas hésitait à donner toute la somme qu'il avait retirée. D'un signe de tête, il indiqua à Martha d'avancer un chiffre.

- Combien êtes-vous prêt à payer ? répondit-elle.

Martha Rodriguez était le seul fil conducteur de Vargas. Il se décida.

–Deux mille dollars. J'ai l'argent sur moi. Ça vous va, Martha ?

Ça lui allait.

*

Le type, il s'appelait Ramon, était ressorti pour monter la garde devant la porte. Marié à une cousine de Martha, il était venu du Mexique après qu'elle se soit enfuie de la caravane.

–Pourquoi ne pas avoir quitté Los Angeles après ce qui vous est arrivé ?

Elle haussa les épaules.

–Je n'ai plus rien. J'ai trouvé un emploi de serveuse dans un restaurant. J'attends d'avoir un peu d'argent de côté pour partir. J'ai de la famille au Mexique, mais ce sont des gens pauvres et je ne veux pas être une charge, même pour quelques semaines. Vous voulez un café ?

Elle s'absenta et revint avec deux tasses d'un café aussi noir et visqueux que du pétrole. Les deux mille dollars étaient posés sur le divan. Un chat roux et efflanqué avait fait son apparition. Martha l'avait ramassé dans la rue pour avoir une compagnie.

Penchée au-dessus de la table basse, elle mettait du sucre dans son café.

–Vous avez vraiment tué ce chien ?

–Je n'avais pas le choix.

–Regardez ce qu'il m'a fait.

Elle remonta la manche de son peignoir. On aurait dit qu'un requin lui avait broyé le bras.

–Il m'a aussi mordu à la jambe. Depuis...

Elle haussa les épaules.

–Qu'est-ce que vous voulez savoir ?

Hugo mit en route l'enregistreur de son téléphone portable.

–Racontez-moi comment tout a commencé.

Il surprit son regard vers la liasse de billets.

–Ils sont à vous.

Vargas la sentait tendue. Martha se terrait depuis des mois, et voilà que d'un coup rentrer au Mexique devenait une réalité.

> –J'étais gouvernante au Hyatt, un hôtel près de l'aéroport, dit-elle en soupirant. Il y a trois ans, j'ai perdu mon emploi et j'ai commencé à faire les petites annonces. L'une d'elles promettait cinquante dollars si on répondait à un questionnaire. Ils voulaient des femmes d'origine mexicaine, vivant seule et sans emploi. Je n'avais rien à perdre, j'y suis allée le lendemain. Un immeuble dans la Vallée avec des bureaux à chaque étage. Les leurs étaient au deuxième.

Martha Rodriguez but une gorgée de sa tasse et alluma une cigarette avant de poursuivre.

> –Une douzaine de femmes attendaient dans le couloir. Vers 11 h, ça été mon tour. Un type m'a tendu un formulaire et m'a demandé de le remplir pour toucher mes cinquante dollars.

Martha secouait la tête comme si le souvenir de ces cinquante dollars représentait le tournant fatidique de son existence.

> –« Appelez-moi, Bobby ». C'est ce que le type m'a dit quand je me suis assise. Pendant que j'écrivais, il me posait des questions. Le formulaire rempli, il m'a tendu un billet de cinquante dollars et m'a dit : « Je peux vous aider à payer vos factures et même davantage, si vous êtes prête à travailler pour moi ». Je me suis assise et j'ai hoché la tête. Je crois que ce qui l'a décidé, c'est que depuis que j'étais entrée dans son bureau je ne lui avais pas posé une seule question. Après tout... »

Elle leva la main, peut-être pour terminer sa phrase, et la laissa retomber. Encore méfiant, Ramon entrouvrit la porte.

> –Se passa bien, Martha ?

> –Si, si, todo bien, Ramon.

Il adressa un sourire complice à Vargas et refermа la porte. Le regard de Martha s'était égaré dans le lointain.

– Que vous a t'il dit ensuite ? demanda Hugo.

Il a ajouté : « ça vous dirait de reprendre votre métier de gouvernante ? ». C'était comme si le Ciel avait entendu mes prières. Il m'a reconduit à la porte en promettant de me rappeler.

De la musique filtrait d'un appartement voisin. Plongée dans ses souvenirs, Martha paraissait indifférente à ce qui se passait autour d'elle.

–Le lendemain, j'ai recommencé à déposer des demandes d'emploi parce que je n'étais pas certaine qu'il tiendrait parole, et j'avais besoin de trouver un travail. Une semaine plus tard, Bobby m'a téléphoné. Je l'ai rejoint dans un café pas très loin de l'endroit où j'habitais. Il a ouvert un magazine et m'a montré la photo d'un groupe réuni autour d'une table. « Ce type s'appelle Orlando Cruz, c'est le propriétaire de l'hôtel Regency. Présentez-vous demain à 11 h à la direction du personnel, on vous embauchera. Ensuite, si vous faites exactement ce que j'attends de vous, vous gagnerez mille cinq cents dollars en plus de votre salaire. Je vous appellerai bientôt ». Après m'avoir dit ça, il s'est levé en laissant le magazine sur la table, et moi je ne me suis pas présentée au Regency ni le lendemain ni les jours suivants.

Vargas tira une dernière bouffée de sa cigarette, l'écrasa dans le cendrier.

–Vous avez reconnu Cruz, c'est ça ?

Martha Rodriguez hocha la tête.

–Racontez-moi, dit Vargas, en arrêtant l'enregistreur.

Au milieu des années 80, Martha avait dix-neuf ans. Elle était jolie, fraîche, elle aimait la vie facile, l'argent facile, les cadeaux et la cocaïne. À Ciudad Juarez, les belles filles finissaient dans le lit de Luis

Fratello, le patron de la Linea, le gang de tueurs affilié au cartel d'Amado Carillo.

Martha n'avait pas fait exception. C'était l'une des favorites de Fratello. Elle savait comment le prendre et ne posait aucune question. Fratello avait un lieutenant dont personne ne connaissait le véritable nom. Il se faisait appeler Manolete, du nom d'un matador espagnol célèbre. Fratello se méfiait de tout le monde et régnait sur sa horde par la terreur et la division. Manolete était différent des autres soldados ; jeune, intelligent, vif, il avait des manières et il aimait lire, ce qui ne l'empêchait pas de mériter son surnom. Sauf que pour ce Manolete, ce n'étaient pas les taureaux qu'il mettait à mort, et comme tout grand matador ceux qu'ils tuaient portaient sa signature.

Un jour, Martha fut prise dans une rafle organisée par des Federales venus de Mexico. La police locale n'en faisait jamais. Elle se retrouva dans un bureau où un type en civil l'attendait. La rafle était bidon, c'était à elle et à elle seule que les Federales désiraient parler.

Le type en civil s'appelait Arturo Medina. Il allait lui remettre un poudrier spécial qu'elle utiliserait pour prendre en photo les membres de la Linea. C'était ça ou quelques années de prison. Mais si elle acceptait, il la ferait passer aux États-Unis, lui procurerait du travail et une carte verte.

Après une nuit en cellule, Martha donna son accord.

Un mois durant, au bord de l'abîme, elle réussit à photographier les tueurs à la solde de Fratello. Seul Manolete manquait à sa collection. Il avait disparu.

Martha se garda bien de demander ce qui lui était arrivé. Au sein de la Linea, la rumeur disait qu'Amado Carillo, le patron du cartel, l'avait fait descendre.

Medina tint parole. Martha quitta Ciudad Juarez avec un visa américain. Elle s'installa à Miami. Une compagnie maritime qui possédait des bateaux de croisières l'embaucha. Elle se maria avec un

Américain d'origine mexicaine, et divorça après avoir obtenu sa carte verte.

Dix années s'écoulèrent. Miami était une colonie cubaine, le Mexique manquait à Martha, mais la peur ne l'avait pas quittée ; le cartel n'oubliait jamais.

La Californie, Los Angeles, la tentaient. Elle retrouverait ses racines, des gens de son pays.

Le Hyatt l'engagea. Elle menait une vie régulière, elle avait des économies à la banque et s'était même acheté une maison.

En 1996, un client du Hyatt demanda des journaux mexicains avec son petit-déjeuner. La réception de l'hôtel chargea Martha de les monter au room service. Un article en première page du journal attira son attention. La fille d'un financier connu et estimé, Manuel Montoya, avait été assassinée à Mexico. Martha crut d'abord qu'elle se trompait, mais ses doutes se dissipèrent. L'homme dont la photo s'étalait en première page et qui prétendait s'appeler Manuel Montoya, n'était autre que Manolete, le lieutenant du chef de la Linea.

Martha hésita de longues semaines avant d'adresser une lettre personnelle à Arturo Medina qui dirigeait la Federal Judicial Police. Sa lettre resta sans réponse. Medina ne la contacta pas.

Et puis, quelques années plus tard, elle retrouva Manolete. Cette fois, il ne s'appelait plus Manuel Montoya, mais Orlando Cruz.

Une fois encore, Martha fit ce que sa conscience lui dictait. Elle se rendit à la bibliothèque, consulta les journaux et retrouva le nom du comandante qui avait à l'époque dirigé l'enquête sur l'assassinat de la fille de Montoya.

Ce comandante s'appelait Hugo Vargas, et il occupait un poste important à la Ministerial Federal Police[1]. Elle lui adressa le magazine que

- [1] Organisme fédéral créé en 2009 pour remplacer l'AFI, qui en 2001 s'était substitué à la Federal Judicial Police

Bobby avait laissé sur la table du café en entourant avec un marqueur rouge Orlando Cruz.

Martha n'en savait pas plus. Quand le chien l'avait attaquée dans le jardin de sa propre maison, elle avait compris que l'homme qui lui avait offert un poste de gouvernante au Regency cherchait à la tuer. Peut-être craignait-il qu'en échange d'une récompense, elle ne prévienne Cruz que des gens s'intéressaient à lui.

La glissade s'était poursuivie. Sans assurance, traînant la jambe, incapable de travailler, ruinée par les factures d'hôpital, Martha avait perdu sa maison et échoué dans une caravane à L'île bleue. Les nuits de veille, les tranquillisants, l'angoisse de voir resurgir le chien, étaient venus à bout de sa résistance. Elle avait organisé sa disparition et s'était perdue dans East Los Angeles.

–Votre tentative du suicide, c'était arrangé avec le docteur Mesa? demanda Vargas.

Martha hocha la tête.

–L'homme qui a lâché ce chien, vous savez où le trouver ?

Elle observait Vargas, la cigarette aux lèvres, les yeux à moitié fermés à cause de la fumée. Ramon était dans la pièce, la main droite enfoncée dans sa poche.

–D'une certaine manière, oui, répondit Hugo.

68

Avant de rentrer à l'Holiday Inn, Vargas décida de prendre un verre au Shangri-La, un hôtel au coin d'Arizona et d'Océan Avenue. Il gara sa voiture sur California Ave et fit le reste du trajet à pied.

Il but deux margaritas et grignota une poignée de cacahuètes en discutant avec le barman.

Quand il sortit du Shangri-La, l'océan semblait se retirer vers l'horizon. Une traînée rouge montait dans le ciel, illuminant les nuages d'une couleur de flamme.

La voix de la raison lui soufflait de tout déballer au district attorney Patterson et de croiser les doigts dans l'espoir qu'il l'écoute.

Mais il y avait la proposition de Martha Rodriguez.

Quelques mois plus tôt, ses implications auraient effaré Vargas ; aujourd'hui, elles le laissaient indifférent.

*

Le lendemain Vargas traîna à L'île bleue, le lotissement de caravanes.

Il repéra, planqué près du cimetière, le pickup Ford noir et gris qui avait tenté de lui couper la route la nuit où les chiens l'avaient attaqué.

Martha Rodriguez n'avait pas été oubliée par le cartel.

Pour Vargas, le moment de sortir de l'ombre et d'affronter El Garrobo, l'Iguane verte, arrivait.

69

Hugo retrouva Ramon et quatre autres Mexicains dans une station-service près de l'aéroport. Vêtus de chemisettes à manches courtes, coiffés de chapeaux graisseux, ils ressemblaient à une innocente équipe de jardiniers. Le plateau du truck Toyota était encombré par des tondeuses à gazon ; une collection d'outils pendait aux ridelles ; rien ne manquait, pas même la tronçonneuse et les sacs en plastique pour les mauvaises herbes.

Accompagné par Ramon, le chauffeur du Toyota s'approcha de la voiture de Vargas.

La ville était écrasée par la chaleur. Elle venait du désert de Mojave. Hugo leur fit signe de monter pour discuter. Il ne tenait pas à ce qu'un témoin se souvienne les avoir vus ensemble.

Le chauffeur s'installa sur le siège passager, Ramon à l'arrière.

–Je m'appelle Pedro, dit le chauffeur en tendant une main calleuse de jardinier ou de maçon.

Vargas prit dans la boîte à gants la carte routière de Malibu et des collines avoisinantes sur laquelle il avait tracé l'itinéraire qu'il allait suivre.

Il passa un quart d'heure à préciser les détails de l'opération. Pedro comprenait vite. Hugo n'avait pas à se répéter. Ramon souriait et lui donnait de petites tapes sur l'épaule en signe d'encouragement.

–Je ne passerai pas devant le croisement avant 18 h. Je vous préviendrai juste avant, dit Vargas.

Pedro hocha la tête. Vargas lui donna l'un des deux « burners » qu'il avait achetés.

–Mon numéro est enregistré. Nous avons vingt minutes de communication. Cela devrait suffire. N'oublie pas de détruire ensuite l'appareil. Des questions ?

Ramon en avait une.

–On peut faire quelque chose pour vous ?

Vargas secoua la tête.

–Ce que vous allez faire c'est aussi pour moi, dit-il.

Tout en les regardant se diriger vers la Toyota, Hugo songea à la loi de Murphy : s'il y a une chance que ça tourne mal, ça tournerait mal. Pedro pourtant lui avait semblé « convaincant ».

Il chassa son manque d'optimisme.

Il démarra après que la Toyota se soit évanouie dans la circulation. Il roula jusqu'à son hôtel et monta dans sa chambre. Il prit une douche, passa des jeans noirs et un tee-shirt blanc.

Il se rendit à L'île bleue. Il assaillit le gardien de questions, lui donna vingt dollars, et retourna fureter autour de la caravane de Martha Rodriguez. Adossé à la portière de sa voiture, il attendit une demi-heure, fumant cigarette sur cigarette.

Il quitta L'île bleue vers 14 h et prit la direction de Santa Monica, se forçant à ne pas regarder de manière ostentatoire dans les rétroviseurs. Il gara sa voiture à Arizona, et traîna entre les étalages du marché en plein air avant de rejoindre Wilshire Boulevard. Il s'installa chez Houston, commanda une salade et un Perrier.

Il passa la dernière heure à une terrasse de café de la 3e rue, affectant de s'intéresser aux filles en shorts qui déambulaient.

À 17 h, il abandonna la terrasse et se dirigea vers un téléphone public. Il glissa trois pièces de 25 cents dans l'appareil et simula une conversation animée. En raccrochant, il regarda sa montre et pressa le pas pour regagner sa voiture.

En s'engageant sur le Pacific Coast Highway, Vargas prit conscience de ce qu'il s'apprêtait à faire. Il avait l'estomac noué, mais au souvenir de ce qu'il avait enduré et de ce qui l'attendait s'il ne passait pas à l'offensive, sa résolution se renforça.

On avait cherché à l'éliminer à deux reprises, il n'allait pas faire de cadeau.

Il roulait sans se presser. Le soleil était encore haut sur l'horizon. Au large, l'ombre d'un banc de nuages ondulait sur la mer. Les montagnes semblaient luire et dégoutter de vapeur. Les cactus étaient en fleurs, l'ocre des collines virait au rouge.

Il régla sa vitesse à 60 km/h. Il dépassa Topanga Beach, Las Tunas, Rock Beach, et à un mille du croisement avec la N1, il appela le burner de Pedro.

–Si padron ?

–Je serai au croisement dans une minute.

En arrivant au croisement, il vit la Toyota. Elle roulait devant lui. Sur le plateau arrière, Ramon enleva son chapeau. Il avait repéré la voiture de Vargas.

Quand ils s'engagèrent dans la montée de Corral Canyon, Hugo ralentit pour laisser la Toyota le distancer.

La route s'enroulait en une succession de courbes douces qui se transformaient en virages serrés.

Vargas s'arrêta au milieu de l'un d'eux. Il avait une vue plongeante sur les lacets. Trois voitures grimpaient derrière lui : une blanche et deux noires.

Il repartit. Castro Crest était sur sa gauche, Creek Park sur sa droite. Quelques maisons accrochées aux pentes paraissaient suspendues dans le vide. Plus bas, le Pacifique était d'un bleu sombre, la houle s'écrasait en rouleaux blancs sur la côte rocheuse.

Après avoir franchi une nouvelle hauteur, la route se mit à redescendre et le soleil disparut. Vargas traversa une agglomération. Des 4x4 arrêtés dans les allées, des télévisions allumées ; son minutage était parfait.

Il stoppa à l'embranchement de Backbone Trail, une piste qui descendait vers le fond du canyon à présent plongé dans l'ombre. En contrebas, un rayon rougeâtre filtrait entre les versants.

Il s'engagea sur la piste et s'arrêta une centaine de mètres plus loin. Une voiture blanche poursuivit sa route, et quelques secondes plus tard un pickup noir et gris dépassa l'embranchement.

Vargas attendit. Alors qu'il commençait à désespérer, le pickup, un Ford, surgit à l'entrée de la piste.

Vargas démarra. Au fond du canyon, il bifurqua sur une piste secondaire qui remontait vers un bois. Un cul-de-sac. La piste contournait le bois et revenait sur elle-même. Vargas avait repéré l'endroit.

Le canyon se remplissait d'ombre. Sur ses flancs, des plaques plus sombres : la végétation et la terre, calcinées par les incendies de l'été précédent.

Vargas jeta un coup d'œil dans son rétroviseur. Tous feux éteints, le pickup le suivait. Ni habitant du coin ni ranger en patrouille.

Vargas était en sueur. Le volant glissait entre ses mains. Il espérait que Pedro ne s'était pas trompé. Aucun moyen de vérifier. La piste était trop sèche pour garder les traces d'un véhicule.

Il suivit la boucle à la lisière des arbres. Ses phares éclairèrent un panneau signalant un dos d'âne. Les Mexicains, s'ils avaient suivi ses instructions, se tenaient embusqués à sa hauteur.

Vargas stoppa au bord du cassis. Le burner vibra. Pedro.

–Un pickup Ford. Il arrive par l'autre côté.

Vargas poussa un soupir de soulagement.

Il n'était plus seul ; cinq Mexicains armés se dissimulaient dans le bois, à une vingtaine de mètres.

–Récupère tous les portables qui sont dans le Ford et expédie-les-moi cette nuit, dit-il à Pedro avant de couper la communication.

Aussitôt après, il manœuvra pour tourner sa voiture, ouvrit sa portière et descendit. Il s'étira, gardant un œil sur le pickup Ford que le cassis contraignit bientôt à rouler au pas. À cet instant, la Toyota surgit du bois et lui coupa la route. Quatre silhouettes armées de fusils à pompe jaillirent du plateau arrière et entourèrent le Ford.

Vargas avait des doutes sur l'identité de celui ou ceux qui le suivaient. Mais il entendit des aboiements. Le second chien !

Il remonta dans sa voiture et démarra. Une heure plus tard, tandis que les reflets de la nuit brillaient sur l'océan, son burner vibra.

–Jefe[1]?

–Si, Ramon ?

–Está listo[2] ! Eran dos Están muertos. El perro tambien.

Martha Rodriguez avait eu sa vengeance.

*

Le lendemain, à la fin de la matinée, un courrier de Federal Express délivra à Vargas le colis envoyé par Pedro.

Hugo passa une partie de l'après-midi au téléphone avec Cardenas. Quand il obtint le renseignement qu'il attendait, il appela Marcia Connelly. Elle était sans nouvelle d'Archer.

–J'aimerais récupérer le paquet que je vous ai confié, dit simplement Vargas.

Ce paquet contenait un calibre .38, celui que Vargas avait pris à Orlando Cruz la nuit où il l'avait tué.

---

[1] Chef ?

[2] C'est fait. Ils étaient deux. Ils sont morts. Le chien aussi

70

24 h plus tard

Le crépuscule tombait. La villa qu'Hugo surveillait était construite au milieu des rochers. Un endroit privilégié. D'étranges visages semblaient taillés dans la pierre, des fleurs rouge sang sur les branches des cactus. L'air, dégagé des miasmes de la ville et de la moiteur de l'océan, était sec, frais.

Vargas vit les phares d'une voiture s'immobiliser sur le driveway et disparaître dans le garage. Peu après, le vestibule et le rez-de-chaussée de la villa s'éclairèrent.

Un des portables que Pedro lui avait expédiés affichait un numéro appelé une minute avant que le Toyota des Mexicains ne coupe la route du pickup Ford ; Moira Cardenas avait réussi à identifier ce numéro.

Vargas se dirigea vers les portes fenêtres « à la française » qu'il apercevait au travers des massifs méticuleusement taillés.

La nuit revêtait une autre dimension.

71

La lumière extérieure s'alluma, la porte se déverrouilla, comme à contrecœur.

Il apparut, un homme en pantalon de toile délavée, la carrure sportive. Derrière des verres sans monture, ses yeux ne cillaient pas

–Hugo Vargas ! s'écria-t-il.

El Garrobo lança un regard dans la rue, puis s'appuya négligemment d'une main au montant de la porte.

–Je ne savais pas que vous étiez revenu. Qu'est-ce que je peux faire pour vous ?

Une voix posée, calme. Le ton de celui qui cherche poliment à se débarrasser d'un vendeur à domicile.

–J'ai des informations qui vous intéresseront, répondit Hugo.

–Entrez. Je n'ai pas beaucoup de temps à vous consacrer.

Vargas franchit la porte d'entrée.

Une pièce immense, et plus bas la ville de Los Angeles. Aux murs, des tableaux très colorés. Même signature : Mac Knight. Des armes anciennes rassemblées en panoplies ; figurines égyptiennes, vases mayas, masques aztèques, disposés dans des niches sous les feux de minuscules projecteurs.

Vargas s'arrêta devant une table basse où une collection de tabatières en argent était disposée.

–Vous êtes un collectionneur, remarqua Hugo.

El Garrobo fit un geste de la main.

–Je tiens cette passion de mes parents. Ils sont morts.

–Je suis désolé.

–Ne le soyez pas. C'était il y a longtemps.

Vargas s'assit sur le rebord d'un canapé.

–En quoi pouvez-vous m'être utile?

La voix était neutre. Le visage, un masque imperturbable.

–Orlando Cruz, dit Vargas.

–L'histoire risque d'être longue. Je vous sers à boire?

–Juste un verre d'eau, s'il vous plaît.

Il hocha la tête avec compréhension et disparut. Vargas résista à la tentation de le suivre des yeux.

El Garrobo était de nouveau devant lui. Il se baissa, lui présenta un plateau. Un verre à bords droits rempli d'eau glacée, une serviette en tissu orné d'un monogramme.

Vargas prit le verre de la main droite, la serviette de la gauche, et composa un sourire de remerciement.

Il entendit un sifflement, perçut le déplacement d'air…

Une douleur terrible à la tempe.

El Garrobo l'avait frappé avec le plateau.

Vargas roula au bas du canapé. Il sentit qu'on le tirait; il entrevoyait la pièce sous un angle bizarre, quelque chose qui le maintenait en vie et dans le même l'étouffait, battait dans sa poitrine

Ce fut la dernière sensation de Vargas avant qu'une houle noire n'emporte le reste de sa conscience.

72

Assis sur une chaise, menottes aux mains, dans une pièce sans fenêtre qui sentait le désinfectant, Vargas essayait de trouver, dans la fumée de cigarette qui lui brûlait la gorge, un semblant de maîtrise.

–Tu peux jeter ta cendre par terre, Hugo.

El Garrobo était installé dans un fauteuil, un poignard à lame crantée posé sur les genoux.

–Tu m'ennuies, Vargas. Tu aurais dû rester au Mexique. De qui voulais-tu me parler au juste ?

Il semblait chercher dans une brume lointaine le souvenir d'une tache lumineuse.

–Ça y est ! dit-il soudainement en claquant des doigts. Je me souviens : Cruz !

–Vous apparteniez tous les deux au même cartel, dit Vargas.

El Garrobo prit l'air faussement troublé.

–Tu es remarquablement informé, Hugo. Et si tu m'en disais un peu plus sur ceux qui partagent ton opinion.

–Martha Rodriguez, par exemple.

El Garrobo se redressa. Son regard glissa sur les murs, puis revint se poser sur Hugo. Les veines de son cou s'étaient gonflées. Ses doigts effleurèrent la lame du poignard.

Vargas tira une dernière bouffée et laissa tomber la cigarette entre ses jambes.

–Tu ne la retrouveras pas, dit Hugo. Les deux types que tu as envoyés pour me liquider non plus.

El Garrobo hocha la tête. Il se leva et s'approcha de Vargas.

–Je vais t'ouvrir le ventre, ensuite j'appellerai mes hommes. Ils iront balancer ton corps dans l'océan pour que les requins te bouffent. On mettra ta voiture dans un parking, et si la police m'interroge, trois témoins affirmeront que tu es venu me voir et que tu es reparti en pleine forme.

Le calibre.38 pesait dans la botte droite d'Hugo. Mais c'était trop tôt, il n'était pas prêt.

–Je suis venu te tuer, Manolete, ricana Vargas.

El Garrobo retourna s'asseoir. Il mit longtemps avant de demander.

–Comment as-tu compris?

Son expression avait changé. Son visage était livide, ses mains tremblaient.

Martha Rodriguez avait déclaré que Manuel Montoya, alias Orlando Cruz, n'était autre que Manolete, le bras droit du chef de la Linea, le gang de tueurs au service du cartel de Ciudad Juarez. Martha l'avait formellement reconnu sur la photographie du magazine qu'elle avait fini par envoyer à Vargas.

Mais Manolete signait ses crimes, comme un vrai matador signe la mise à mort de ses taureaux. Or, la signature de Manolete ne figurait pas sur les meurtres de Mexico; elle n'était apparue qu'à la California Power Utilities, à Los Angeles, sur la statue de la *Santa Muerte*.

Une première conclusion s'imposait : même si Martha Rodriguez était persuadée du contraire, Manuel Montoya alias Orlando Cruz n'était pas Manolete.

La boucherie de la California Power Utilities portait une signature : El Garrobo. C'était la signature du tueur que la presse mexicaine appelait à l'époque Manolete.

L'homme qui se tenait devant Vargas, celui vers qui son enquête remontait, ne pouvait être que Manolete.

El Garrobo fixait le sol.

–Qui était Cruz? Pourquoi lui avoir donné ton visage?

El Garrobo sourit sans dissimuler la joie qu'il éprouvait à révéler ce qui se tapissait dans les recoins malsains de son esprit.

–J'étais le lieutenant de Luis Fratello, le chef de la Linea. Cruz, ou plutôt Tony Torres, était le protégé de Roberto Carillo, le responsable de la sécurité de l'organisation, le frère d'Amado Carillo, le patron du cartel. La passion des Carillo pour ce qui touchait à la guerre faisait d'eux des encyclopédies. Leurs lectures leur avaient appris l'importance du renseignement, des hommes que l'on place chez l'ennemi. Malgré leurs centaines de millions de dollars, les Carillo n'avaient personne de la cause infiltré dans le système. Ils payaient des politiciens, des militaires, des flics, mais ils se méfiaient. La corruption n'est pas un lien solide; menacés dans leur position, ces hommes devenaient plus gourmands, ou alors ils balançaient ce qu'ils savaient en échange d'une amnistie. Tony et moi étions les plus intelligents des soldados, les plus fidèles, les plus durs aussi. Nous étions aptes à endosser un uniforme d'espion. Amado Carillo avait lu une histoire où deux espions allemands échangeaient leurs visages, et l'histoire l'avait amusé. Il décida pour nous. Il nous envoya au Brésil et fit courir le bruit qu'il nous avait abattus. Nous n'existions plus. Après trois opérations, les chirurgiens obtinrent un résultat acceptable : Tony Torres ressemblait à Manolete, c'est à dire à moi ; et je ressemblais à Tony. Le reste n'est pas difficile à comprendre.

–Quel compte avais-tu à régler avec Cruz pour tuer sa femme, quatre gamines innocentes, et essayer de lui faire porter le chapeau ?

El Garrobo eut un mauvais sourire.

–Dans la hiérarchie du Cartel, Tony était au-dessus de moi. Je ne pouvais rien contre lui, il le savait. Un jour, il a entraîné dans le désert une fille que j'aimais. Il l'a violée avant de l'égorger. C'était sa manière de me montrer sa force, sa virilité, sa supériorité.

Le regard d'El Garrobo était fixe, mais il souriait avec arrogance.

–Puis-je avoir une dernière cigarette ? demanda Vargas.

El Garrobo acquiesça.

Hugo tirait de courtes bouffées, posant ses mains sur sa cuisse droite. Centimètre par centimètre, sans faire cliqueter la chaîne des menottes, il remontait la toile de son jean le long de sa jambe pour avoir accès au calibre.38.

Il ne quittait pas El Garrobo des yeux.

–Comment as-tu retrouvé Cruz ?

–Le hasard, à une réception. Je l'ai reconnu parce qu'il avait gardé mon visage ; lui ne m'a pas reconnu parce que j'avais changé une nouvelle fois le mien. Peut-être en prévision de cette rencontre ; une sorte de prémonition. Tony était un type fini. Son destin était que je le mette en pièces.

–Et Thomson, le détective privé ?

–À El paso, il me fournissait des victimes pour mes sacrifices, en général des familles mexicaines qui tentaient d'émigrer clandestinement. Je l'ai fait venir à Los Angeles. Un maricon[4] efficace.

–Pourquoi avoir tenté d'extorquer un demi-million de dollars à Cruz ?

---

[4] pédé

−C'était l'idée de Thomson. Il avait toujours besoin de fric pour satisfaire son vice. Je m'en suis débarrassé quand le besoin s'en est fait sentir.

El Garrobo effleura la lame du poignard posé sur ses genoux. Il eut un sourire factice qui disparut aussitôt.

−J'espérais que Cruz verrait ma signature sur la statue de la *Santa Muerte*, mais je n'avais plus en face de moi qu'un chevreau.

Vargas tira sur sa cigarette. La fumée était chaude. Plus que quelques bouffées.

−Il savait, dit Vargas.

−Qui savait quoi?

Il y avait l'ombre d'une menace dans la voix d'El Garrobo.

−Cruz. Il savait. La nuit où la police l'a coincé, c'est toi qu'il venait voir.

– Tu mens!

Sa bouche dessinait une moue presque enfantine.

−Il venait t'enculer et t'arracher les couilles. Il me l'a dit. C'est moi qui l'ai eu, pas toi. Je l'ai fait cramer dans sa voiture ; ce n'était pas un accident.

Un éclair de sauvagerie crispa le visage d'El Garrobo. Un barrage à l'intérieur de lui céda. Il jaillit de son fauteuil.

C'est ce que Vargas attendait.

D'une pichenette, il lui expédia sa cigarette au visage.

El Garrobo fut stoppé au moment où il décollait de son siège. Dans un réflexe pour éviter le mégot, il leva les bras et perdit deux ou trois secondes.

Vargas se baissa. Il glissa la main dans sa botte, saisit le.38 de Cruz et le pointa sur El Garrobo.

−Tu n'es qu'une merde. Va retrouver Montoya.

La détonation se répercuta sur les murs.

El Garrobo demeurait debout, les bras le long du corps. Un voile recouvrit son regard. Vargas l'avait touché au-dessus de l'arcade sourcilière.

Hugo ne tira pas une seconde fois. Il posa le revolver sur le sol et s'approcha d'El Garrobo.

Il était mort. Une fibrillation nerveuse le maintenait dans une position verticale, et d'un coup il s'écroula.

Vargas l'observa une longue minute. Finalement, il s'approcha de lui, trouva la clé des menottes et s'en défit. Son paquet de cigarettes était posé sur l'accoudoir du fauteuil. La première bouffée le fit tousser.

Sa cigarette terminée, Vargas tira de sa poche une paire de gants en plastique et consacra l'heure suivante à faire disparaître ses traces.

73

Le lendemain matin, Vargas prit le Pacific Coast Highway vers Malibu. Il avait récupéré plus vite qu'il ne l'aurait cru du choc d'avoir pour la seconde fois tué un homme de sang-froid.

Il bifurqua à Paradise Cove et se gara dans le parking du Beach Café, celui-là même où Thomson et Orlando Cruz s'étaient retrouvés.

Il acheta deux bières, se déchaussa et marcha le long de la grève vers Point Dume.

Il s'arrêta près d'une pyramide de cailloux élevée à la mémoire d'un noyé qu'on avait retrouvé là. Il s'assit sur le sable, but sa première bière. Le soleil était haut. Des surfeurs se balançaient sur les vagues, les mouettes tournoyaient dans le ciel. Les vagues se brisaient sur les rochers. Vargas enfonça sa main dans le sable, en ramena une poignée qu'il laissa s'écouler entre ses doigts. Il répéta ce geste, indéfiniment, comme s'il essayait de vider son esprit.

Tony Torres devenu Manuel Montoya, l'homme de la finance et de l'argent, le blanchisseur du cartel. Il avait disparu après le massacre de Mexico City pour resurgir à Los Angeles sous l'identité d'Orlando Cruz.

Manolete qui signait ses meurtres El Garrobo était devenu Dexter Dune, le reporter star du Los Angeles Times, l'ami des flics et des politiciens, l'espion numéro 1 du cartel de Ciudad Juarez en Californie.

Les surfeurs prenaient les vagues jusqu'au rivage, puis repartaient vers le large. Vargas but sa seconde bière et s'allongea. Il ferma les yeux. Juste un instant pensa t'il, mais il sombra dans l'inconscience avec l'impression d'être drogué.

Peut-être était-ce sa manière de tourner le dos au passé, de disparaître.

TABLE

Manufactured by Amazon.ca
Bolton, ON

10661142R00177